CLAUDIA ROSSBACHER

Steirerkreuz

MORD AM PILGERWEG Als Sandra Mohr und Sascha Bergmann ins Mürzer Oberland gerufen werden, erwartet sie ein seltsamer Leichenfund. Ein Mann und ein Hund wurden kopfüber an einem Baum aufgehängt. Ist der Tatort unweit des Pilgerweges nach Mariazell ein Hinweis auf einen religiös motivierten Ritualmord? Welche Rolle spielt die blinde Magdalena, um die sich im Dorf alles zu drehen scheint? Was verbirgt Pater Vinzenz, der sich so rührend um sie kümmert? Die Spuren führen die LKA-Ermittler aus Graz in die Vergangenheit der Dorfgemeinschaft, die den Toten zu Lebzeiten ächtete. Seit seiner Entlassung aus der Strafanstalt lebte der »Waldmensch« jahrelang allein mit seinen Tieren in einer alten Jagdhütte. Bis Magdalena nach dem Tod ihrer Mutter zu ihm zog. Wenngleich die Geschehnisse eine Weile zurückliegen, wittert Sandra eine tödliche Verschwörung. Doch wer hat den Waldmenschen ermordet? Warum ausgerechnet auf diese Weise? Und warum erst jetzt?

Claudia Rossbacher wurde in Wien geboren. Nach einem Tourismusstudium war sie Model, Werbetexterin und Kreativdirektorin, bevor sie sich der Schriftstellerei zuwandte. Ihre Steierkrimis waren allesamt Bestseller in Österreich und dienen als literarische Vorlagen für die erfolgreichen TV-Filme, die im ORF als steirische »Landkrimis«, in der ARD als »Steirerkrimis« ausgestrahlt werden. Die Wahlsteirerin durfte sich über zahlreiche Auszeichnungen wie den »Buchliebling«, »Bacchus-Preis«, »Fine Crime Award«, das »Goldene Ehrenzeichen des Landes Steiermark«, »Platinbuch« und den »Josef Krainer-Heimatpreis für Literatur« freuen. Zudem fungiert sie ehrenamtlich als »Steiermark-Botschafterin mit Herz«.

Alle Veröffentlichungen von Claudia Rossbacher im Gmeiner-Verlag finden Sie unter: www.gmeiner-verlag.de.

© Hannes Rossbacher

CLAUDIA ROSSBACHER

Steirerkreuz

SANDRA MOHRS VIERTER FALL

Personen und Handlung sind frei erfunden. Ähnlichkeiten mit lebenden oder toten Personen sind rein zufällig und nicht beabsichtigt.

Die automatisierte Analyse des Werkes, um daraus Informationen insbesondere über Muster, Trends und Korrelationen gemäß § 44b UrhG (»Text und Data Mining«) zu gewinnen, ist untersagt.

Bei Fragen zur Produktsicherheit gemäß der Verordnung über die allgemeine Produktsicherheit (GPSR) wenden Sie sich bitte an den Verlag.

Immer informiert

Spannung pur – mit unserem Newsletter informieren wir Sie regelmäßig über Wissenswertes aus unserer Bücherwelt.

Gefällt mir!

Facebook: @Gmeiner.Verlag
Instagram: @gmeinerverlag

Besuchen Sie uns im Internet:
www.gmeiner-verlag.de

© 2014 – Gmeiner-Verlag GmbH
Im Ehnried 5, 88605 Meßkirch
Telefon 0 75 75 / 20 95 - 0
info@gmeiner-verlag.de
Alle Rechte vorbehalten
11. Auflage 2026

Lektorat: Claudia Senghaas, Kirchardt
Satz: Mirjam Hecht
Umschlaggestaltung: U.O.R.G. Lutz Eberle, Stuttgart
unter Verwendung eines Fotos von: © Hannes Rossbacher
Druck: CPI books GmbH, Leck
Printed in Germany
ISBN 978-3-8392-1536-4

Für Charly
† 17.02.2013

Ein Glossar der steirischen beziehungsweise österreichischen Ausdrücke befindet sich am Ende des Buches.

Der Lesbarkeit zuliebe wurde auf die gleichzeitige Verwendung der männlichen, weiblichen beziehungsweise diversen Sprachformen verzichtet.

PROLOG

Gegrüßet seist du, Maria,
voll der Gnade,
der Herr ist mit dir,
du bist gebenedeit unter den Frauen,
und gebenedeit ist die Frucht deines Leibes,
Jesus.

Heilige Maria, Muttergottes,
bitte für uns Sünder
jetzt und in der Stunde unseres Todes.
Amen.

Das Ave Maria ist ein Grundgebet der katholischen Kirche
und Bestandteil des Angelus- und des Rosenkranzgebetes.

KAPITEL 1

Freitag, 26. Juli

Der Regen war wieder stärker geworden. Wie es die Meteorologen prophezeit hatten. Zwischen den unzähligen Wolkenbrüchen der vergangenen Tage hatte sich die Sonne nur ein paar Mal am Himmel über Graz gezeigt. Zaghaft, höchstens für eine halbe Stunde am Stück. Dabei waren die steirische Landeshauptstadt und der Süden des Landes noch begünstigt. Viel schlimmer traf es die Obersteiermark. Im Paltental hatte eine Mure ein halbes Dorf mit sich gerissen. Wie durch ein Wunder waren nach dem gewaltigen Hangrutsch keine Verletzten oder Todesopfer zu beklagen. Eine Besserung der angespannten Lage wurde für das Wochenende erwartet. Dann sollte das hartnäckige Tief einem Omega-Hoch weichen, das sich, geformt wie der griechische Buchstabe, über dem europäischen Kontinent einnisten würde und endlich eine längere sonnige Periode versprach.

Sandra Mohr kümmerte das Wetter und seine Konsequenzen kaum. Einmal mehr war sie mit der Katastrophe beschäftigt, die das eigene Leben überschattete. Ging es nach ihr, konnte die Welt getrost untergehen. Bis dahin würde sie laufen. Bis zur völligen Erschöpfung. Oder arbeiten. Doch derzeit stand kein aktueller Mordfall an, der die Abteilungsinspektorin des Landeskriminalamtes Steiermark von ihren privaten Sorgen abgelenkt hätte. Zudem

9

war dies ihr freier Tag. Also rannte Sandra, als könnte sie vor ihren Gedanken davonlaufen, die sie spätestens wieder einholen würden, sobald sie erschöpft in ihr Bett fiel. Den Pfützen wich sie aus Gewohnheit aus. So gut es eben ging. Dabei waren ihre Laufschuhe genauso durchnässt wie der Rest der Sportkleidung, die an ihr klebte.

Den Mann im weißen Mercedes Coupé, der an der Ampel am Lendkai auf die nächste Grünphase wartete, ignorierte Sandra. Wenngleich sie aus dem Augenwinkel wahrnahm, dass er den Kopf schüttelte, als die patschnasse Joggerin bei Wind und Wetter vor ihm über den Zebrastreifen trabte. An solchen Tagen jagte man nicht einmal einen Hund auf die Straße, schien er bei ihrem Anblick zu denken. Oder irgendetwas in dieser Art. Was auch immer ihm durch den Kopf gehen mochte, Sandra war es egal.

Den Mursteg, den sie sonst auf ihrem Weg zum Schloßberg nahm, um den Fluss zu überqueren, der die Stadt teilte, ließ sie rechts liegen. Stattdessen rannte sie am Lendkai entlang, stromaufwärts bis zur Keplerbrücke. Gestern Nachmittag war die überschwemmte Murinsel durch Treibholz beschädigt worden und drohte vom Hochwasser mitgerissen zu werden. Den Mursteg und zwei weitere Brücken stromabwärts hatte man vorsichtshalber gesperrt.

Sandra versuchte, möglichst ruhig in den Bauch zu atmen, um bei dem rasanten Tempo, das sie vorlegte, kein Seitenstechen zu riskieren. Wenigstens konnte sie noch laufen, während Julius unter übermenschlicher Kraftanstrengung und mit eisernem Willen in der Rehabilitationsklinik gegen seine Querschnittlähmung ankämpfte.

Warum ausgerechnet Julius? Wieso hatte der sturzbetrunkene Snowboarder unbedingt ihren Freund über den Haufen fahren müssen und war dabei selbst mit vergleichsweise harmlosen Arm- und Schulterverletzungen sowie einer Gehirnerschütterung davongekommen? Warum war sie auf der Skihütte nicht eingeschritten, als es noch nicht zu spät gewesen war? Wieso hatte sie sich von Julius wider jegliche Vernunft davon abhalten lassen, die offensichtlich alkoholisierten Freizeitsportler an der Abfahrt zu hindern? Wie sehr sie diese immer wiederkehrenden Fragen hasste, auf die es ohnehin keine befriedigenden Antworten gab. Es war, wie es war. Julius und sie hatten mit einem Schicksalsschlag zurechtzukommen wie unzählige andere Menschen auch. Selbst wenn es ihnen an manchen Tagen noch so unmöglich erschien.

Normalerweise hätte Sandra spätestens jetzt die Musik lauter gedreht, um mental in eine andere Welt abzutauchen, doch waren ihre Kopfhörer wegen des starken Regens zu Hause geblieben. Sie musste einen Zahn zulegen, ihren Körper noch mehr schinden, um die quälenden Gedanken zu vertreiben. Nein, nicht auch das noch ... Nicht jetzt! Der vertraute Klingelton und das Vibrieren an ihrem linken Oberarm ließen sie langsamer statt schneller werden. Sie zog das Handy aus dem Sportarmband, das sie beim Joggen trug. Das hatte sie nun davon, dass sie sich für das robuste, wasserdichte Outdoor-Modell anstelle des schickeren, wesentlich empfindlicheren Smartphones entschieden hatte, das bei einem derartigen Sauwetter bestimmt den Geist aufgegeben hätte. Zwar gab es auch Mobiltelefone, die Design und Widerstandsfähigkeit in sich vereinten, aber die standen nicht auf der Liste ihres Dienstgebers. Sie mussten schon froh sein, dass die alten Geräte überhaupt endlich eingezogen worden waren. Sandra blickte auf das Display, während sie sich im nächsten Hauseingang unterstellte, um das Gespräch anzunehmen.

»Kannst du mich abholen?«, hörte sie den Chefinspektor am anderen Ende der Leitung grußlos fragen.

»Was? Wieso?«, fragte sie, nach Atem ringend, zurück.

»Ich hab … ich hab heute frei.« Sie holte tief Luft, ehe sie weitersprach. »Nur für den Fall, dass du es vergessen hast … Miriam ist doch im Dienst.«

»Miriam hat sich heute Morgen krankgemeldet. Ihr Weisheitszahn macht ihr zu schaffen. Sie hat Fieber und muss zum Zahnarzt. Ich brauche dich, Sandra.« Sascha Bergmann klang einen Tick zu freundlich für ihren Geschmack.

»Schön, das mal aus deinem Mund zu hören. Aber sag, wie heißt das Zauberwort mit zwei T?« Einmal mehr vermisste Sandra ein einfaches ›Bitte‹ des Kollegen.

»Flott.« Sascha Bergmann lachte hämisch. Demnach fand er seinen abgedroschenen Witz auch noch lustig. Nach fast drei Jahren der Zusammenarbeit hätte Sandra wissen müssen, dass ihr Wink mit dem Zaunpfahl nach hinten losgehen würde. In solchen Augenblicken fragte sie sich stets, wie es bisher mit ihm ausgehalten hatte. Während sie noch überlegte, was sie auf seinen schlechten Scherz erwidern sollte, sprach er weiter. »Also? Was ist? Wie schnell kannst du im LKA sein?«

Sandra stemmte ihr angewinkeltes Bein gegen die Mauer im Hauseingang und zögerte die Antwort nunmehr absichtlich hinaus.

Bergmann seufzte. »Na, schön … biiitte«, fügte er überspitzt hinzu.

Ihre Genugtuung hielt sich in Grenzen. Spätestens jetzt war Sandra klar, dass ihre Anwesenheit dringend nötig war. Jemand musste getötet worden sein. »Ist ja gut. Bin schon unterwegs. Zuerst muss ich aber noch nach Hause, um mich umzuziehen. Was ist denn passiert?«

»Ein Mord. Sieht jedenfalls ganz danach aus.«

»Ach was …« Sandra trabte gemächlich los. »Geht's vielleicht ein bisschen konkreter?«, fragte sie genervt.

»Genauer gesagt handelt es sich um zwei Leichen. Du bist schon wieder joggen, stimmt's? Du weißt doch, dass du vor deinen Problemen nicht davonlaufen kannst.«

Sandra ignorierte die allzu persönliche Bemerkung und blickte auf ihre Armbanduhr, das Handy ans Ohr gepresst. »Was soll das heißen: ein Mord und zwei Leichen? Ein Doppelmord? Oder Mord und Selbsttötung?«, wollte sie wissen.

»Wie lange brauchst du nun, um mich abzuholen?«, wiederholte Bergmann seine Frage, anstatt die ihre zu beantworten.

»Eine gute Dreiviertelstunde. Sagst du mir jetzt bitte endlich …«

»Ruf mich an, wenn du da bist. Wir treffen uns dann unten am Parkplatz«, unterbrach er ihren nächsten Versuch, weitere Details über den aktuellen Fall zu erfahren. »Und lauf nicht so schnell. Tot ist tot und bleibt tot. Daran ändern ein paar Minuten mehr oder weniger auch nichts mehr.«

Dass es dennoch wichtig war, Leichen, Fundort und etwaige Zeugen möglichst rasch aufzusuchen und mit den Ermittlungen zu beginnen, solange die Spuren noch heiß waren, wussten beide.

»Ist die Tatortgruppe schon verständigt?«, fragte Sandra im Laufen.

»No na ned«, ätzte Bergmann.

Die Frage nach der Gerichtsmedizinerin, die ihr auf der Zunge lag, verkniff sich Sandra lieber. Bestimmt war Doktor Jutta Kehrer ebenfalls längst auf dem Weg zum

Einsatzort. »Wo wurden die beiden Leichen denn aufgefunden?«, ging sie zur nächsten Frage über.

»Ainberg an der Mürz.«

»Ainberg ... das liegt im Naturpark Mürzer Oberland«, überlegte sie laut.

»Wusste ich doch, dass du auch dieses Kaff kennst.«

Sandra hatte das zynische Grinsen des Chefinspektors deutlich vor Augen. »Für Kaffs bin ich schließlich die Spezialistin«, griff sie seine Anspielung auf ihre Herkunft aus der Steirischen Krakau auf. »Wissen wir schon, wer die Toten sind?«

»Nein, aber wir werden es hoffentlich demnächst herausfinden.«

»Wie sind die beiden denn nun getötet worden? ... Sascha? ... Hallo?«

Bergmann hatte das Gespräch ebenso grußlos beendet, wie er es begonnen hatte. Ärgerlich steckte Sandra ihr Handy weg. Selber schuld. Warum hatte sie den Anruf an ihrem freien Tag überhaupt entgegengenommen?

»Du mich auch«, murmelte sie und sprintete los, sodass das dreckige Regenwasser unter ihren Füßen nur so hochspritzte.

KAPITEL 2

»Peter? Bist du das, Peter?« Magdalena setzte sich in ihrem
Bett auf, horchte in die Stille, die von einem leisen Pol-
tern durchbrochen worden war. Hatte sie geträumt? Oder
war Peter endlich aus dem Dorf zurückgekehrt? Wie spät
war es überhaupt? Da! Da war es wieder, dieses Geräusch,
das sie nicht zuordnen konnte. In der Stube nebenan. Die
blassblauen Augen der jungen Frau stierten zur Decke des
Schlafzimmers, bewegten sich dabei ruckartig von links
nach rechts und wieder zurück. Ihr Nachthemd war nass
geschwitzt. Sie fröstelte, spürte die warme, raue Zunge
über ihren Handrücken lecken. »Schon gut, Luna. Komm,
lass uns nachschauen, ob der Peter gekommen ist.«

Magdalena zwang sich, aufzustehen und in die Crocs
zu steigen. Ihre Glieder schmerzten nicht mehr, doch verlangte ihr jeder Schritt enorme Kraft ab. Kraft, die ihr
das Fieber in den vergangenen Tagen geraubt hatte. Luna
wich nicht von ihrer Seite, wie sie es ihr beigebracht hatten. Nach monatelangem Training war die Schäferhündin
zu einer zuverlässigen Begleiterin geworden, die Magdalenas Leben, das aus Licht, Schatten und unscharfen Kon-
turen bestand, vor allem draußen erleichterte.

Magdalena drückte den Knopf auf ihrer Armbanduhr.
»Es ist 12 Uhr 31«, verkündete die vertraute Frauenstimme,
die ein winziger Chip in der Uhr generierte.

Erschöpft war Magdalena wieder eingeschlafen, nachdem sie Luna morgens vor die Tür gelassen hatte, damit

sie sich draußen im Wald erleichtern konnte. Sie hatte den Tieren Futter und frisches Wasser gegeben, danach die Ziegen gemolken. Für sich selbst hatte sie einen Kräutertee zubereitet, der ihr Fieber senken sollte. Im Schlaf hatte er seine Wirkung getan. Ihre Stirn fühlte sich nun nicht mehr so heiß an.

»Peter?«, rief sie noch einmal in die Stube.

Luna hechelte.

Magdalena hörte etwas sanft zu Boden gleiten. Dann spürte sie das flauschige Katzenfell an ihren nackten Beinen. »Merlin! Du bist das! Was hast du denn schon wieder angestellt?«

Luna bellte zweimal kurz. Für Magdalena das Zeichen, dass sich etwas vor ihr befand. Langsam ging sie in die Knie, tastete behutsam die Holzdielen ab, bis sie den vermeintlichen Gegenstand fand. Was war das? Es fühlte sich weich an. Weich wie … wie Federn. Dazwischen spürte sie etwas … »Merlin! Pfui Teufel!« Erschrocken sprang Magdalena aus der Hocke auf. Diesmal hatte ihr der Kater einen toten Vogel nach Hause gebracht. Der Kadaver musste weg, bevor er ihn zerlegte und die Reste in der Stube verteilte. Noch einmal bückte sie sich, um den starren, gefiederten Körper aufzuheben und nach draußen zu tragen. Dort warf sie ihn in die Mülltonne. »Peter!«, rief sie in den Wald. »Sancho!«

Da war nichts. Außer Luna, die einige Schritte abseits ihre Notdurft verrichtete, dem Nieseln des Regens, dem Rauschen des Baches und dem würzigen Geruch des feuchten Waldes. Dennoch wuchs sich ihre Sorge um Peter und Sancho allmählich zur Angst aus. Magdalena zitterte jetzt am ganzen Körper. Sie musste ins Haus zurückkehren, bevor sie sich hier draußen den Tod holte. Bis zum Abend wollte sie auf die beiden warten, dann die Polizei verständigen. Auch wenn Peter ihr das bestimmt übel nehmen würde.

KAPITEL 3

»Himmelherrgott noch mal! Dieser verdammte Gatsch!«, schimpfte Bergmann, der hinter Sandra über eine Baumwurzel stolperte und beinahe hinfiel. Vergeblich versuchte er, den Matsch von den Profilsohlen seiner Sportschuhe an einem Felsen am Wegesrand abzustreifen.

»Hör lieber zu fluchen auf. Immerhin befinden wir uns in der Nähe vom Pilgerweg nach Mariazell«, zog Sandra ihn auf. Auch sie musste ihre Schritte sorgsam setzen, um mit ihren Gummistiefeln auf dem durchweichten Waldboden nicht auszurutschen. Wenigstens hatte der Regen während der knapp anderthalbstündigen Autofahrt von Graz nach Ainberg an der Mürz etwas nachgelassen. Dem leichten Nieseln würde ihre alte, kaum mehr imprägnierte Jacke schon noch standhalten, hoffte sie wenigstens. Den Regenschirm, der ihr im Wald nur hinderlich gewesen wäre, hatte sie lieber gleich im Wagen gelassen.

Nach etwa 100 Metern blieb Sandra stehen, den Blick auf das Display ihres Handys gerichtet. Vom Kollegen der Tatortgruppe hatte sie sich die GPS-Daten des Einsatzortes durchgeben, statt sich vom Parkplatz beim Dorfwirt in Ainberg abholen zu lassen. Hier musste irgendwo die Stelle sein, an der sie vom markierten Weg nach links abzweigen sollten, um den direkten Weg zum Leichenfundort zu nehmen. Der war zwar von zwei Seiten, das letzte Stück jedoch nur zu Fuß erreichbar. Ob man nun, wie die beiden Ermittler, von unten oder aber von oben kam. Sandra sah sich um und entdeckte einen schmalen Pfad, der tiefer in den Wald hineinführte. »Hier lang«, sagte sie zu Bergmann gewandt und marschierte weiter. Der Chefinspektor war ihr dicht auf den Fersen. Zu dicht. Die nassen Zweige der jungen Fichte, die Sandra mit ihrer Schulter streifte, schnalzten ihm mitten ins Gesicht.

»Aua! So pass doch auf, verdammt«, maulte er.

»Das war die Strafe Gottes für deine Flucherei. Alles okay mit dir?« Sandra drehte sich um. Ins Auge war jedenfalls nichts gegangen. Missmutig wischte sich Bergmann mit dem Handrücken die Wassertropfen vom unrasierten Kinn. Sandra überprüfte die Koordinaten auf ihrem GPS-Handy noch einmal und nahm die Kapuze ab, um zu lauschen.

»Bist du sicher, dass wir hier richtig sind?«, wollte Bergmann wissen.

»Die Felswand befindet sich linkerhand – exakt, wo sie sein sollte. Und ich höre Stimmen …«

»Vermutlich Engelsstimmen«, spottete Bergmann.

»Hörst du sie etwa nicht? Los, komm schon!« Sandra setzte sich wieder in Bewegung.

Bergmann folgte ihr weiter durch den Wald, diesmal in etwas größerem Abstand, bis sie die gesuchte Lichtung erreichten. Am anderen Ende der Wiese standen einige Leute am Waldrand. Aus dieser Entfernung konnte Sandra nicht viel erkennen. Außer, dass es sich um uniformierte Einsatzkräfte der Polizei und Feuerwehr handelte. Die Gestalten in den weißen Overalls gehörten der Tatortgruppe des LKA an. Der Tatort selbst musste hinter dem rot-weiß gestreiften Polizeiabsperrband im dunkleren Wald liegen und war von hier aus nicht einsehbar.

An die 100 Meter wateten Sandra und Bergmann durchs

Gras, das ihr bis zur Hüfte reichte. Entsprechend durchnässt waren ihre Hosenbeine, als sie ans Ziel gelangten.
Wenigstens waren Sandras Füße dank der Gummistie-
fel trocken geblieben. Im Gegensatz zu Bergmanns, der
unaufhörlich hinter ihrem Rücken schimpfte.

Vorhin auf der Fahrt hatte er ihr endlich verraten, was
sie am Einsatzort erwartete. Ein gehängter Mann und ein
getöteter Hund. Nichts, was sie nicht schon einmal gesehen hätten, hatte Sandra bis zu diesem Zeitpunkt jedenfalls geglaubt. Jetzt wurde ihr schlagartig bewusst, dass sie
sich gründlich geirrt hatte. Der bizarre Anblick der Leichen ließ sie auf der Stelle erstarren. »Heiliger Bimbam«,
entkam es ihr.

»Ist der Mann inzwischen identifiziert?«, sprach Bergmann den männlichen der beiden uniformierten Kollegen
am Polizeiabsperrband an. Sandra schlüpfte hinter dem
Chefinspektor unter dem Flatterband durch und betete
zur Begrüßung ihre Namen und Dienstränge herunter,
den Blick noch immer auf die Leichen gerichtet.

Inspektionskommandant Hannes Trummer stellte sich
und die jüngere Inspektorin Daniela Stix von der örtlichen
Polizeiinspektion ebenfalls vor, ehe er Bergmanns Frage
beantwortete. »Seine Identität ist uns nach wie vor unbekannt. So was hab ich noch nie gesehen …« Trummer war
sichtlich erschüttert.

»Also ist er nicht aus dieser Gegend?«

»Wenn's einer von uns ist, kann ich ihn beim besten Willen nicht erkennen«, meinte Stix, nicht minder schockiert.

»Ich auch nicht«, stimmte ihr Trummer zu.

»Wurde jemand vermisst gemeldet?«, fragte Bergmann.

Trummer und Stix schüttelten synchron die Köpfe. »Bei
uns jedenfalls ned«, antwortete er.

»Wie sieht es denn mit Hunden aus?«, wollte der Chefinspektor wissen.

»Hä?« Trummer verstand nicht.

Stix schwieg. Die kleine, aber umso pummeligere Polizistin war bleich um die Nase, was angesichts der grotesk anmutenden Leichen nachvollziehbar war.

»Na, es gibt doch sicher einige Hunde in der Gegend«, half Sandra dem Inspektionskommandanten auf die Sprünge.

»Ach so. Ja freilich«, bestätigte Trummer.

»Na also. Ich brauche eine Liste mit allen Hundehaltern aus der Umgebung. Und schreibt die Rassen der Hunde dazu, sofern es sich nicht um Zwergpinschpudeldackel oder Exemplare in Rattengröße handelt«, ordnete Bergmann an.

»Jetzt gleich?«, fragte Trummer nach.

»Wenn ihr derzeit keine anderweitigen Verpflichtungen habt, als entsetzt im Wald herumzustehen …«

»Nein … Ja, wir kümmern uns sofort drum.«

»Moment noch«, hielt Bergmann die Uniformierten auf. »Wer hat die Leichen denn gefunden?«

»Ach so. Ein Pilger aus Hartberg. Almer Gerhard heißt er. Ein Hauptschullehrer«, berichtete Trummer.

»Und den habt ihr einfach gehen lassen?«

»Nein, ich hab vor lauter … ich hab nur vergessen, es zu erwähnen. Der Zeuge und seine Pilgergruppe warten beim Dorfwirt in Ainberg auf ihre Einvernahme. Sie sind zu fünft. Alles Lehrer.«

»Auch das noch …« Bergmann seufzte.

»Wollt's die Namen haben?«, fragte Stix.

»Nicht jetzt. Sagt ihnen, sie sollen sich gedulden. Wir kommen dann. Sobald wir hier fertig sind.«

»Dann …«, wiederholte Trummer, »jawoll.« Seine flache Hand wanderte zackig an den Rand der Kappe, die zum Schutz vor dem Regen mit einer transparenten Plastikhaube überzogen war.

»Ungefähr in einer Stunde«, wurde Sandra konkreter. »Die Liste mit den Hunden könnt ihr mir mailen. Wenn's Neuigkeiten zu dem Fall gibt oder euch irgendwas dazu einfällt, ruft mich umgehend an, ja?«

Trummer nickte und steckte ihre Visitenkarte ein. Verunsichert blickte er von der Abteilungsinspektorin zum Chefinspektor.

»Was ist? Worauf wartet ihr denn noch? Gemma, gemma!«, schnauzte Bergmann ihn an und wedelte die örtlichen Polizisten mit den Händen aus seinem Blickfeld.

Die beiden beeilten sich, den Tatort zu verlassen, um ihrem Auftrag nachzukommen.

»Das sind vielleicht zwei Komiker«, murmelte Bergmann und wandte seine Aufmerksamkeit wieder dem Schauplatz des Verbrechens zu.

»Vermutlich sind den beiden noch niemals Leichen in einem derartigen Zustand untergekommen«, nahm Sandra die Dorfpolizisten in Schutz.

»Na, das eine oder andere Unfallopfer werden Dick und Doof doch schon vom Baum gekratzt haben. Ist ja schließlich auch kein besonders schöner Anblick, oder?« Bergmanns Augen waren auf die Leiche des Mannes gerichtet.

Sandra fand die Überheblichkeit des Chefinspektors wieder einmal zum Kotzen. Dennoch blieb ihr nichts anderes übrig, als neben ihm am Absperrband zu warten, bis die Tatortgruppe etwaige Spuren sichergestellt hatte. Während der Kollege auf der Leiter herumturnte, um zu fotografieren, betrachtete sie das schaurige Bild der toten Körper, die beide kopfüber, einen guten Meter voneinander entfernt, vom untersten, waagrecht gewachsenen Ast eines alten Bergahornbaumes herabbaumelten.

Bergmann neigte den Kopf zur Seite und kniff die Augen zusammen. »Einmal verkehrt herum ... interessant«, stellte er fest.

»Du hast also nicht gewusst, dass die Opfer an den Füßen aufgehängt wurden?«, hakte Sandra nach.

Bergmann schüttelte den Kopf und überlegte anscheinend noch immer, was er von diesem ungewöhnlichen Anblick halten sollte.

»Vielleicht sind die beiden in eine Falle getreten«, sprach Sandra ihre erste Vermutung aus.

»Dann dürfte das Seil aber nur um ein Bein des Mannes geschlungen sein. Und wenn sich der Hund nicht im Rückwärtsgang bewegt hat, müsste es ihn doch an einem Vorderlauf erwischt haben.« Beides war augenscheinlich nicht der Fall. »Möglich, dass der Mann es selbst getan hat«, überlegte Bergmann laut weiter.

Unwahrscheinlich, wollte Sandra ihm intuitiv widersprechen, behielt ihre Meinung aber vorerst bei sich. Dennoch ließ sich ein Suizid derzeit nicht ausschließen, musste sie dem Chefinspektor insgeheim zustimmen. Der Mann konnte den Hund an den Hinterläufen festgebunden und hochgezogen haben, danach selbst mithilfe des Seils auf den Baum geklettert sein, um sich zu erhängen. Aber warum zum Teufel an den Füßen? So zu sterben, war erheblich qualvoller, als mit der Schlinge um den Hals in die Tiefe zu springen, um sich im Idealfall den Kehlkopf zu zerquetschen und das Genick zu brechen. Das wäre zweifelsfrei die schnellere, schmerzlosere Methode gewesen. Nein, überlegte sie weiter, das hier sah nicht nach einer Selbsttötung aus, sondern nach einer Hinrichtung. Irgendwo hatte sie ein ähnliches Bild schon einmal gesehen. Bloß fiel ihr momentan nicht ein, wo.

In ihrem Augenwinkel näherte sich eine Gestalt. Sandra wandte sich der Gerichtsmedizinerin zu, die sich im klassischen beigen Trenchcoat und Gummistiefeln in Burberry-Karo zu ihnen gesellte.

»Mahlzeit!« Doktor Jutta Kehrer grüßte mit einer Floskel, die Sandra in Anbetracht der Leichen reichlich deplatziert vorkam, wenngleich sie um die Mittagszeit durchaus gebräuchlich war. Besonders appetitanregend fand sie die gegenwärtige Situation jedenfalls nicht. Also begnügte sie sich mit einem wortlosen Nicken. Dass die Begrüßung des Chefinspektors ebenso spärlich ausfiel, wunderte Sandra. Da weder Pietätsgefühl noch Sensibilität zu seinen herausragenden Charaktereigenschaften zählten, vermutete sie eher, dass seine Leidenschaft für Doktor Kehrer abgekühlt war. Was auch immer der Grund dafür sein mochte.

Der Gerichtsmedizinerin war wie gewöhnlich keinerlei menschliche Regung anzumerken, was ihr die meisten Leute als Arroganz auslegten. Auch Sandra bildete da keine Ausnahme. Lediglich die Patienten ließ das unterkühlte Verhalten der Ärztin völlig kalt. Sie waren allesamt tot.

»Die beiden wurden an den Knöcheln beziehungsweise an den Hinterläufen aufgehängt«, stellte Frau Doktor Kehrer fest, was für jeden Laien, selbst aus sechs Meter Entfernung betrachtet, offensichtlich war.

»Das Passiv gilt zumindest für den Hund«, sagte Bergmann. »Oder kannst du aus dieser Distanz ausschließen, dass der Mann Suizid begangen hat?«

»Suizid, meinst du«, wiederholte die Ärztin nachdenklich. »Also, ich weiß nicht. Die Methode erscheint mir aber höchst ungewöhnlich.«

»Nur so eine Idee«, relativierte Bergmann seinen Einwand.

»Wie lange hält der Kreislauf das aus?«, fragte Sandra.

»Maximal ein paar Stunden. Kommt auf das Körpergewicht, die Außentemperatur und die allgemeine Konstitution an«, erklärte Frau Doktor Kehrer. »Beim Hund hat es sicher einige Stunden länger gedauerte als beim Mann, bis er verstorben ist.«

»Die Viecher sind zäh. Der Hund sieht jedenfalls deutlich besser aus als der Mann«, merkte Bergmann an.

»Das Fell verbirgt so einiges.« Die Ärztin sah Bergmann aus schmalen Augen an. Zwischen den beiden herrschte Gewitterstimmung, war sich Sandra nunmehr sicher.

»Wir sind hier mit den Spuren soweit fertig. Sie können sich die Leichen jetzt näher ansehen«, meldete sich Manfred Siebenbrunner zu Wort. Damit hatte der Leiter der Tatortgruppe den Schauplatz des Verbrechens für die weiteren Ermittlungen freigegeben.

»Kommen Sie«, sprach die Gerichtsmedizinerin Sandra direkt an.

Spätestens jetzt musste sie sich den Toten nähern. Ob sie nun wollte oder nicht. Tausende Fliegen umschwirrten die Leichen und legten ihre Maden im toten Fleisch ab, damit neues Insektenleben entstehen konnte. Die unterbluteten, stark vergrößerten Augäpfel traten bei beiden aus den Höhlen, als würden sie jeden Moment herausspringen. Die Zungen waren durch den Druck, den das Blut und die Gewebsflüssigkeit in dieser ungewohnten Position ausübten, ebenfalls geschwollen und quollen aus

Mund und Fang. Die ballonartigen Köpfe drohten jeden Moment zu zerplatzen. So sahen sie jedenfalls aus. Während die Ohren des Mannes wulstig vom Kopf abstanden, gehorchten seine dunkelbraunen Haare der Schwerkraft und hingen auf Sandras Augenhöhe klatschnass herab. In aufrechter Stellung musste ihm die Mähne bis zum Kinn gereicht haben, schätzte sie. Der dunkle Vollbart konnte die auffällige blauviolette Färbung seiner Haut kaum verbergen, so aufgedunsen, wie sich auch das Gesicht und der Hals präsentierten. Das hier war wahrlich kein schöner Anblick. Selbst für hartgesottene Kriminalpolizisten der Mordgruppe nicht, die einiges gewöhnt waren. Noch grausiger hatte Sandra nur die Leiche der jungen Frau gefunden, die vor zwei Jahren auf einem weststeirischen Kürbisacker gepfählt und als menschliche Vogelscheuche dort aufgestellt worden war. Damals war ihr schon am Leichenfundort speiübel gewesen. Das blieb ihr in diesem Fall wenigstens erspart.

Die Gerichtsmedizinerin bat einen der umstehenden Männer, für sie die Leiter zu halten und kletterte dann hinauf, um dem Toten das nasse T-Shirt und das Flanellhemd aus dem Hosenbund mit dem braunen Ledergürtel zu ziehen. Der Oberkörper war ebenso stark angeschwollen wie Gesicht und Hals und wies vom unteren Rippenbogen bis zu den Schultern ausgeprägte Leichenflecken auf. Finger, Hände und Arme, die herabhingen, sahen aus, als steckten sie in langen blauvioletten Gummihandschuhen, die jemand aufgeblasen hatte.

Sandra wunderte sich, dass Doktor Kehrer die Leiche des Mannes dort oben begutachtete, anstatt sie gleich herunterholen zu lassen. Wäre es nicht viel einfacher gewesen, sie auf dem Boden zu untersuchen? Die Gerichtsme-

26

dizinerin wusste bestimmt, was sie tat. Also widmete sich Sandra dem Anblick des toten, ebenso nassen Hundes über ihrem Kopf. Ob er irgendeiner Rasse angehörte?, fragte sie sich. Dass es sich um einen Rüden handelte, verriet ihr sein Geschlechtsteil. Mit viel Fantasie ähnelte er einem Deutschen Schäferhund, doch das Fell war vom Fang über die Brust deutlich heller und wies auch am dunkleren Rücken weiße Einsprenkelungen auf. Die Haare kamen ihr etwas länger und, wie die Unterwolle, dichter vor. Genauso gut hätte es sich um einen Husky, einen Wolfshund oder auch um einen Wolf handeln können, der neben dem toten Mann vom Ast herabbaumelte. Aber Wölfe gab es in der Steiermark schon lange keine mehr, hatte sie in der Schule gelernt. Oder waren sie inzwischen zurückgekehrt?

Wer um Himmels willen beging einen solchen Mord? Und warum?, fragte sich Sandra weiter. Die Inszenierung der Leichen wirkte absichtlich gewählt, als wären die beiden nach einem bestimmten Ritual hingerichtet worden. Noch einmal versuchte sie sich zu erinnern, wo ihr ein solches Bild schon einmal untergekommen war. War das auf einem Foto gewesen? Oder auf einer Zeichnung? Auf einem alten Kupferstich vielleicht?

»Okay«, unterbrach Frau Doktor Kehrer ihre Überlegungen, während sie die Leiter hinabstieg. »Kann jemand die Leiche des Mannes herunterholen?« Sie wandte sich ihrem Laptop zu, der ihr unter anderem für gerichtsmedizinische Berechnungen diente.

»Können Sie den Todeszeitpunkt denn schon eingrenzen?«, fragte Sandra, nachdem sie ihr eine Weile über die Schulter geschaut hatte.

»Die beiden sind sicher die ganze Nacht hier gehangen. Die Totenflecken lassen sich bei dem Mann nicht mehr wegdrücken. Seiner Körpertemperatur nach zu urteilen, müsste er gestern zwischen 17 und 19 Uhr verstorben sein. In der vergangenen Nacht hat es laut regionalen Wetteraufzeichnungen auf zwölf beziehungsweise dreizehn Grad abgekühlt. Im feuchten Wald kann es durchaus ein bisschen kälter gewesen sein.«

»Könnte der Mann denn bewusstlos oder schon tot gewesen sein, als er hier aufgeknüpft wurde?«

»Möglich. Aber warten wir lieber die Obduktion ab. Ein solcher Fall ist mir bisher noch nicht untergekommen, muss ich gestehen.« Die Gerichtsmedizinerin klappte ihren Laptop zu und linste noch einmal durch die Blätter des mächtigen Bergahorns hinauf. Die stärkste Stelle, an der das Seil mit dem Mann befestigt war, hatte in etwa den Umfang eines nicht allzu kräftigen Oberschenkels, verjüngte sich in Richtung Hundeleiche und weiter nach außen hin.

»Müsste es einem gesunden, einigermaßen trainierten Mann nicht möglich sein, sich aus eigener Kraft aus dieser hängenden Position in eine aufrechte zu bringen?«, fragte Bergmann.

Der Blick der Gerichtsmedizinerin wanderte von der Leiche zum Chefinspektor. Sie musterte ihn abschätzig. »Das halte ich für sehr unwahrscheinlich. Einer deiner jüngeren, fitteren Kollegen soll es doch mal versuchen«, schlug sie ihm vor.

»Was soll das heißen? Ich bin topfit«, glaubte Bergmann sich verteidigen zu müssen.

Sandra grinste. »Willst du dich etwa freiwillig für diese Turnübung melden?« Sie hätte schwören können, den Anflug eines Lächelns im Gesicht der Gerichtsmedizinerin zu erkennen, bevor sich diese Siebenbrunner zuwandte.

Der kam soeben mit drei Feuerwehrmännern auf sie zu, die eine längere Leiter und eine Plane brachten.

»Seid's ihr hier fertig?«, fragte der stämmige Mann, der die zusammengefaltete Plastikplane trug.

Bergmann nickte. »Fürs Erste, ja. Beide Leichen gehen in die Gerichtsmedizin.«

»Aber der Hund doch nicht«, protestierte Frau Doktor Kehrer. »Das ist Angelegenheit eines Veterinärs.«

»Mein Gott, dann ziehst du halt einen Tierarzt hinzu«, erwiderte Bergmann. »Wo ist das Problem?«

»In meinem Sektionssaal?«

»Warum denn nicht? Hunde sind doch auch nur Menschen.« Bergmann verzog keine Miene.

»Solltest du derlei Entscheidung nicht lieber dem Staatsanwalt überlassen?«, giftete ihn Jutta Kehrer an.

Wenn Blicke töten könnten, dachte Sandra. Was war nur zwischen den beiden vorgefallen, das ihm die Dame so übel nahm? Ganz so gefühllos war sie demnach doch nicht.

Bergmann blieb ungerührt. Wie Winnetou im Film legte er die flache Hand über seine Augenbrauen und ließ den Blick in die Ferne schweifen. »Ich sehe hier keinen Staatsanwalt. Außerdem leite ich die kriminalpolizeilichen Ermittlungen«, konterte er und ließ die Hand wieder fallen. »Und ich möchte möglichst rasch herausfinden, was hier wann geschehen ist. Auch mit dem armen Tierchen. Der Staatsanwalt wird das nicht viel anders sehen und die Obduktion anordnen, wenn ich ihn dann anrufe.«

»Vielleicht ist der Hund ja gechipt und führt uns zum Namen seines Besitzers«, ging Sandra dazwischen. Ein besserer Einwand fiel ihr momentan nicht ein, um den Zwist der beiden zu unterbrechen. Sollten sie ihre Unstimmigkeiten doch gefälligst auf privatem Terrain ausfechten. Ein solches Verhalten war alles andere als professionell.

»Wir sehen uns also bei der Leichenöffnung. Montag um neun.« Doktor Kehrers Einladung hatte Bergmann gegolten. Das Feuer in ihrem Blick war der üblichen Eiseskälte gewichen. Sie nickte Sandra zu und wandte sich ab, um den Tatort schleunigst zu verlassen. Bergmann sah ihr nicht einmal hinterher.

Siebenbrunner instruierte die Feuerwehrmänner besonders eindringlich, dass sie beim Abnehmen der Leichen nur ja keine tatrelevanten Spuren zerstörten. Der zuständige Kriminaltechniker sollte als Erster auf den Baum hinaufklettern, um mögliche weitere Spuren zu sichern und Fotos zu schießen. Sandra trat zurück, um Platz für die lange Leiter zu machen. Den Chefinspektor zog sie am Arm mit sich, sodass sie beide etwas abseits neben Siebenbrunner zu stehen kamen. »Irgendwelche brauchbaren Spuren?«, erkundigte sie sich beim leitenden Kriminaltechniker, den sie genauso wenig ausstehen konnte wie er sie. Hoffentlich war er heute ausnahmsweise friedlich gestimmt. *Eine* Zwidawurzn am Tatort reichte ihr völlig. Auch wenn sich diese soeben grollend entfernt hatte.

»Es finden sich hier kaum tatrelevante Spuren. Wie auch? Bei dem vielen Regen.« Siebenbrunner deutete auf den matschigen Waldboden. Dann hob er die Hände gen Himmel, aus dem es noch immer leicht nieselte.

Sandra blickte nach oben, während der Mann auf der Leiter, teilweise vom Laub verdeckt, fotografierte. Erst als er wieder hinabkletterte, stieg der Feuerwehrmann hinauf, um das Seil durchzuschneiden. Die beiden anderen nahmen den Leichnam unten in Empfang, um ihn auf der Plane zwischenzulagern, bis er vom Bestatter abtransportiert wurde. »Was ist mit dem Seil? Irgendwelche Besonderheiten?«, fragte sie, während sie die aufgescheuchten Fliegen, die sie umschwirrten, mit den Händen vertrieb.

»Auf den ersten Blick nicht«, meinte Siebenbrunner, der zu Füßen der Leiche hockte und das Seil inspizierte. »Scheint mir ein handelsübliches Kletterseil mit einem Polyamidkern zu sein. 9,5 mm. Die Knoten sind gekonnt gelegt, weisen aber keine Auffälligkeiten auf.«

»Könnte er mit dem Seil hinaufgeklettert sein?«

»Ich sehe weder einen Klettergurt noch einen Karabiner. Auch keine Steigschlingen, Steigklemmen, Klemmknoten oder sonstige Hinweise, die für SKT sprechen. Von einer Sicherung ganz zu schweigen.«

»SKT?«, fragte Sandra nach.

»Seilklettertechnik. Auch Doppelseiltechnik, wie sie beim Baumklettern, bei der Baumpflege und bei Baumfällungen von Forstarbeitern eingesetzt wird.«

»Wenn der Mann nicht selbst mit dem Seil auf den Baum geklettert ist, wie ist er dann dort hinaufgelangt?«, fragte Sandra, den Blick wieder nach oben gerichtet. Allmählich drohte ihr Genickstarre.

Siebenbrunner erhob sich mit dem losen Seilende in der Hand. »Ganz einfach. Wahrscheinlich wurde ein Ende beschwert und nach oben geworfen, das andere an den Fußknöcheln des Mannes befestigt. Dann wurde er hochgezogen. Zeigen Sie mir mal die Bilder, Andi.« Er griff nach der Kamera und betrachtete die Fotos.

Sandra starrte konzentriert hoch, während der Feuerwehrmann rittlings auf dem Ast saß, um die Hundeleiche vom Seil zu schneiden. »Ohne Flaschenzug oder andere technische Hilfsmittel?«

»Durchaus möglich. Ein gewisser Kraftaufwand wäre allerdings schon erforderlich gewesen.«

»Aber ein einzelner Mann könnte es geschafft haben? Oder waren hier mehrere Täter am Werk? Ist vielleicht einer auf den Baum geklettert?«, fragte Sandra weiter.

»Ohne Leiter oder sonstige Aufstiegshilfe halte ich das für schwierig.«

»Der Täter könnte doch ebenfalls ein Seil benutzt haben. Und einen Gurt. Vielleicht war er ein Kletterer.«

»Frau Mohr, es ist unser Job, den technischen Tathergang zu rekonstruieren. Sobald die Leichen fort sind, werden wir uns den möglichen Tatszenarien widmen. Sie werden sich wohl oder übel noch ein wenig gedulden müssen.«

Seit wann war das Mitdenken bei der Polizei verboten?, ärgerte sich Sandra. Warum glaubte der Kollege immer, dass sie seine Kompetenz anzweifelte? Sie atmete tief durch und schluckte ihre letzten beiden Fragen hinunter. Dann erst sprach sie ihn in möglichst emotionslosem Tonfall an. »Wann dürfen wir mit Ergebnissen rechnen?«

»Sobald wir die Spuren ausgewertet haben«, blieb Siebenbrunner vage.

»Einer der Männer soll versuchen, sich aus der Position der Leiche ohne Hilfe aufzurichten«, ordnete Bergmann an.

Siebenbrunner nickte wortlos. Wieder einmal musste Sandra zur Kenntnis nehmen, dass der Kriminaltechniker die Worte des Chefinspektors zumeist ohne Widerrede akzeptierte, während er sie ständig in die Schranken wies. Und sie hatte nicht das Gefühl, dass dies ausschließlich an ihrem niedrigeren Dienstrang lag. Entweder war es etwas Persönliches, oder aber er verachtete Frauen generell. Nur in einem Punkt behandelte er alle Kollegen – unabhängig von deren Geschlecht und Dienstrang – gleich, indem er sie konsequent siezte, was bei der Polizei unüblich war.

»Machen wir«, hörte sie Siebenbrunner sagen. »Obwohl ich bezweifle, dass sich jemand verkehrt hängend aufrichten kann. Außer, er ist ein begnadeter Turner, Zirkusartist oder Entfesselungskünstler. Der Baumstamm ist viel zu weit entfernt, als dass man sich darauf abstützen und irgendwie hochhanteln könnte. Ich sehe auch keine erreichbaren Äste.«

»Mit Schwingen schafft man es vielleicht«, versuchte es Sandra mit einer neuen Theorie.

»Mit Schwingen, meinen Sie? Höchstens mit Adlerschwingen«, meinte Siebenbrunner trocken.

Bergmann biss sich auf die Lippe, was Sandra weder entging noch überraschte. Schließlich hätte diese dämliche Wortmeldung genauso gut aus seinem Mund stammen können. Momentan fehlten ihr sowohl die Energie als auch die Lust, sich mit dem eigentümlichen Humor der beiden Männer auseinanderzusetzen. Kommentarlos wandte sie sich ab, um sich unter den jüngeren Kollegen nach einem geeigneten Kandidaten für das sportliche Experiment umzusehen. »Der dort drüben könnte unser Mann sein. Er sieht durchtrainiert aus, scheint aber nicht sehr schwer zu sein. Und die Größe dürfte in etwa jener des Opfers entsprechen.«

»Damenwahl«, kommentierte Bergmann und zwinkerte Siebenbrunner zu.

Der ignorierte den Spruch des Chefinspektors und die allzu joviale Geste geflissentlich.

Sandra bemühte sich, ruhig zu bleiben. »Wäre dir ein anderer lieber?«, fragte sie mit säuerlichem Grinsen.

»Nein, nein. Du hast definitiv den besseren Blick für

junge Männer«, meinte er und deutete mit einer ausladenden Geste an, dass er ihr den Vortritt ließ.

Spielte er schon wieder darauf an, dass Julius um läppische fünf Jahre jünger war als sie? Als ob das noch eine Rolle spielte. War Bergmann wirklich kein Scherz zu blöd, der auf ihre Kosten ging? Am liebsten wäre sie ihm auf der Stelle an die Gurgel gesprungen. Wären nur nicht so viele Zeugen vor Ort gewesen. Stattdessen atmete sie erneut tief durch. Sie musste sich auf den Fall konzentrieren, nicht von den dummen Sprüchen der Kollegen ablenken lassen. Ein weiteres Mal wandte sie sich Siebenbrunner zu. »Konnten Sie persönliche Gegenstände sicherstellen?«, fragte sie, um Sachlichkeit bemüht.

»Ein paar Geldscheine in der rechten hinteren Hosentasche«, antwortete Siebenbrunner, »und Münzen. Einige davon sind auf der Erde unter der Leiche gelegen. Sind ihm vermutlich herausgefallen. Insgesamt haben wir etwas über 30 Euro gezählt.«

»Und sonst hat er nichts dabei gehabt?« Sandra vermied es zuzusehen, wie die Leiche des Mannes in den Transportsarg gehoben wurde. Seltsamerweise vermittelte ihr just dieser Akt die Endgültigkeit des Todes immer am eindrücklichsten.

»Keine Papiere, kein Handy, keine Schlüssel.« Siebenbrunner bückte sich und holte einen Plastikbeutel aus einem der herumstehenden metallenen Tatortkoffer. »Interessant könnte vielleicht dieses Stück hier sein.«

Sandra nahm den Beutel entgegen, den er ihr entgegenstreckte. »Eine Mundharmonika? Und wo lag die genau?«

»Hier. Auf dem Boden zwischen den Münzen.«

»Halt das Ding mal ruhig, damit ich ein Foto davon schießen kann«, warf Bergmann ein, das Handy gezückt.

Ob das Instrument dem Opfer gehört hatte, würde ein DNA-Abgleich zeigen, überlegte Sandra, während sie das Asservat für den Chefinspektor hochhielt. Oder hatte gar der Täter ihnen den Gefallen getan, seine Mundharmonika am Tatort zu verlieren? »Ob der Mann ein Wanderer war? Bergschuhe hatte er jedenfalls an«, überlegte sie laut.

»Vielleicht war er ein Pilger«, meinte Bergmann.

»Dann muss er aber vom rechten Weg abgekommen sein. Der Mariazeller Pilgerweg verläuft einige Kilometer weiter westlich.« Sandra hatte sich die Waldstraßen und Wanderwege unterwegs angesehen und die wichtigsten eingeprägt.

»Es war doch aber auch ein Pilger, der die Leiche gefunden hat«, gab Bergmann zu bedenken.

»Das hat mich vorhin schon gewundert.«

»Haben Pilger nicht einen Rosenkranz dabei? Ein Pilgerkreuz? Oder wenigstens einen Rucksack?« Bergmann blickte von seinen Handyfotos auf.

Sandra zuckte mit den Schultern. »Keine Ahnung.« Fürs Wallfahren hatte sie sich noch nie interessiert. »Vielleicht war er ja nicht alleine unterwegs. Jemand könnte seine Sachen nach dem Mord mitgenommen haben.«

»Und das Geld und die Mundharmonika liegen lassen haben«, setzte Bergmann ihren Gedankengang fort.

»Die Gegenstände könnten ihm erst später aus den Hosentaschen gefallen sein, nachdem das ganze Blut und die Körperflüssigkeiten in den Oberkörper gesackt sind«, spekulierte Sandra und gab Siebenbrunner den Plastikbeutel zurück, ohne ihn eines weiteren Blickes zu würdigen. »Lass uns die Zeugen beim Dorfwirt befragen«, schlug sie Bergmann vor und wandte sich um. Dabei fiel ihr Blick zufällig auf den toten Hund, der soeben in eine Alubox verfrachtet wurde. Er war zwar kein Mensch, wie Bergmann vorhin scherzhaft gemeint hatte, dennoch machte ihr dieser Augenblick die Unwiederbringlichkeit eines Lebewesens, an dem vermutlich jemandes Herz gehangen war, schmerzlich bewusst. Wieder fiel ihr Julius ein. Er lebte. Aber wie würde er sein neues, eingeschränktes Leben bewältigen, wenn er erst einmal aus der Reha-Klinik entlassen worden war? Wie sollte sie damit umgehen? Würde er sie je wieder uneingeschränkt lieben können? Und sie ihn? Momentan sah es nicht danach aus.

»Vergiss nicht, deinen Houdini anzuweisen.« Mit der Erwähnung des Entfesselungskünstlers, der es im 19. Jahrhundert zu Weltberühmtheit gebracht hatte, riss Bergmann sie aus ihren Grübeleien. Es regnete jetzt wieder stärker.

»Das übernehme ich«, bot sich Siebenbrunner an.

»Gut. Was für ein Scheißwetter! Kommst du, Sandra?« Bergmann wandte sich ab und steuerte schnurstracks auf die Wiese zu, über die sie hergekommen waren. Irgendwo im Wald bellte ein Hund.

KAPITEL 4

Luna schlug an. Magdalena schreckte aus einem Traum hoch, den ihr Bewusstsein sofort wieder löschte. »Luna, aus!« Die Eingangstür quietschte. Peter hatte die Scharniere längst schmieren wollen. Magdalena lauschte in den Raum, hörte das Knarren der Dielen, die schweren Schritte nebenan. War Peter endlich zurück? Luna knurrte immer lauter. Etwas stimmte hier nicht. Die Schritte kamen näher.

»Peter?« Magdalenas Frage klang um einiges zögerlicher, als beabsichtigt. Ihr Herz schlug viel zu laut, viel zu schnell. »Aus«, zischte sie Luna zu, die das Knurren sofort einstellte.

Polternd flog die Tür auf.

Die wenigen intakten Rezeptoren auf Magdalenas von Geburt an degenerierter Netzhaut nahmen das Licht wahr, das eingeschaltet wurde.

Luna hechelte aufgeregt.

Schritte. Tritte. Schläge. Dann ein Winseln.

»Luna! Nein! Bitte, tun Sie ihr nichts! Wer sind Sie?«, stieß Magdalena panisch hervor. Der krachende Schmerz traf sie mitten ins Gesicht. Ihr Oberkörper flog zurück aufs Bett, der Hinterkopf schlug gegen die Wand. Erst kam der Schwindel, dann ein dunkler Schatten über sie. Sein Atem roch widerlich. Er schob ihr Nachthemd hoch, riss ihren Slip hinunter, zwängte sich gewaltsam zwischen ihre Beine.

Dabei hatte sich Magdalena endlich sicher gefühlt. Hier, bei Peter. Beschützen hatte er sie wollen, nie wieder hätte ihr ein Leid zugefügt werden sollen, hatte er ihr versprochen. Sie hätte auch ihm nicht vertrauen dürfen. »Aufhören«, flehte sie, »bitte aufhören. Luna! Peter!«

»Sei still! Der Waldmensch kann dir nimmer helfen«, flüsterte ihr die hasserfüllte Stimme ins Ohr. »Und jetzt bist du dran, Hexe.«

Der stechende Schmerz in ihrem Unterleib ließ Magdalena aufschreien. Er presste seine Hand auf ihren Mund, drang noch gieriger in sie ein. »Still, Hexe! Ich werd' dir den Teufel schon austreiben«, keuchte er ihr ins Ohr.

Hexe!, hallte es in ihrem Kopf nach. Luft! Sie bekam keine Luft mehr!

Sein Stöhnen wurde lauter, er atmete immer schneller. Bald würde es vorbei sein.

Luna … Peter …

Das Keuchen wurde leiser und leiser.

Vertraute Dunkelheit. Wohlige Wärme. Magdalena gab sich ihr hin, bis sie keinen Schmerz mehr fühlte.

KAPITEL 5

Zum zweiten Mal an diesem Tag waren ihre Haare nass vom Regen, stellte Sandra fest, als sie sich im Spiegel hinter der Schank des Dorfwirts erblickte. Diesmal betraf es zwar nur die vorderen Strähnen, dennoch beschloss sie, sich bei nächster Gelegenheit eine neue Regenjacke zuzulegen. Wieso hatte eigentlich das Opfer keine wetterfeste Kleidung getragen?, kam es ihr in den Sinn. Weshalb auch immer sich der Mann draußen im Wald aufgehalten hatte, hätte er sich nicht vor dem Regen geschützt? Wenn er sich allerdings selbst getötet hatte, war ihm das Wetter vermutlich egal gewesen. Oder hatte es am Vortag eine niederschlagsfreie Periode vor Ort gegeben? War der Mann unfreiwillig über Stock und Stein in den Wald gebracht und dort aufgehängt worden? Tot oder lebendig?

Bergmann sprach den schwergewichtigen Mann am Zapfhahn an, der sich ihnen als Wirt vorstellte. Die Gästeliste der vergangenen beiden Nächte wollte er ihm umgehend ausdrucken lassen. Es würde Wochen dauern, bis sie alle Gastgeber und Gäste der nächstliegenden Unterkünfte ausfindig gemacht und befragt hatten, befürchtete Sandra. Wenn sie zudem alle Quartiere am Steirischen Mariazellerweg zwischen Krieglach, Mürzsteg und Mariazell miteinbezogen, sogar Monate.

Bergmann erkundigte sich nach den Pilgern, die hier auf die Kriminalisten warteten. Der Wirt, der aussah, als wäre er selbst sein bester Kunde, deutete zu einem Tisch in der Ecke.

»Ganz hinten rechts«, meinte er schnaufend. »Wollen
S' was trinken? Oder was essen?«

»Nur einen großen Schwarzen«, antwortete Bergmann
und ging voraus. Sandra bestellte einen Tee mit Zitrone.
Dann folgte sie dem Chefinspektor. Unterwegs grüßte sie
die Männer am Stammtisch, die allesamt im Jagdgewand
dort saßen. Deren Blicke, die sie verfolgten, konnte sie in
ihrem Rücken spüren. Prompt fühlte sie sich ins Wirtshaus in ihrem Heimatdorf versetzt. Viel anders als in Miz-
zis ›Goldener Gans‹ sah es hier auch nicht aus: dieselben
Deckenbalken und Holztäfelungen an den Wänden, die
bis auf eine Höhe von etwa 1,20 Meter reichten. Darüber
lugte zwischen Schwarz-Weiß-Fotografien aus früheren
Zeiten, kitschigen Landschaftsmalereien, Krickerln und
Kästen des Sparvereins der vergilbte Wandanstrich hervor,
der hauptsächlich von den unzähligen Zigaretten stammte,
die in Österreich, dem Mekka der Raucher, noch immer
öffentlich gequalmt wurden. Warum ein konsequentes
Rauchverbot hierzulande nicht durchzusetzen war wie in
anderen zivilisierten Ländern auch, blieb Sandra ein Rät-
sel. Wenigstens hatte es Bergmann endlich geschafft, mit
dieser unsinnigen Angewohnheit aufzuhören. Was weniger ihrer ständigen Nörgelei zu verdanken war, als vielmehr der Liebe zu seiner Tochter. Hauptsache, er rauchte
nicht mehr und stank alles voll.

Der obligatorische grüne Kachelofen fehlte in der Gast-
wirtschaft genauso wenig wie die volkstümlichen Schla-
gerklänge, die aus den verstaubten Boxen über der Schank
drangen. Sogar die lindgrünen Tischtücher, die vergilbten
Häkeldeckerl und die zeitlos hässlichen Plastikblumen
erinnerten Sandra an das Wirtshaus in St. Raphael. Ganz
zu schweigen von dem typischen Geruch nach Essen, Bier,

Zigaretten und menschlichen Ausdünstungen, die durch feuchte Kleidungsstücke und Schuhe besonders intensiv zur Geltung kamen. Gemeinhin wurde diese Atmosphäre als gemütlich und authentisch bezeichnet. Sandra hätte gerne darauf verzichtet. War es dieses unerfreuliche Déjàvu, das sie frösteln ließ? Oder lag es doch an der eigenen, teilweise nassen Kleidung?

»Herr Almer?« Bergmann blickte in die Runde, die augenblicklich verstummte, als sich die beiden Ermittler in Zivil vorstellten.

»Ja, das bin ich«, meldete sich ein hagerer Mann zu Wort. Älter als 40 schätzte ihn Sandra trotz seiner fast vollständig ergrauten Haare nicht. »Setzen Sie sich doch bitte«, bot er ihr den einzigen freien Stuhl an. Bergmann griff sich einen Sessel vom freien Nebentisch und nahm ebenfalls Platz.

Sandra startete die Tonaufzeichnung und bat Gerhard Almer, seine persönlichen Daten anzugeben. 36 Jahre war der Hauptschullehrer alt, rechnete sie blitzschnell nach. Nur zwei Jahre älter als sie selbst. Zuerst erkundigte sie sich, warum er und die Pilgergruppe vom Mariazellerweg abgekommen waren.

»Wir wollten das Neuberger Münster besuchen, wenn wir schon einmal in der Nähe sind. Die hochgotische Hallenkirche des ehemaligen Zisterzienserklosters gilt wegen ihres imposanten Holzdachstuhls aus dem 15. Jahrhundert und dem frühbarocken Hochaltar als historisches Baujuwel«, erklärte ihr der Lehrer. »Unterwegs dorthin hab ich mich dann etwas tiefer in den Wald begeben, um, na ja, ich hatte beim Frühstück zu viel Kaffee getrunken. Und anschließend die Bewegung … Das hat meine Verdauung mehr angeregt, als mir lieb war. Mitten im Wald stört es ja niemanden …«

Sandra ließ sich den Weg, den Almer zuerst mit der Gruppe, danach allein gegangen war, auf der Karte zeigen. Während Bergmann und sie die Abkürzung über die Wiese genommen hatten, um schneller zum Leichenfundort zu gelangen, waren die Leute weiterhin der Waldstraße gefolgt. Die hatte sie in einer Kurve um die Wiese herum geführt, ohne dass diese durch die angrenzenden Bäume zu sehen gewesen wäre. Almer war dann in den Wald abgezweigt und den Abhang ein Stück weit hinunter gestiegen, von dem aus er die Leichen entdeckt hatte. »Das war vielleicht ein Schock! Dieser Anblick! Fürchterlich … Ich bin panisch den Abhang hinaufgeklettert. Hätte ja sein können, dass der Mörder noch in der Nähe ist. Ich hatte eine Scheißangst, sag ich Ihnen«, schilderte er den Ermittlern den Vorfall.

»Der Gerhard ist keine drei Minuten weggewesen«, bestätigte der zweite Mann namens Günter Schober.

»Leichenblass war er, als er wieder zu uns gestoßen ist«, gab eine der drei Frauen an. Sandra hatte Mühe, eine von den anderen zu unterscheiden. Zwar waren sie nicht verwandt, doch alle ungefähr gleich alt, trugen ähnliche T-Shirts und Strickwesten und dieselben rot gefärbten Kurzhaarfrisuren mit schwarzen Strähnchen.

»Von wegen leichenblass … Die Haut des Toten war dunkelviolett.« Almer schüttelte sich, als würde die Erinnerung dadurch von ihm abfallen.

»Als uns der Gerhard von dem schrecklichen Fund erzählt hat, wollte ich selbst nachschauen«, berichtete Schober weiter. »Dann hab ich aber doch lieber die Polizei verständigt. Ich schau gern Krimis, drum weiß ich, dass man einen Tatort besser nicht betritt, um keine Spuren zu verwischen.« Dass es bei einem solchen Wetter kaum mehr welche gab, ist eine andere Geschichte, dachte Sandra.

Die vergangene Nacht hatten alle fünf beim Dorfwirt verbracht. Gegen acht Uhr waren sie wie geplant nach Neuberg aufgebrochen, aber nicht besonders weit gekommen. Eine halbe Stunde später stolperte Gerhard Almer über die Leichen, was die Gruppe nach Ainberg zurückführte, um dort auf die Kriminalpolizei zu warten.

»Während wir hier auf Sie gewartet haben, haben wir für die kommende Nacht ein Quartier in Niederalpl reserviert. Die gesamte letzte Etappe nach Mariazell schaffen wir heute ja leider nicht mehr. Hier im Gasthof und in Mürzsteg sind alle Fremdenzimmer schon belegt. Das Münster müssen wir uns wohl auf dem Rückweg anschauen«, meinte Almer zerknirscht.

»Immerhin leben wir noch«, betonte Schober. »Es hätte ja auch einen von uns erwischen können.«

»Wieso glauben Sie das?«, fragte Sandra.

»Na, das kann doch nur ein Wahnsinniger gewesen sein. Womöglich ein Serienkiller.«

Zwei der drei Frauen fassten sich erschrocken an den Mund.

»Das hier ist kein Kriminalfilm, Herr Schober, sondern die Realität. Und die besteht vorwiegend aus Beziehungstaten, nicht aus wahnsinnigen Serienkillern«, belehrte Sandra den krimibegeisterten Lehrer, wenngleich sie befürchtete, dass er recht haben konnte. Panik war dennoch fehl am Platz. »Außerdem können wir derzeit nicht ausschließen, dass sich der Mann selbst getötet hat«, fuhr sie fort.

»Selbstmord meinen Sie?« Schober klang ein wenig enttäuscht.

»Ist Ihnen im Wald irgendjemand begegnet?«, wandte sich Sandra an Almer. Der schüttelte den Kopf. Sie blickte in die Runde.

»Unmittelbar, nachdem wir aufgebrochen sind, sind uns zwei Gruppen entgegengekommen. Die eine hatte ein Pilgerkreuz dabei. Das werden so an die zehn Leute gewesen sein«, erinnerte sich Schober.

»Elf«, korrigierte ihn eine der Frauen. »Ich bin mir sicher, dass es elf waren. Alle so zwischen 55 und 70.«

»Eine andere Wandergruppe hat uns später überholt. Das waren lauter jüngere Leute, keine 30«, war Schober wieder am Wort.

»Sie waren zu sechst«, meinte die Frau bestimmt.

»Ist Ihnen irgendetwas merkwürdig vorgekommen? Hatten sie es vielleicht besonders eilig?«

Alle schüttelten den Kopf.

»Vergiss nicht das Pärchen auf der Forststraße, das sich so laut gestritten hat«, meinte eine der Frauen.

»Ach ja, das müssen Einheimische gewesen sein. Ich hab mich noch einmal nach ihnen umgedreht. Sie sind in einen roten Kleinwagen mit Mürzzuschlager Kennzeichen eingestiegen, der neben einem Holzstoß geparkt war.«

»Worüber haben sich die beiden denn gestritten?«

»Es ging um irgendeine Nichtigkeit, sie hat ihm Vorwürfe gemacht. Nichts Besonderes.«

»Sie haben jedenfalls nicht den Eindruck vermittelt, als hätten sie gerade jemanden getötet.« Schober hatte sich von der Suizidtheorie recht schnell wieder verabschiedet.

Ansonsten konnte die Gruppe nichts mehr zu den Ermittlungen beitragen, außer, dass eine der Frauen die beiden LKA-Polizisten übers zeitgemäße Pilgern aufklärte. Immer mehr Leute würden die Pilgerwege nicht aus religiösen Gründen bestreiten oder um sich selbst zu finden, sondern wegen der geselligen Wander- und Naturerlebnisse. Dass man dafür keinen Rosenkranz oder ein

Pilgerkreuz brauchte, wie Bergmann angenommen hatte, war damit auch geklärt. Die Zeugen verabschiedeten sich. Vom Regen ließen sie sich nicht abschrecken, hatten sie zuvor noch erklärt. Damit müsse man in Österreich eben rechnen. Mit ihren langen Pelerinen, die über die Rucksäcke fast bis zu den Knöcheln hinabreichten, waren sie bestens ausgerüstet. Im Gegensatz zu Sandra, die inzwischen fröstelte und sich nach trockener Kleidung sehnte.

»Was hältst du davon, wenn wir etwas essen, bevor wir nach Graz zurückfahren?« Bergmann sah den Pilgern hinterher, die mit ihren Wanderstöcken unter den Armen die Gaststube im Gänsemarsch verließen. »Ich bin am Verhungern.«

»Und ich am Erfrieren«, erwiderte Sandra. »Ich hol mir nur rasch was Trockenes zum Anziehen aus dem Auto.« Etwas zu essen war auch keine schlechte Idee, bestätigte ihr das Ziehen in ihrem Magen. Seit dem leichten Frühstück vor der abgebrochenen Joggingrunde in Graz hatte sie nichts mehr zu sich genommen. Eine anständige Mahlzeit konnte sowieso nicht schaden. In den vergangenen Monaten hatte sie fast sechs Kilogramm abgenommen, was bei einer Körpergröße von 1,70 Meter nicht gerade wenig war. In erster Linie schrieb sie den Gewichtsverlust ihrem Kummer zu, der ihr immer wieder den Appetit verdarb, und weniger dem verschärften Laufprogramm, das im Gegensatz zu früher mehr der Ablenkung als der Fitness diente. Oder, wie ihre Freundin meinte, der Bestrafung für Julius' Unfall, an dem sich Sandra schuldig fühlte. So unrecht hatte Andrea damit gar nicht, musste sich Sandra insgeheim eingestehen. Schließlich hätte sie die Tragödie ja verhindern können.

»Und? Worauf wartest du noch?«, unterbrach Bergmann ihre sinnlose Grübelei. »Du zitterst ja.«

Sandra stand auf. »Bin gleich wieder da«, murmelte sie. »Ich ruf inzwischen mal im LKA an. Die sollen in der Vermisstendatenbank nachsehen, ob es eine passende Abgängigkeitsanzeige gibt.« Bergmann griff zu seinem Handy.

Noch einmal kam Sandra am Stammtisch vorbei, an dem jetzt nur noch zwei der Männer in Jagdkleidung saßen. Spontan sprach sie die beiden an. »Ganz in der Nähe von hier wurde heute Vormittag die Leiche eines Mannes gefunden. Und die eines Hundes«, berichtete sie, nachdem sie sich vorgestellt hatte.

»Das hamma schon gehört. Ist ja unser Revier«, bestätigte der ältere, hagere Mann, was Sandra ohnehin vermutet hatte. In ländlichen Regionen brauchte es kein Internet, erst recht keine anderen Medien, damit binnen kürzester Zeit jeder wusste, was vor Ort passiert war. Die Stille Post hielt im Gegensatz zu ihrer gelben Namensvetterin sämtlichen Strukturveränderungen und Einsparungsmaßnahmen stand.

»Ich bin der Förster in diesem Revier. Rohringer Alois mein Name«, stellte sich der Mann vor. »Setzen Sie sich doch her da, Frau Inspektor.«

»Ich bin der Mitterer Felix, aber ned der berühmte Schreiberling aus Tirol«, meinte der Jüngere grinsend.

»Kannst du überhaupt schreiben?«, scherzte der Förster. Beide Männer lachten lauthals. Ein Leichenfund in ihrem Revier schien der guten Laune nichts anhaben zu können. Bestimmt war es nicht das erste Bier mit Schnapsbegleitung, das sich die beiden gerade einverleibten, vermutete Sandra.

»Der Tote war zwischen 30 und 50, hatte dunkle kinnlange Haare und einen Vollbart. Der Hund, der, ebenfalls kopfüber neben ihm aufgehängt war, könnte ihm gehört haben. Wenn es sich dabei nicht um einen Wolf handelt«, sagte Sandra.

Wieder lachten die Männer. »Der letzte Wolf ist vor 100 Jahren im Koralmgebiet erlegt worden«, erklärte Rohringer.

»Und seither ist keiner mehr in der Steiermark aufgetaucht?«

»Na ja, in letzter Zeit hat es Sichtungen beim Lahnsattel gegeben, unweit von der Frein. Auch am Wechsel und bei Stanz im Mürztal.« Der Jäger war wieder ernst.

»So wie in anderen, weiter entfernten Regionen der Steiermark. Im Obdacher- und Gleinalmgebiet. Auch beim Gaberl, wo ein Wolf von einer Wildkamera festgehalten wurde«, erzählte der Förster. »Immer wieder reißen einzelne Wölfe vor allem Schafe und Hochwild. Danach verschwinden sie wieder. Ein ganzes Rudel wurde bei uns seit der Ausrottung nicht mehr gesichtet.«

»Es gibt allerdings hartnäckige Gerüchte, dass Tierschützer ein paar Wölfe klammheimlich in der Obersteiermark ausgesetzt haben, um die Population wieder bei uns heimisch zu machen.«

»Es gibt sie also doch …«, sagte Sandra.

»Wie gesagt: offiziell nur vereinzelt. Und niemand von uns würde einen Wolf abschießen«, versicherte Rohringer.

»Und einen Hund?«

»Es kommt schon ab und zu vor, dass wir das Wild vor einem freilaufenden Hund schützen müssen und ihn deshalb abschießen«, gab Mitterer zu. »Aber wozu sollten wir ihn dann noch aufhängen?«

Dieselbe Frage ließ auch Sandra nicht los. Außerdem: Hätte ein Hund, der an den Hinterläufen aufgehängt wird, nicht gebellt und ein Wolf nicht geheult, falls er bei Bewusstsein gewesen war? Ein Mensch hätte auf alle Fälle um Hilfe geschrien, sofern er nicht freiwillig ums Leben gekommen war.

»Haben Sie Hunde für die Jagd?«

»Sicher. Ich hab einen Deutsch Drahthaar, der Felix einen Bayrischen Gebirgsschweißhund. Die sind draußen in den Autos.«

»Haben Sie sich gestern beide in Ainberg aufgehalten?«

Die Männer nickten.

»Hat es die ganze Zeit über geregnet?«

»Ja. Nein, warten S'. Am späten Nachmittag war's fast zwei Stunden lang trocken«, berichtete der Förster. »So von halb fünf weg muss das gewesen sein.«

»Verdächtige Geräusche sind Ihnen gestern Abend oder auch in der Nacht keine aufgefallen? Ein Bellen, Heulen, Winseln, Schreie oder irgendetwas anderes?«, erkundigte sich Sandra.

»Mir ned.«

»Mir a ned«, waren sich die beiden einig.

»Haben Sie eine Idee, auf wen die Opferbeschreibung passen könnte? Wird jemand aus der Gegend vermisst?«

Wieder verneinten die Männer. »Vielleicht ist es einer von den Asylanten aus Mürzsteg. Die ham fast alle kohlrabenschwarze Haar.«

»Überhaupt die Neger«, merkte der Jäger an und lachte über seinen Witz, der keiner war. Nicht einmal sein Freund, der Förster, fand ihn lustig.

»Das Opfer ist definitiv nicht schwarzafrikanischer Abstammung«, sagte Sandra. Wenigstens so viel hatte sie an der Leiche erkennen können.

»Die meisten von denen sind aus Afghanistan, Geor-

gien oder dem Kosovo. Vielleicht ist es ja einer von denen.«
Dass es die beiden Männer nicht sonderlich berührte, wenn
es einen Asylwerber weniger gab, war nicht zu überhören.

»Wie viele Flüchtlinge leben denn in Mürzsteg?«

»Viel zu viele. Über 150 großteils alleinstehende Männer. Fast so viele wie Einheimische im Ort. Die sind nicht
zu übersehen. Bei Schönwetter gammeln s' den ganzen
Tag auf der Straße herum. Gleich gegenüber vom kaiserlichen Jagdschloss, wo der Herr Bundespräsident seinen
Sommersitz hat.«

»Hier in Ainberg bekommt man aber nichts von ihnen
mit«, meinte Sandra.

»Die verirren sich nur sehr selten zu uns. Eigentlich so
gut wie nie. Und zwischendurch stechen sie sich gegenseitig mit Messern ab.«

»Denen ist halt langweilig im Schädel, weil arbeiten dürfen s' ja nix.«

»Dabei gäb's im Wald genug zu tun für junge, kräftige
Männer. Saudepperte Asyl-Gesetze san des.«

Dem letzten Satz des Försters hätte die private Sandra
zugestimmt. Doch zog sie es vor, sich professionell zu verhalten und das Thema zu wechseln. »Spielt hier jemand
Mundharmonika?«

»Da gibt's bestimmt einige Leut'. Mein Sohn hat auch
so einen Fotzhobel daheim umanander liegen. Aber er
spielt schon lang nimmer damit. Seit's den Andreas Gaba-
lier gibt, ist er auf die Quetschn umg'stiegen und glaubt
jetzt, er wird mindestens so berühmt wie er.« Der Jäger
machte mit einem angedeuteten Wacheln vor der Stirn klar,
dass er den Plan seines Sohnes für eine Schnapsidee hielt.

»Na ja, so schlecht spielt dein Bua doch gar nicht«, fand
der Förster.

Sandra erhob sich. »Dann sag ich fürs Erste Danke schön und auf Wiederschau'n«, verabschiedete sie sich und verließ das Wirtshaus, um sich trockene Kleidung aus dem Auto zu holen. Bereits vor Jahren hatte sie sich angewöhnt, stets eine Reisetasche für alle Fälle mitzunehmen, was sich nun einmal mehr bewährte. Diesmal hatte sogar Bergmann eine Tasche dabei. Damit war sichergestellt, dass er ihr nicht wieder ihre Zahnbürste abschnorren würde, wie es schon einmal vorgekommen war.

Nachdem sich Sandra auf der Toilette des Gasthofs umgezogen hatte, kehrte sie an den Tisch des Chefinspektors zurück.

»Na?«

»Schon wärmer, danke.« Sandra rieb sich die Hände, die noch immer klamm waren.

»Ich meinte eigentlich deine Unterhaltung mit den beiden Herren dort drüben.« Der Chefinspektor deutete zum Stammtisch und schob ihr die Speisekarte hinüber. »Was herausgefunden?«

»Nichts. Außer dem Verdacht, dass es sich bei dem Opfer um einen Asylanten aus Mürzsteg handeln könnte. Das sollten wir auf alle Fälle überprüfen.«

»Okay.«

»Die Jäger haben mir außerdem erzählt, dass es ab und zu vereinzelte Wolfssichtungen in der Steiermark gibt. Es besteht sogar der Verdacht, dass Umweltschützer ein paar Tiere illegal ins Land geschafft und ausgesetzt haben, um sie in den heimischen Wäldern wieder anzusiedeln.«

»Du glaubst, das war kein Hund, sondern ein Wolf?«

»Ich weiß nicht. Wir werden ja sehen«, meinte Sandra und widmete sich der Speisekarte, deren Plastikhülle schon bessere, vor allem aber sauberere Tage gesehen hatte. Das war bei der Mizzi ganz anders. In puncto Reinlichkeit konnte man der Wirtin von St. Raphael nichts vorwerfen. Die hatte damals sogar die Spuren eines Mordes feinsäuberlich entfernt, um sich Ärger mit der Polizei zu ersparen.

»Schweinsbraten, Schnitzel, Bauernschmaus? Du solltest etwas Anständiges essen. Nicht, dass du mir noch vom Fleisch fällst.«

Erstaunt blickte Sandra von der Karte auf. Sie konnte sich nicht erinnern, dass sich Bergmann jemals besorgt um sie gezeigt hatte. Nicht einmal, als ihr Halbbruder Mike sie damals krankenhausreif geprügelt hatte. »Keine Angst. Ich bin zäh«, antwortete sie lächelnd.

»Das weiß ich. Aber ich vermisse die wenigen weiblichen Rundungen, die du vor einigen Monaten noch hattest. Das Auge ermittelt schließlich mit.«

Sandras Lächeln gefror. Die Kellnerin brachte sie und Bergmann um eine passende Antwort.

»Wenn S' was zum Essen woll'n, müss'n S' jetzt bestellen. Die Kuchl macht gleich zu«, verkündete sie.

»Ein Schnitzel mit Pommes. Und ein Cola«, erwiderte Bergmann.

»Für mich ein Wiener mit Petersilerdäpfel und gemischtem Salat mit Kernöl. Und einen Apfelsaft aufg'spritzt auf einen Halben mit Leitungswasser, bitte«, orderte Sandra.

»Zwei Wiener, is' recht«, kommentierte die Kellnerin die Bestellung und klemmte die Speisekarten unter den Arm.

»Ich hab so ein Bild mit einem kopfüber Gehängten neben zwei Wölfen oder Hunden schon mal irgendwo gesehen.« Sandra hoffte, dass ein Gespräch über den Fall den Chefinspektor von weiteren sexistischen Sprüchen abhalten würde, mit denen er sie so gern provozierte. Dass er bei ihr nicht landen konnte, hatte sie ihm von Beginn an klargemacht. Erstens war er nicht ihr Typ, und zweitens würde sie niemals mit einem Vorgesetzten etwas anfangen. Dennoch gab Bergmann seine längst nicht mehr ernst gemeinten Spielchen nicht auf. Je heftiger sie darauf reagierte, umso größeren Spaß bereiteten sie ihm, wusste sie aus leidiger Erfahrung. Den Grund für sein pubertäres Verhalten kannte Bergmann vermutlich selbst nicht. Wahrscheinlich hatte er es auch noch nie hinterfragt.

»Wo willst du ein solches Foto schon einmal gesehen haben? In einer Polizeiakte?«, stieg er auf ihr Ablenkungsmanöver ein. Er griff nach seinem Handy, um im Speicher nach etwas zu suchen.

Sandra wartete mit ihrer Antwort, bis die Kellnerin, die ihre Getränke brachte, sich wieder entfernt hatte. Aus der Küche war zu hören, dass ihre Schnitzel geklopft wurden. Bergmann hielt ihr sein Smartphone entgegen. Sandra aktivierte den Bildschirm, der sich inzwischen verdunkelt hatte, und betrachtete den Schnappschuss der Leichen. »Ich erinnere mich nicht, ob es ein Foto war«, antwortete sie schließlich. »Aber ich bin mir ziemlich sicher, dass es ein Schwarz-Weiß-Bild war. Also entweder ein altes Foto, ein Kupferstich oder etwas Ähnliches.«

»Dann ziehen wir am besten einen Historiker zurate«, schlug Bergmann vor.

»Oder einen Kunsthistoriker.« Sandra blätterte sich durch die Fotos, die Bergmann am Tatort aufgenommen hatte. Bis ihr plötzlich ein sonnengebräuntes Mädchen mit Sommersprossen auf der Nase und lückenhaftem Gebiss entgegengrinste. Unwillkürlich musste sie lächeln. »Süß, deine Kleine.«

»Hm? Ach so, du meinst Sarah.« Bergmanns Gesicht nahm augenblicklich einen weicheren Ausdruck an. Wie immer, wenn er über seine Tochter sprach. »Das Foto hab' ich in den letzten Sommerferien in Griechenland gemacht. Wahnsinn, wie schnell die Zeit vergeht …«

»Fahrt ihr heuer wieder gemeinsam auf Urlaub? Du und Sarah?«

»Mal sehen …« Bergmanns Miene verfinsterte sich. Vermutlich gab es schon wieder Zores mit seiner Exfrau in Wien, die inzwischen mit einem neuen Partner zusammenlebte. Sandra bohrte nicht nach und gab ihm sein Smartphone zurück. Als sich die Kellnerin, beladen mit Tellern und Salatschüsseln, ihrem Tisch näherte, besserte sich Bergmanns Laune sichtlich. »Ich bin hungrig wie ein Wolf«, sagte er und grinste seinem Schnitzel freudig entgegen.

Sandra kostete zuerst den Salat. »Hoffentlich haben wir es nicht mit einem Serientäter zu tun«, sprach sie ihre schlimmste Befürchtung aus. Den Zeugen hatte sie diese vorhin zwar auszureden versucht, um sie zu beruhigen, doch hielt sie einen Ritualmord durchaus für möglich. Falls sie damit recht hatte, war es nicht unwahrscheinlich, dass sich der Täter weitere Opfer suchen würde, wenn er mit seiner Tat durchkam.

Bergmann schnitt ein großes Stück von seinem Schnitzel ab. »Wir sollten uns auf alle Fälle auf das Schlimmste gefasst machen«, stimmte er Sandra zu und schob sich genüsslich die Gabel mit dem goldbraunen Bissen in den Mund. »Sag mal, kannst du den Obduktionstermin am Montag übernehmen?«, fragte er kauend.

»Ich?«, entgegnete Sandra erstaunt. Seit sich der Chefinspektor aus Wien ins LKA Steiermark versetzen hatte lassen, war er jedes Mal freiwillig zur Obduktion in der Grazer Gerichtsmedizin angetreten. Sandra war das nur recht, zählte die Anwesenheit bei Leichensektionen doch nicht gerade zu ihren liebsten Beschäftigungen. Ihr reichte es völlig, den Obduktionsbefund zu kennen, anstatt sich selbst dem Geruch der Fäulnisgase, dem Geräusch der Knochensäge und dem Anblick verwesender Innereien auszusetzen. Der Grund für Bergmanns Sinneswandel war nach der letzten Begegnung mit der Gerichtsmedizinerin nicht schwer zu erraten. Dass er Jutta Kehrer lieber aus dem Weg ging, als sich einem neuerlichen Konflikt mit ihr auszusetzen, war typisch für ihn. Sie seufzte und schob sich ebenfalls ein Stück Schnitzel in den Mund.

»Jutta hat mir das Messer angesetzt«, wollte Bergmann sie unerwartet ins Vertrauen ziehen. »Sie möchte …«

»Bitte nicht, Sascha.« Sandra hob ihre Gabel, um seinen Redefluss zu stoppen. »Ich muss echt nicht alles wissen. Ich werde den Termin auch so für dich wahrnehmen.«

»Weiber«, murmelte Bergmann, ehe ein weiteres Stück Fleisch den Weg in seinen Mund fand.

KAPITEL 6

Leises Winseln in der Ferne. Messerklingen in ihrem Unterleib. Magdalena stöhnte auf, winkelte die Beine an, krümmte sich auf dem Bett. Tausende Hornissen tobten in ihrem Kopf. Ihr war speiübel.

Das Winseln schlich sich immer lauter in ihr Bewusstsein, bis sie es auf einmal deutlicher wahrnahm als den Schmerz. Mit einem wuchtigen Schlag kehrte die Erinnerung zurück. In einer mächtigen, heißen Woge rollte die Panik heran, erfasste sie und drohte, sie mit sich zu reißen. War der Mann noch hier? Würde er sie umbringen? Hilfe!

Magdalena zwang sich, tief ein- und auszuatmen. Ein und aus. Luna! Sie musste Luna helfen. Der Mann hatte ihren Hund verletzt, bevor er sich an ihr vergangen hatte. Diesmal war es ein Fremder gewesen. Oder hatte sie ihn bloß nicht erkannt? Sie versuchte, sich an seine Stimme zu erinnern. Er hatte geflüstert und gekeucht, aber nicht einen Satz in normaler Lautstärke gesprochen. Er hatte ganz genau gewusst, wer sie war. Hätte er sie sonst Hexe genannt? Und Peter den Waldmenschen? Der könne ihr nicht mehr helfen, hatte er gesagt. Sie hatte sofort verstanden, was er meinte. Peter war tot. Und Sancho wohl auch.

Magdalena schaffte es, aufzustehen. Wankend näherte sie sich ihrem Ziel. Das Blut, das über die Innenseite ihrer Schenkel lief und auf die Holzdielen tropfte, bemerkte sie nicht. Auch nicht die Tränen, die über ihre Wangen kullerten. Sie nahm nur noch das Winseln aus der Ecke wahr.

Schmerz und Trauer waren ausgeblendet. »Luna, ich bin bei dir.« Magdalena kniete sich vor die Hündin, versuchte sie und sich selbst zu beruhigen. »Mein armes Mädl. Es tut mir so leid. Komm, lass mich nachschauen«, redete sie mit ruhiger Stimme auf das Tier ein. Vorsichtig glitten ihre Finger über das Fell, tasteten den muskulösen Körper nach Verletzungen ab. Zentimeter für Zentimeter. Luna lag auf der Seite, ließ es geschehen, ohne zu winseln. Nur ihr Zittern und das heftige Hecheln verrieten, dass es ihr nicht gut ging.

Der plötzliche Aufschrei ging Magdalena durch Mark und Bein. »Pscht ... ganz ruhig, Luna. Es ist deine Schulter. Sie ist ausgekugelt. Ich werde versuchen, sie wieder einzurenken. Alles wird gut. Du musst mir nur vertrauen ...« Noch einmal tasteten die Fingerspitzen der Blinden behutsam das verletzte Gelenk des Hundes ab. Beherzt griff sie nach dem Vorderlauf, zog mit einem heftigen Ruck daran. Wieder quietschte Luna auf, noch lauter als zuvor.

Magdalena hörte sie davonhinken. »Luna, hier!«, rief sie ihr hinterher. Sie konnte nur hoffen, dass die medizinischen Kenntnisse, über die sie als Heilmasseurin verfügte, der Hündin geholfen hatten. Auf dem Boden kniend wartete sie darauf, dass Luna zu ihr zurückkam.

»Braves Mädl. Geht's wieder?« Magdalena kontrollierte das Gelenk noch einmal. Trotz der Schmerzen, die sie ihrem Hund eben zugefügt hatte, ließ er sie vertrauensvoll gewähren. Das Schultergelenk befand sich wieder in der richtigen Position. Mit Heilkräutern und ein wenig Schonung würde Luna im Handumdrehen die Alte sein, sofern sie keine weiteren Blessuren davongetragen hatte. Einen Tierarzt konnte sich Magdalena derzeit nicht leisten. Peter hatte ihr gesamtes Geld mitgenommen, was ohnehin nicht mehr viel gewesen war. 124 Euro und ein paar Cent. War Peter wirklich tot? Und warum fühlte sie keine Trauer?

Luna leckte ihr das Bein ab. Beim Aufstehen bemerkte Magdalena, dass sie selbst blutete. Sie fasste sich an den Schritt. Ihre Verletzungen würden heilen. Nur die Angst vor ihrem Peiniger ließ sich nicht so leicht vertreiben. Genauso wenig wie der Ekel und die Scham darüber, was er ihr angetan hatte. Den Gedanken, die Polizei zu verständigen, verwarf sie sofort wieder. Die hatte Peter und ihr noch nie geholfen. Es gab nur zwei Menschen, denen sie sich anvertrauen konnte. Einer davon war tot. Also würde sie den anderen um Hilfe bitten. Doch zuerst musste sie sich gründlich waschen, alle Spuren der Schande beseitigen. Danach wollte sie Pater Vinzenz anrufen. Ihm beichten, was ihr widerfahren war. Und um Vergebung beten.

KAPITEL 7

1.

Bergmann schreckte hoch, als Sandras Handy klingelte. Wie so oft war er während der Autofahrt eingedöst. »Kannst du bitte abheben?«, fragte Sandra. Die Nummer auf dem Display war ihr fremd. Bergmann nahm ihr Handy und das Gespräch an, während sie den silbergrauen Dienstwagen auf der A9 Richtung Graz lenkte. Die Freisprecheinrichtung war noch immer defekt, obwohl der Mechaniker ihr beim letzten Service versprochen hatte, sich darum zu kümmern. Sandra gähnte und schaltete den Scheibenwischer ab. Heute würde sie endlich wieder einmal einschlafen können, ohne vorher stundenlang zu grübeln, hoffte sie wenigstens. Müde genug war sie jedenfalls.

Bergmann lauschte eine Weile, was der Anrufer ihm zu erzählen hatte. »Ach tatsächlich? Und wieso ist da nicht schon längst jemand draufgekommen?«, unterbrach er ihn kurz, ehe er wieder aufmerksam zuhörte.

»Einen Moment... Dreh um, Sandra! Wir fahren zurück nach Ainberg«, sagte er plötzlich.

»Was? Aber wieso?«, fragte Sandra ungläubig. Sie waren fast in Graz angekommen.

Bergmann deutete ihr, still zu sein, und holte Kugelschreiber und Notizblock aus dem Handschuhfach. »Ja, schickt die Akte ... Nein, ihr redet mit niemandem darüber, sondern wartet, bis wir da sind. Wie war noch mal die Adresse?« Bergmann kritzelte auf dem kleinformatigen Block herum, während er weiter zuhörte. »Gut, in etwa einer Stunde. Bis dann.«

Sandra seufzte und sah auf die Uhr im VW-Passat, die 17.10 Uhr anzeigte. »Wer war der Anrufer überhaupt?«, wollte sie wissen. »Und ist das dein Ernst, dass ich jetzt nach Ainberg zurückfahren soll?«

»Das war Inspektionskommandant Trummer, dem du deine Visitenkarte gegeben hast. Und ja, es ist mein voller Ernst. Oder sehe ich aus, als würde ich scherzen?« Bergmann verzog seinen Mund zu einem Grinsen, um die Mundwinkel gleich wieder fallen zu lassen. Er schien genauso wenig darüber begeistert zu sein, dass sie zurückfahren mussten.

Sandra schüttelte immer noch ungläubig den Kopf und seufzte erneut. Bei der nächsten Möglichkeit würde sie von der Autobahn abfahren und wieder auffahren, um nach einigen Kilometern in die entgegengesetzte Richtung auf die Brucker Schnellstraße zurückzugelangen. »Was gibt es denn so Dringendes in Ainberg?« Auf einmal schwante ihr Arges. »Oh, Gott! Etwa noch eine Leiche?«

»Das nicht, nein. Aber eine Vermisstenanzeige, die auf den unbekannten Toten und seinen Hund passt.«

»Echt? Es war also doch ein Hund«, überlegte Sandra laut. Kein Wolf, wie sie es vermutet hatte. »Wer wird denn vermisst?«

»Ein Einheimischer namens Peter Schindlecker. Von den Ainbergern wird er Waldmensch genannt, weil er jahrelang wie ein Einsiedler in einer Hütte im Wald lebte.«

»Und wem geht er auf einmal ab?«

»Seiner Tochter, Magdalena Pierer. Sie ist 20, wohnt, seitdem sie volljährig ist, ebenfalls in dieser Jagdhütte. Sie ist blind.«

»Blind? Oje ...«

»Schindlecker war ihr biologischer Vater«, erklärte Bergmann weiter. »Ihr gesetzlicher Vater ist ein gewisser Gustav Pierer aus Ainberg. Die Mutter war mit ihm verheiratet, als Magdalena das Licht der Welt erblickte. Na ja, das nun nicht gerade ... Sie ist ja blind – von Geburt an.« Bergmann räusperte sich.

»Sascha, bitte«, rügte Sandra ihn für seinen geschmacklosen Witz.

»*Was* bitte? Ich kann doch nichts dafür, dass das Mädel blind ist. Du bekommst übrigens gleich die Polizeiakte per E-Mail zugeschickt.«

»Von wem?«

»Von Trummer.«

»Herrgott noch mal. Wessen Polizeiakte bekomme ich zugeschickt?«

»Die vom Waldmenschen. Er war selbst ein verurteilter Schwerverbrecher.«

»Dieser Schindlecker hat jemanden getötet?« Sandra sah Bergmann an.

»Nein. Aber er ist wegen sexueller Nötigung mit Schwangerschaftsfolge gesessen. Fast zwölf Jahre lang.«

Sandra pfiff durch die Zähne. »Na, wenn das kein Mordmotiv ist.«

»Er hat eine gewisse Maria Pierer vergewaltigt und dabei geschwängert. Und die hat neun Monate später eine blinde Tochter zur Welt gebracht.«

»Magdalena Pierer«, kombinierte Sandra.

»So ist es«, bestätigte Bergmann.

»Und wieso lebt Magdalena ausgerechnet bei dem Mann, der ihre Mutter vergewaltigt hat?«

»Weil er ihr leiblicher Vater ist? Was weiß denn ich?«, antwortete Bergmann unwirsch.

Sandra warf ihm einen fragenden Blick zu.

»Maria Pierer ist vor zwei Jahren verstorben«, fuhr er fort, ohne die Kollegin anzusehen. »Bei der hat Magdalena bis zu diesem Zeitpunkt gewohnt. Dann erst ist sie zu Schindlecker gezogen.«

»Aber warum ausgerechnet zum Peiniger ihrer Mutter?«, wiederholte Sandra ihre Frage.

»Magdalena Pierer ist blind. Vermutlich ist es nicht so einfach, ohne jemanden. Aber frag sie das am besten selbst.«

»Und was ist mit Gustav Pierer, ihrem gesetzlichen Vater? Ist der auch tot?«

Bergmann zuckte mit den Schultern. »Wir fahren nochmal hin, um es herausfinden … Vielleicht hat sie ihrem biologischen Vater ja verziehen, nachdem er seine Strafe abgesessen hat. Blut ist doch angeblich dicker als Wasser.« Das hatte eben nicht unwirsch, sondern verbittert geklungen.

»Das sehe ich aber anders«, widersprach Sandra und beschleunigte den Wagen, um zügig zu überholen.

2.

»Dort vorne ist die Kurve mit den Briefkästen. Du musst geradeaus in den Wald hineinfahren«, erklärte Bergmann, den Blick auf das Navi gerichtet, das Sandra wie meistens stumm geschaltet hatte. Die monotone, dialektfreie Frauenstimme, die fast alles falsch betonte, nervte sie. Außerdem kam sie auch ohne akustische Unterstützung hervorragend zurecht. Ob sie nun von einem Chip oder ihrem Beifahrer stammte. Der wusste dies zwar auch, fuhr aber dennoch fort, sie unaufgefordert durch die Gegend zu lotsen. »Dann noch einen guten Kilometer bis zur Wiese, von der angeblich ein Schotterweg nach rechts zu der Jagdhütte führt«, las er von seinem Notizblock ab.

Sandra folgte den Anweisungen des Chefinspektors schweigend und nahm den Forstweg, bis sie die Lichtung mit dem Weg erreichten, der zur gesuchten Jagdhütte führen sollte. Die feuchte Sommerwiese dampfte in der Abendsonne. Erst vor Kurzem hatte sie sich gegen die Regenwolken durchgesetzt. Unzählige Schmetterlinge tanzten über die Wildblüten und Gräser, als würden sie die Rückkehr des Sommers freudig begrüßen. Im Hintergrund ragten die schroffen, teilweise bewaldeten Felsen des Kalkgebirges in den Himmel. Am Ende der Blumenwiese führte der angekündigte Schotterweg in ein Waldstück hinein. Der Passat verschwand im Schatten der Bäume, bis er an einer kleinen Lichtung wieder auftauchte. Sandra parkte vor der gesuchten Jagdhütte zwischen dem Streifenwagen und einem schwarzen Geländeauto koreanischer Herkunft, direkt vor dem Holzzaun, der das Ziegengehege begrenzte.

»Um Gottes willen!« Bergmann stöhnte auf und fasste sich an die Nase.

Sandra war sofort klar, woher der Wind wehte. Schließlich hatte sie mit dem Chefinspektor schon einiges durchgemacht.

»Von einem Bauernhof hat dieser Dodel aber nichts gesagt«, beschwerte er sich über das mangelhafte telefonische Briefing des örtlichen Inspektionskommandanten.

»Ein paar Ziegen und Hühner machen doch noch keinen Bauernhof«, versuchte Sandra ihn zu besänftigen.

»Es gibt hier aber bestimmt auch Katzen.« Argwöhnisch sah sich Bergmann in alle Richtungen um.

Sandra deutete zum Hühnerstall neben dem Holzstoß. »Eine zumindest. Schau, dort oben auf dem Dach. Eine weiße mit schwarzen Flecken. Voll süß …«

»Von wegen süß … Das ist ein mordsdrum Viech, verdammt noch mal.«

»Soll ich um Verstärkung ansuchen, oder kommst du trotzdem mit mir mit?«, stichelte Sandra.

»Ha, ha, ha«, ätzte Bergmann zurück.

Sandra löste lachend ihren Gurt und stieg aus.

»Meine Allergien sind wirklich nicht lustig«, erklärte Bergmann und knallte die Autotür hinter sich zu. »Im schlimmsten Fall könnte ich ersticken.«

Sandra schluckte ihre Antwort hinunter und strebte wortlos grinsend auf den Eingang der Jagdhütte zu. Eine Renovierung hätte notgetan, aber die abgeschiedene Lage umringt vom Wald durfte getrost als idyllisch bezeichnet werden. Gerade wollte sie an der Holztür, deren dunkelgrüner Anstrich an einigen Stellen abblätterte, anklopfen, als sich diese öffnete. Ein Mittvierziger begrüßte sie mit würdiger Miene über seinem Priesterkragen. »Pater Vinzenz Veith«, stellte er sich vor und klang dabei, als würde er ihnen ein Geheimnis verraten. »Ich stehe Magdalena in diesen schweren Stunden bei. Kommen Sie doch bitte herein. Sie werden schon erwartet.«

»Einen Moment noch, Hochwürden.« Sandra rührte sich nicht von der Stelle. »Weiß Frau Pierer schon, dass es sich bei den Toten vermutlich um ihren Vater und seinen Hund handelt?«

Der Pfarrer nickte. »Magdalena hat mich am Nachmittag angerufen, um mir zu berichten, dass sie die beiden vermisst. Also bin ich gleich hergefahren und hab sie auf das Schlimmste vorbereitet. Ich hatte ja von dem Leichenfund schon gehört. Im Gegensatz zu ihr. Sie lebt hier sehr abgeschieden. Trotzdem hat sie längst gefühlt, dass den beiden etwas zugestoßen ist. Sie verfügt über eine ganz hervorragende Intuition.«

»Wieso hat sie zuerst Sie und nicht die Polizei verständigt?«, wollte Sandra wissen.

»Ich bin ihre einzige Vertrauensperson seit dem Tod ihrer Mutter. Alle anderen haben sich von ihr abgewandt, als sie zu Peter Schindlecker gezogen ist. Die Familienkonstellation ist …, nun ja, sie ist äußerst schwierig.«

»Inwiefern?«, hakte Sandra nach.

»Ich nehme an, Sie wissen, dass Peter Schindlecker vor zwei Jahrzehnten wegen der Vergewaltigung von Magdalenas Mutter schuldig gesprochen und zu einer langjährigen Haftstrafe verurteilt worden ist?«

»Ja. Und dass diese sexuelle Nötigung nicht ohne Folgen geblieben ist«, bestätigte Sandra. »Ehrlich gesagt haben wir uns schon gefragt, warum Magdalena ausgerechnet mit dem Mann unter einem Dach lebt, der ihre Mutter vergewaltigt hat. Haben Sie eine Erklärung dafür?«

Der Pfarrer lächelte Sandra gütig an. »Selbstverständlich habe ich eine Erklärung. Sie kennen doch sicher das vierte Gebot.«

»Du sollst Vater und Mutter ehren?«

Bergmann schnaubte hinter Sandras Rücken.

»Entschuldigen Sie bitte, Pater Vinzenz«, meinte sie. »Aber bei einer solchen Vorgeschichte klingt das doch ziemlich zynisch.«

»Aber warum denn?«, erwiderte der Pfarrer weiterhin sanftmütig. »Magdalena und ich haben sehr viel darüber gesprochen. Das gute Kind hat seinem Vater verziehen. Wer frei von Schuld ist, werfe den ersten Stein.«

Welche große Schuld konnte ein so junges, blindes Mädchen schon auf sich geladen haben? Sandra beschloss, die religiöse Diskussion an dieser Stelle im Keim zu ersticken. »Wie geht es Magdalena jetzt?«, fragte sie. »Braucht sie einen Arzt oder Psychologen?«

»Bisher trägt sie die Todesnachricht recht gefasst. Sie ist ein so tapferes Dirndl. Sie wissen, dass sie blind ist?«

»Ja. Gehen wir mal hinein«, schlug Sandra vor und folgte dem Gottesmann in die Hütte.

Bergmann nieste mehrmals hintereinander, kaum, dass sie die Stube betreten hatten, die gleichzeitig Küche und Wohnzimmer war. Einen Fernseher oder andere elektrische Geräte außer Lampen gab es hier nicht. Der modernste Gegenstand im Raum schien der fast neuwertige Kaminofen zu sein.

Der Pfarrer hielt inne und drehte sich zu Bergmann um. »Helf Gott!«

»Er ist allergisch gegen Katzen«, erklärte Sandra, während sich der Chefinspektor schnäuzte. »Unter anderem ...«

»Der Kater ist ohnehin draußen, glaube ich. Hier drinnen hab ich ihn heute noch nicht gesehen.« Der Pfarrer steuerte auf die blonde Frau zu, die mit Trummer und Stix am Jogltisch saß. Zu ihren Füßen kauerte ein Schäferhund, der Sandra spontan an das gehängte Tier erinnerte, wenngleich sich seine Fellfärbung deutlich unterschied und er für diese Rasse recht kleinwüchsig war. »Magdalena, wo ist Merlin?«, sprach Pater Vinzenz seinen Schützling an.

»Der muss draußen sein«, bestätigte die junge Frau, der man ihre 20 Jahre nicht ansah. Die langen Haare, die sie offen mit einem Mittelscheitel trug, fielen schnurgerade bis über die Brust. Die feinen Gesichtszüge erinnerten sie an eine aus Marmor gemeißelte Madonna.

»Mir reichen schon die Katzenhaare, die hier überall verstreut sind.« Bergmann sah sich schniefend in der Stube um. Fast alles war aus Holz: Wände, Decke, Boden, Fenster, Türen, Möbel und die Stiege, die – mehr Leiter als Treppe – in die Dachkammer hinaufführte. Im Küchenbereich linkerhand hingen bündelweise Kräuter und einige Wurzeln zum Trocknen auf einer Holzstange über dem Apothekerschrank. »Stix!«, rief Bergmann zum Tisch hinüber, auf dem eine Flasche und ein Schnapsglas standen. »Geh nach draußen und pass mir auf, dass keine Katze hereinkommt.« Er deutete auf die Klappe in der Eingangstür.

Während die angesprochene Polizistin aufstand und das Feld räumte, begrüßte Sandra die blinde Frau und stellte sich und den Chefinspektor vor. Erst aus der Nähe betrachtet fiel ihr die bläuliche Verfärbung an Magdalena Pierers linkem Kinnknochen auf, die hinter den feinen Haaren hervorschimmerte. Auf der aufgeplatzten Unterlippe hatte sich eine frische Kruste gebildet. »Was ist denn mit Ihrem Gesicht passiert?«, fragte sie und nahm wie Bergmann und der Pfarrer am Tisch Platz.

»Nix Schlimmes. Ich war nur patschert. Hab mich an der Tür ang'haut. Das passiert mir ab und zu«, antwortete Magdalena leise. Ihre rechte Hand tastete nach dem Häferl, in dem ein Strohhalm steckte. Sie trank ein paar Schlucke.

»Zum Glück gibt es hier im Haus Kräutertees, Heilsalben und Tinkturen gegen jedes Wehwehchen. Na ja, gegen fast jedes«, erklärte der Pfarrer. »Auch gegen Allergien, nicht wahr, Magdalena?«

Die Blinde hob ihr Kinn an. »Wenn Sie möchten, kann ich Ihnen Tropfen gegen Ihre Allergie geben. Es sind ausgesuchte Kräuter, eine spezielle Wurzelart, Morgentau und ein bissl Alkohol drin«, sprach sie in Bergmanns Richtung. Ihre großen wasserblauen Augen stierten ins Leere und wanderten einige Male von einer Seite zur anderen.

»Nutzt's nix, schadet's nix. Zum Wohl!« Pater Vinzenz hob lächelnd sein Stamperl und kippte den Inhalt in einem Zug hinunter. »Himmlisch«, urteilte er zufrieden und stellte das leere Schnapsglas wieder vor sich ab.

»Sind Sie auch allergisch?«, fragte Bergmann mit süffisantem Grinsen und nasaler Stimme, die klang, als wäre er schwer erkältet.

Der Pfarrer winkte ab. »Aber nein. Das ist der selbstgebrannte Himbeergeist vom Schindlecker. Hochgeistige Nahrung. Nomen est omen.« Er sah Bergmann an, als könne er kein Wässerchen trüben. »Sie dürfen wahrscheinlich nichts trinken, wenn Sie im Dienst sind«, bedauerte er die Polizisten.

»Stimmt.« Sandra hätte gedacht, dass dasselbe Gebot auch für einen Mann der Kirche galt, obgleich der vermutlich ununterbrochen im Dienst war. Demnach hätte der Pfarrer dem Alkohol komplett entsagen müssen. Einmal ausgenommen vom Messwein. Mit klerikalen Gesetzen war sie jedoch kaum vertraut.

»Ich interessiere mich mehr für diese Allergietropfen. Helfen die wirklich?«, fragte Bergmann.

Vinzenz Veith lächelte ihn an. »Ich bin überzeugt davon. Schon Magdalenas Großmutter hat sich mit Naturheilmitteln ausgekannt. Ihr Wissen hat sie an ihren Sohn, und der hat es an die Magdalena weitergegeben.«

»Ich weiß noch lange nicht so viel wie die beiden«, schränkte Magdalena ein.

»Du bist ja auch noch sehr jung«, meinte der Pfarrer. »Die Schindlecker Theresia war weit über die Region hinaus als Heilerin bekannt. Durch die Pilger hat sich ihr Ruf rasch verbreitet.«

»Für die meisten im Ort war sie doch nur eine Hexe«, schränkte Magdalena ein.

»Weißt eh, wie die Leut' reden. Das sollte dich nicht weiter kümmern.«

Manches hat sich in der katholischen Kirche offenbar doch zum Besseren gewendet, dachte Sandra. Die Bemerkung, dass die meisten Hexenverbrennungen just auf das Konto dieser Religion gingen, behielt sie lieber für sich.

»Ich hol Ihnen rasch die Tropfen. Es ist wirklich nur ganz wenig Alkohol zur Konservierung drin«, bot Magdalena an.

Bergmann warf Sandra einen fragenden Blick zu.

Die zuckte kaum merklich mit der Schulter. Schließlich musste der Chefinspektor selbst wissen, was er zu sich nahm. Und woran er glaubte. Oder auch nicht. An seiner Stelle hätte sie das alte Hausmittel ausprobiert. Allemal lieber als die chemischen Keulen der Pharmaindustrie, die sie nur einnahm, wenn es gar nicht mehr anders ging. Zuletzt hatte es vor zwei Jahren sein müssen, um ihre Panikattacken nach einem Überfall in den Griff zu bekommen, rechnete sie zurück.

»Na gut, geben Sie mir diese Tropfen. Ich bezahle sie Ihnen aber«, hörte sie Bergmann sagen.

Magdalena lächelte zaghaft. Die verkrustete Wunde an ihrer Lippe schien sie nicht zu schmerzen. »Vergelt's Gott«, bedankte sie sich. »Macht zehn Euro, bittschön.«

Bergmann zog zwei Fünfer aus seiner Brieftasche und schob sie ihr über die massive Tischplatte hinüber. Unzählige Kerben zeugten davon, dass auf ihr schon einiges geschnitten worden war.

»Das Geld liegt direkt vor dir«, sagte der Pfarrer.

Die Blinde tastete nach den Banknoten und steckte sie in die Tasche ihres dunkelblauen Kapuzensweaters. Noch bevor sie sich erhoben hatte, war der Hund von seinem Platz aufgestanden und ihr ausgewichen. »Bleib, Luna«, befahl sie ihm. Er setzte sich und folgte ihr mit aufmerksamen Blicken.

»Ihr Hund ist aber sehr gut erzogen«, lobte Sandra die Folgsamkeit des Tieres und versuchte, damit das Gespräch vorsichtig auf die Ermittlungen zu lenken. Schließlich waren sie nicht hierhergekommen, um Bergmanns Allergien zu therapieren.

Magdalena näherte sich langsam, aber erstaunlich sicher, ohne Blindenstock dem Apothekerschrank. Bergmann nieste erneut. »Gesundheit«, wünschte sie ihm, ehe sie auf Sandras letzte Bemerkung einging. »Luna hat von Haus aus einen sehr guten Charakter. Sie ist aufmerksam, umsichtig und ausgeglichen. Fast schon zu gutmütig. Wir haben sie selbst erzogen und trainiert. Sie hilft mir, mich draußen besser zurechtzufinden. Auch beim Kräuter-, Wurzel- und Waldfrüchtesammeln sind wir ein tolles Team. Sie führt mich zu den richtigen Stellen. Allerdings brauche ich jemanden, der die Ernte kontrolliert. Das hat bisher immer der Peter gemacht. Schließlich gibt es bei uns auch giftige Pflanzen wie den Wolfswurz.«

»Wolfswurz?«, fragte Sandra.

»Wolfs- oder Teufelswurz heißt der hochgiftige Eisenhut bei uns. Die Großmutter hat minimale Dosen für fiebersenkende Mittel verwendet. Ich trau mich da aber nicht drüber.«

»Wie beruhigend«, meinte Bergmann und zog die Nase hoch.

»Luna arbeitet also wie ein Trüffelhund?«, fragte Sandra nach.

»Genau. Nur, dass Luna wesentlich mehr Gerüche abspeichern und auffinden kann.« Zielstrebig öffnete die Blinde eine der zahlreichen kleinen Schubladen im Schrank und holte ein braunes Glasfläschchen heraus. Sie schraubte es auf und roch daran, ehe sie es Bergmann überreichte. »Steht da Katzenkraut drauf?«, vergewisserte sie sich.

»Ja. Und da ist bestimmt kein Eisenhut drin?«, fragte Bergmann zur Sicherheit nach.

»Um Gottes willen, nein. Träufeln Sie 13 Tropfen auf Ihre Zunge. Die allergischen Reaktionen sollten gleich verschwinden. Wenn die Beschwerden wiederkommen, nehmen S' noch einmal 13 Tropfen.« Magdalena setzte sich wieder zu ihnen an den Tisch. Der Hund platzierte seinen Kopf auf ihrem Schoß. Sie streichelte ein paar Mal darüber. »Platz, Luna«, befahl sie leise, und das Tier legte sich artig hin.

»War Ihr anderer Hund auch so folgsam?«, fragte Sandra, während Bergmann mit den Tropfen hantierte.

Magdalena schluckte. »Der Sancho war ganz anders als die Luna. Er war vor allem auf den Peter fixiert. Der war für ihn das Alphatier. Sancho war ein zuverlässiger Wach- und Schutzhund, aber als Blindenhund völlig ungeeignet. Daran war das Wolfsblut schuld. Für Wiederholungsübungen war er viel zu intelligent. Die hat er verweigert. Sie waren ihm schlichtweg zu langweilig. Dafür hätt er jeden, der uns zu nahe tritt, in der Luft zerrissen.«

»Wolfsblut?«, hakte Sandra nach.

»Sancho war ein Tschechoslowakischer Wolfshund. Die Rasse geht auf Kreuzungen zwischen Karpatenwölfen und Deutschen Schäferhunden in den 1950er-Jahren zurück. Erst seit dem Ende des 20. Jahrhunderts ist das eine anerkannte Hunderasse«, erklärte Magdalena.

Sie war tatsächlich sehr tapfer, fand Sandra und wagte sich weiter vor. »Pater Vinzenz hat Ihnen von dem Leichenfund heute Morgen erzählt.«

»Ja, das hat er.« Magdalenas Stimme kippte. Sie räusperte sich.

»Auch, dass wir leider davon ausgehen müssen, dass es sich um Ihren Vater und um Sancho handelt.«

Nun kullerten doch ein paar Tränen über das ebenmäßige Gesicht der jungen Frau, die sie gleich wieder mit dem Handrücken wegwischte. »Ich weiß, dass die beiden tot sind.«

»Sie *wissen* es? Auch wenn leider alles dafür spricht, muss die Gerichtsmedizin doch erst offiziell die Identität Ihres Vaters bestätigen«, erklärte Sandra.

»Muss er denn unbedingt obduziert werden?«, fragte Pater Vinzenz.

»Das ist in diesem Fall leider nötig«, bestätigte Sandra.

»Wie schrecklich …« Magdalena schluckte erneut.

»Es muss abgeklärt werden, ob Ihr Vater den Hund und dann sich selbst getötet hat. Oder ob die beiden Opfer eines Gewaltverbrechens sind«, erklärte Sandra.

»Niemals hätte der Peter einen der Hunde getötet«, beteuerte Magdalena.

»Und sich selbst?«

»Nein. Wenn er das woll'n hätt, hätt er's schon viel früher getan.«

»Früher?«

»Bevor ich zu ihm gezogen bin. Seither war er doch so glücklich.« Magdalena konnte ihre Tränen nicht mehr zurückhalten. Sie gaben ihr Zeit, um sich zu fassen.

Sandra beschloss, Magdalena eine sachliche Frage zu stellen, anstatt sich nach dem Grund für ihren Umzug zu Schindlecker zu erkundigen. »Hatte Ihr Vater ein Handy?«

»Nein. Wegen der gesundheitsschädlichen Strahlen. Ich hab mein Handy nur für Notfälle behalten dürfen, und weil wir kein Festnetz haben. Ich hab es stets in einer Strahlenschutzhülle aufbewahren müssen. Die ist mit einer speziellen Folie gefüttert, die keine Signale durchlässt.«

»Dann können Sie gar nicht angerufen werden?«

»Nicht, solange das Handy in der Hülle steckt.«

»Damit ist jetzt aber Schluss«, mischte sich der Pfarrer ein. »Magdalena hat mir versprochen, ihr Handy fortan eingeschaltete zu lassen, ohne diese Hülle.«

»In den letzten Tagen hat es also keinen ungewöhnlichen Anruf gegeben.«

»Nein.«

»Hatten Sie vielleicht unerwarteten Besuch? Oder war sonst irgendetwas anders als sonst?«

Wieder verneinte Magdalena. »Gar nichts. Außer, dass ich in den letzten drei Tagen eine fiebrige Erkältung hatte und die ganze Zeit zu Hause war.« Magdalena räusperte sich. »Ich hab die meiste Zeit geschlafen.«

»Besaß Ihr Vater eine Mundharmonika?«

»Ja, zwei … Die kleinere hatte er immer dabei. Er hat das Ave Maria wie kein anderer darauf spielen können …« Die Erinnerung ließ Magdalena erneut in Tränen ausbrechen. Tröstend legte der Pfarrer seine Hand auf ihren Arm, was die junge Frau kurz zusammenzucken ließ.

»Der Herr ist mit dir«, versicherte Pater Vinzenz. Seine Hand ruhte nach wie vor auf dem Arm der Blinden.

Beneidenswert, wenn man Kraft aus dem Glauben schöpfen kann, überlegte Sandra, und schweifte gedanklich zur eigenen privaten Misere ab. Julius und ihr blieben nur profane Mittel, um mit ihrem Schicksal zurechtzukommen. Von der katholischen Kirche hatten sich beide schon vor Jahren abgewandt. In letzter Zeit ertappte sich Sandra dennoch öfters beim Beten. Der Liebe Gott war in ihrer Vorstellung nämlich für alle Menschen da. Gleichgültig, ob sie einer bestimmten Religion angehörten oder nicht. Wobei Sandra mehr nach der Devise des Pfarrers betete, die er vorhin im Zusammenhang mit dem Schnaps erwähnt hatte: Nutzt's nix, schadet's nix. Bisher hatte es leider nicht viel geholfen. Julius saß noch immer im Rollstuhl. Und daran würde sich wohl auch nichts ändern. Wenn kein Wunder geschah, an das Sandra noch viel weniger glaubte.

Magdalena schnäuzte sich. Sie hatte sich wieder gefasst.

»Wann hat Ihr Vater gestern das Haus verlassen?«, kehrte Sandra zur Befragung zurück.

»Um sieben in der Früh ist er zum Bauernmarkt am Dorfplatz aufgebrochen. Den Sancho hat er mitgenommen. Der Hund war gestern ungewöhnlich unruhig. Er hat wohl schon was geahnt …« Magdalena atmete tief durch, ehe sie weitersprach. »Normalerweise kümmer ich mich um den Verkauf unserer Produkte auf dem Markt. Peter hat Menschenansammlungen nicht so gerne mögen. Aber ich hatte ja diese Erkältung. Ach, wär ich doch nur …« Magdalena stockte und rieb sich mit den Fingerknöcheln die Augen.

»Was verkaufen Sie denn alles auf dem Bauernmarkt?«, fragte Sandra, um die junge Frau von ihren Selbstvorwürfen abzulenken.

»Ziegenkäse, Marmelade, Fruchtsirup, Kräutermischungen, -tinkturen, -tees und -seifen«, zählte Magdalena einige Produkte auf. »Alles, was wir hier so herstellen. Natürlich müssen wir uns an die Auflagen halten und werden regelmäßig kontrolliert. Im großen Schuppen ist die Produktionsstätte und daneben im kleinen das Lager. Reich wird man damit nicht, aber bisher sind wir so einigermaßen über die Runden gekommen. Sie haben nicht zufällig Geld beim Peter gefunden?«

»Etwas über 30 Euro. Die werden noch nach Spuren untersucht. Dann gehen sie in den Nachlass über«, erklärte Sandra.

Magdalena sank in sich zusammen. »Nur 30 Euro? Dann muss er beraubt worden sein. Oder der Tageserlös ist noch im Auto«, keimte ein Funken Hoffnung in ihr auf.

»Brauchst leicht ein Geld?«, erkundigte sich der Pfarrer.

»Ich hab nur noch die zehn Euro vom Inspektor. Unser Konto ist überzogen. Die Ware für den Klosterladen wollte der Peter am Montag ausliefern. Wie soll ich das ohne ihn nur alles schaffen?«

»Weißt was?« Pater Vinzenz erhob sich halb, um die silberne Geldspange in Kreuzform aus seiner Gesäßtasche zu holen. »Gibst mir nachher zwei Flaschen vom Himbeergeist mit. Dann hast noch mal 30 Euro. Langt dir das fürs Erste?«

»Ja freilich.«

Der Pfarrer steckte Magdalena die Banknoten zu, die bei jenen von Bergmann in der Tasche der Kapuzenjacke landeten. »Am Montag schick ich dir den Clemens vorbei. Der soll die Lieferung für den Klosterladen abholen.«

Magdalena bedankte sich mit einem hinreißenden Lächeln. »Was tät ich nur ohne Sie, Pater Vinzenz? Ich hol Ihnen dann den Schnaps aus dem Schuppen, bevor Sie nach Haus fahren.«

»Ist schon recht«, stimmte ihr der Pfarrer zu.

»Wie viel Geld hätte Ihr Vater denn gestern bei sich haben sollen?«, kehrte Sandra zur Einvernahme zurück.

Magdalenas Lächeln verschwand ebenso schnell aus ihrem Gesicht, wie es erschienen war. »An Regentagen setzen wir höchstens an die 200 Euro um. Bei schönem Wetter mehr als doppelt so viel. Etwa 120 Euro hatte der Peter bei sich, als er weggefahren ist, mitsamt dem Wechselgeld.«

»Ihr Vater ist mit dem Auto zum Bauernmarkt gefahren?«

»Ja. Er musste schließlich die Ware zum Markt transportieren. Zum Abendessen hätt er spätestens wieder daheim sein wollen.«

Wenn Schindlecker mit dem Wagen unterwegs gewesen war, wo sind dann die Autoschlüssel und seine Papiere geblieben? Und wo der Wagen?, fragte sich Sandra. »Was ist das für ein Auto? Welche Marke und Farbe?«

»Ein alter Kastenwagen. Nach der Marke und der Farbe hab ich ihn nie gefragt.« Magdalena schien sich über ihre Unwissenheit zu schämen. Am liebsten hätte Sandra ihre Frage zurückgezogen.

»Weiß«, sprang Pater Vinzenz ein. »Schindlecker ist einen weißen, ziemlich klapprigen Ford Transit gefahren, den er von seiner Mutter geerbt hat. Genauso wie diese Hütte hier.«

»Meine Großmutter ist an gebrochenem Herzen gestorben, kurz nach meiner Geburt«, verkündete Magdalena.

»Das ist aber nicht deine Schuld, mein Kind. Du kannst am allerwenigsten dafür«, erwiderte der Pfarrer.

»Ich weiß«, sagte Magdalena dermaßen kleinlaut, dass Sandra es ihr nicht abkaufte. Die junge Frau wirkte ziemlich erschöpft, was nach ihrer Erkrankung, der Sorge um die Lieben, der Todesnachricht und der Befragung durch die Polizei mehr als verständlich war.

»Die anderen Kinder haben ihr schon früh eingeredet, dass Gott sie mit Blindheit gestraft hat, weil sie eine Ausgeburt des Teufels sei«, erzählte der Pfarrer. »Kinder können ja so grausam sein.«

»Erwachsene erst recht«, meinte Magdalena bitter. »Sonst wären der Peter und der Sancho doch noch am Leben. Warum nur, Pater? Warum mussten die beiden sterben?« Wieder brach das Mädchen in Tränen aus.

Sandra fiel der Spruch von Woody Allen ein, der ihr in den letzten Monaten öfters in den Sinn gekommen war: Wenn Gott existiert, hat er hoffentlich eine gute Entschuldigung. Normalerweise hätte sie spätestens an dieser Stelle den psychosozialen Notdienst hinzugezogen. Aber Pater Vinzenz war für Magdalena wahrscheinlich der beste Seelsorger, den man ihr zur Seite stellen konnte. Nach einer Weile hatte sie sich soweit wieder gefasst, dass Sandra ihr ruhigen Gewissens die vorläufig letzte Frage stellen konnte. »Hatte Ihr Vater Feinde? Gibt es jemanden, dem Sie eine solche Tat zutrauen?«

»Wenn ich ehrlich bin, jedem in diesem Ort. Abgesehen von Pater Vinzenz.«

Sandra seufzte. Damit war die Liste der Verdächtigen ziemlich lang. Für den wahrscheinlichen Fall, dass ein Suizid auszuschließen war. »Und was glauben Sie, Pater Vinzenz?«, wandte sie sich an den Geistlichen.

»Ich glaube an Gott, den Vater, an Jesus Christus, seinen eingeborenen Sohn, unsern Herrn, und an den Heiligen Geist. Ich glaube an die Jungfrau Maria und an die Heiligen Sakramente. Darunter fällt im Übrigen auch die Beichte …« Der Pfarrer hielt Sandras Blick stand.

Der verschlug es die Sprache. Wollte er damit andeuten, dass er den Täter bereits kannte? Hatte ihm gar jemand den Mord gebeichtet?

Bergmanns Rücken straffte sich. »Dürfen wir davon ausgehen, dass Sie den Täter schon kennen?«, sprach er ihre Gedanken aus.

»Nein, das dürfen Sie nicht. Ich wollte Sie lediglich daran erinnern, dass ich mich an das Beichtgeheimnis halte. Ich kann Ihnen also im Fall der Fälle nur sehr bedingt weiterhelfen.«

»Ich kenne die Gesetzeslage. Sie müssten den Mörder davonkommen lassen und die gerechte Strafe verhindern, Herr … Pfarrer.« Bergmanns Zögern ließ die persönliche Ansprache verächtlich klingen.

»Zu richten zählt nicht zu meinen Aufgaben. Es gibt ein höheres Gericht als alle irdischen. Und dem muss sich eines Tages ein jeder von uns stellen«, sagte der Priester, die Güte in Person.

»Und das können Sie mit Ihrem Gewissen vereinbaren?«

»Sie wissen doch, dass ich das auch müsste, wenn ich es nicht könnte oder wollte. Sonst würde ich das Kirchenrecht brechen, was meine Exkommunikation zur Folge hätte. Ich versichere Ihnen aber, dass ich auf den Täter einwirken würde, keine weiteren Straftaten zu begehen und sich der Polizei zu stellen.«

Dass Bergmann das österreichische Gesetz, das dem Beichtgeheimnis seit dem Konkordat im Jahr 1933 besonders umfassenden Schutz einräumte, missfiel, zeigte sein ungläubiges Kopfschütteln. Die Ermittler durften einen Pfarrer nicht über Sachverhalte befragen, die ihm im Zuge einer Beichte oder eines vertraulichen Gesprächs zugetragen worden waren. Ja, sie konnten etwaige derart gewonnene Erkenntnisse noch nicht einmal vor Gericht verwerten. Aber woher sollten sie wissen, was Pater Vinzenz im Beichtstuhl zugetragen worden war und was nicht?

»War Herr Schindlecker religiös?«, fragte Sandra, ehe der Chefinspektor eine Grundsatzdiskussion vom Zaun brechen konnte. Selbst die härtesten Foltermethoden hätten an der Überzeugung des Pfarrers nichts geändert, war sie sich sicher.

»Er war römisch-katholisch. Aber in meiner Kirche hat er sich kein einziges Mal blicken lassen. Jedenfalls nicht, seitdem ich das Amt in dieser Gemeinde angetreten habe.«

»Und wann war das?«, hakte Sandra nach.

»Kurz vor Ostern 2005 wurde ich von meinem Abt hierher entsandt. Ein knappes Jahr später ist der Schindlecker aus der Haft zurückgekehrt.«

»Er hatte seinen Glauben an Gott und die Menschheit längst verloren«, fügte Magdalena traurig an.

»Gott möge seiner Seele gnädig sein«, antwortete Pater Vinzenz und malte ein Kreuzeichen in die Luft. Dass Bergmann dabei die Augen verdrehte, übersah er großzügig.

Sandra verzichtete Magdalena zuliebe auf weitere Bemerkungen oder Fragen. Die junge Frau hatte schon genug gelitten. Trummer würde ihnen sicher noch einige

Informationen zu Schindlecker liefern können. Und die Polizeiakte musste längst in ihrem E-Mail-Postfach eingelangt sein. »Bitte halten Sie sich in den nächsten Tagen zu unserer Verfügung, Frau Pierer«, sagte Sandra routinemäßig. »Wir werden Sie voraussichtlich nochmals aufsuchen.« Sie warf Bergmann einen Blick zu. Der nickte kaum merklich, um ihr zu bestätigen, dass sie hier fertig waren. Zumindest für heute.

Pater Vinzenz blieb bei Magdalena sitzen, während Trummer die LKA-Ermittler nach draußen begleitete. Stix, die am Funkstreifenwagen in der Sonne lehnte und gelangweilt an einem Fingernagel kaute, nahm bei ihrem Anblick Haltung an.

»Was ist mit der Hundeliste? Braucht's ihr die noch?«, wollte Trummer wissen.

»Die könnt ihr vergessen. Aber gebt gleich die Fahndung für den Ford Transit raus. Und besorgt eine aktuelle Einwohnerliste. Morgen um 8.30 Uhr werden wir sie gemeinsam durchgehen. Anschließend werden wir unsere Befragungen in Ainberg fortsetzen. Gebt meiner Kollegin die Adresse der Inspektion.« Bergmann stieg grußlos in den zivilen Passat ein.

Stix nannte Sandra die Adresse der Polizeistelle, die sie ohnehin bereits vom Vorbeifahren kannte, während Trummer sich schon mal ans Steuer des Einsatzfahrzeuges begab.

»Eine Frage noch«, nutzte Sandra die Gelegenheit, sie anzusprechen.

»Ja?«

»Wie ist denn die Familie Pierer mit Schindleckers Rückkehr aus der Haft umgegangen? Ich stelle mir das ziemlich problematisch vor …«

»Nun ja, niemand im Dorf war begeistert, dass ein verurteilter Schwerverbrecher nach Ainberg zurückkehrt. Alle waren besorgt um ihre Frauen und Töchter. Die größten Ängste hat wohl die Pierer Maria ausgestanden – um sich selbst und um die Magdalena. Der Schindlecker hat sie ja regelrecht verfolgt, nachdem er aus der Haft heimgekommen ist. Wir, beziehungsweise unsere Vorgänger, mussten mehrfach wegen Stalkings eingreifen.«

»Hat er die beiden denn bedroht? Oder ist er handgreiflich geworden?«

»Es hat einige Raufereien gegeben. Zwischen dem Schindlecker, dem Pierer Gustl – also dem Stiefvater von der Magdalena, Gustav – und seinem Sohn aus erster Ehe, dem Simon. Der Schindlecker hat sich nämlich nicht an das Kontaktverbot gehalten, das das Zivilgericht in regelmäßigen Abständen auf Marias diverse Anträge hin ausgesprochen hat. Einmal musste er sogar eine kurze Haftstrafe absitzen, nach den unzähligen Geldstrafen, die er wegen der Missachtung der einstweiligen Verfügungen bezahlt hat, die ihm den Aufenthalt in der Nähe von Maria und Magdalena untersagt haben.«

»Aha. Und wie hat sich Schindlecker anderen Leuten gegenüber verhalten?«, fragte Sandra nach.

»Introvertiert, geradezu menschenscheu. Geredet hat der kaum was. Auch dann nicht, wenn wir ihn wieder mal wegen seiner Stalkerei wegweisen oder festnehmen haben müssen. Er war unglaublich beharrlich, ist jahrelang immer wieder aus seiner Hütte im Wald gekommen, um den beiden nachzustellen. Na ja, ganz dicht war der nicht, wennst mich fragst.« Stix unterstützte ihre laienhafte psychiatrische Diagnose, indem sie sich mit dem Zeigefinger mehrfach gegen die Stirn tippte.

»Glaubst du, dass er Maria oder Magdalena Pierer etwas antun wollte?«

Stix zuckte mit den Schultern. »Bei seiner Vorgeschichte waren wir natürlich möglichst vorsichtig.«

»Natürlich.«

»Mir hat die Maria jedenfalls schrecklich leidgetan. Sie ist in all den Jahren nie zur Ruhe gekommen. Nicht genug, dass der Kerl sie damals vergewaltigt und ihr ein behindertes Kind angedreht hat, hat der Anblick von Magdalena sie auch noch tagtäglich an dieses furchtbare Erlebnis erinnert. Das muss man sich erst einmal vorstellen. Dann kommt dieser Unmensch auch noch aus dem Gefängnis zurück und verfolgt sie auf Schritt und Tritt. Kein Wunder, dass die arme Frau schon in so jungen Jahren vom Krebs zerfressen worden ist. Diese ständige Angst und der Ärger …«

»Und Gustav Pierer? Lebt der noch?«

»Ja, ja. Der Gustl erfreut sich zum Glück bester Gesundheit. Er ist ein angesehener Mann in Ainberg. Wie schon sein Vater. Von dem hat er auch das Sägewerk und die Tischlerei übernommen und sich im Lauf der Jahre auf Holzverpackungen und Fertigblockhäuser spezialisiert. Die meisten anderen Betriebe haben inzwischen zusperren müssen. Aber der Gustl ist noch immer der größte Arbeitgeber im Umkreis. Über die Hälfte unserer Leute arbeitet in seinem Betrieb. Und großzügig ist er obendrein. Gerade hat er der Gemeinde einen neuen Feuerwehrwagen spendiert. Und der Kirche eine Glocke. Außerdem ist er Obmann vom Schützenverein.«

»Und wie hat er sich mit Magdalena verstanden?«

»Er war ihr immer ein vorbildlicher Vater. Er hat das Mädchen unterstützt, wo er nur konnte. Als wär sie sein eigenes Fleisch und Blut. Geld war beim Gustl sowieso nie ein Thema.«

»Aber warum ist Magdalena dann nach dem Tod ihrer Mutter ausgerechnet zum Schindlecker gezogen? Wo sie doch wusste, was er ihr angetan hat.«

»Das hat uns alle entsetzt. Der Gustl wollte das auch um jeden Preis verhindern. Schon aus Angst um die Magdalena. Man weiß ja nicht, was so einem einfällt«, erzählte Stix. »Aber die Magdalena war damals schon 18 und durfte hinziehen, wohin sie wollte. Da konnte dem Gustl kein Gericht der Welt helfen. Und wir ihm auch nicht. Solange der Magdalena nichts passiert ist, waren uns leider die Hände gebunden.«

»Ist ihr denn etwas passiert?«

Stix zuckte mit den Schultern. »Uns ist jedenfalls nichts zu Ohren gekommen. Nach der ersten Aufregung und einigen gescheiterten Rückholversuchen vom Gustl und vom Simon ist endlich Ruhe eingekehrt. Der Waldmensch, ähm, der Schindlecker, hat sich dann nimmer im Dorf blicken lassen. Er hat nur mehr das blinde Dirndl g'schickt, hat's alles für sich erledigen lassen. Magdalena hat für ihn einkaufen gehen und auf Bauernmärkten das Geld zum Leben verdienen müssen.«

»Dann haben wenigstens alle gewusst, dass es ihr gut geht«, warf Sandra ein.

»Gut? Na, ich weiß nicht ... Früher hat sie als Heilmasseurin gearbeitet. Der Gustl hat ihr eine Praxis in seinem Haus eingerichtet. Die kann er sich jetzt ... na ja ...« Stix seufzte.

»Warum seid ihr eigentlich nicht gleich auf die Idee gekommen, dass es sich bei den Leichen um Peter Schindlecker und seinen Hund handeln könnte?«

»Wie gesagt, wir haben ihn nicht erkannt. Da waren ja keine menschlichen Züge mehr. Entsetzlich … Und der Hund war ähnlich entstellt. Du hast es ja selbst gesehen … Meinst, dass das ein Ritualmord war?«

»Gibt es denn jemanden hier, dem du so etwas zutraust?«

»Einem von uns? Nein. So pervers ist hier niemand. Höchstens der Waldmensch, aber der wird sich nicht selbst aufgehängt haben, oder?«

»Was meinst du?«

Stix kratzte sich an der Schläfe. »Nein. Der hat sich nicht umgebracht. Er konnte jahrelang sehr gut mit seiner Schuld leben. Warum hätt er sich ausgerechnet jetzt umbringen sollen?« Dass Schindlecker seine Strafe abgesessen hatte, schien hier selbst die Polizei nicht zu interessieren.

»Vielleicht hat Magdalena ihn so weit gebracht?« Der – zugegeben, etwas absurde – Gedanke war Sandra eben erst in den Sinn gekommen.

»Was? Die Magdalena kann keiner Fliege was zuleide tun.«

»Und wie steht es mit Gustav Pierer und seinem Sohn? Könnten sie Selbstjustiz geübt haben, um Magdalena vor möglichem Schaden zu bewahren? Oder um sie doch wieder nach Hause zu holen?«

»Niemals. Das kann ich mir nicht vorstellen. Schon gar nicht auf so eine bestialische Weise … Die Pierers hatten sich doch längst beruhigt und damit abgefunden, dass die Magdalena lieber beim Schindlecker im Wald bleiben wollte. Außerdem sind die beiden gläubige Christen. Vor allem der alte Pierer geht jeden Sonntag in die Kirche.«

Als ob praktizierende Christen niemals Verbrechen begehen, dachte Sandra. Hätte Pater Vinzenz seine Beichtgeheimnisse doch gelüftet, wäre vermutlich so manch unbescholtener Ainberger in die Bredouille geraten, war sie ziemlich sicher. Womöglich auch der angesehene Gustav Pierer und sein Sohn. »Hatte sonst jemand ein Motiv, Schindlecker zu töten?«

»Darüber denk ich schon die ganze Zeit nach. Probleme hat er mit fast allen g'habt. Trotzdem kann ich nicht glauben, dass jemand von uns so was macht. Wennst mich fragst, war das ein Psychopath von auswärts.« Stix überlegte kurz, ehe sie fortfuhr. »Vielleicht einer von den Asylanten aus Mürzsteg. Die meisten von denen sind Moslems. Die hassen doch Hunde.«

Da war sie wieder. Die Angst vor dem Fremden, Unbekannten und die Vorurteile, die damit verbunden waren.

»Hatte Schindlecker denn auch mit den Asylwerbern Probleme?«

»Was ich weiß, gab es keine Berührungspunkte zwischen ihm und diesen Leuten. Nach Ainberg kommen die zum Glück kaum. Warum auch? Umgekehrt hatte der Schindlecker dort nichts zu tun.«

»Hat es denn schon mal ein Tötungsdelikt im Umfeld der Asylwerber gegeben?«

»Im vergangenen Herbst hat's nach einer Messerstecherei einen Toten gegeben.«

»Das Opfer war aber kein Einheimischer, oder?«

»Nein. Ein Afghane. Genau wie der Täter. Die gehen öfters aufeinander los. Meistens enden die Streitereien aber glimpflich.«

»Also hat niemand von den Asylwerbern jemals einem Einheimischen ein Haar gekrümmt, richtig?«

Stix sah auf ihre Armbanduhr. »Richtig.«

»Und auch keinem Hund?«

»Auch das nicht, nein. Aber meine Hand würd ich für die nicht ins Feuer legen. Können wir morgen in der Früh weiterreden? Es ist gleich 20 Uhr, und ich muss noch nach meiner Schwiegermutter sehen. Sie ist ein Pflegefall.«

»Sicher. Wo kann man denn hier in der Nähe übernachten? Der Dorfwirt ist voll belegt.«

»Dann würd ich's an eurer Stelle im Landhotel in Neuberg probieren. Die haben sicher noch freie Zimmer, jetzt, wo die Kulturtage vorbei sind. Das Haus liegt direkt an der Hauptstraße, gegenüber vom Münster. Das kann man gar nicht verfehlen. Sieht aus, als wär's vom Hundertwasser.«

Sandra verabschiedete sich von der Polizistin und stieg in den Passat ein.

Bergmann döste vor sich hin. Erst als die Fahrertür ins Schloss fiel, schreckte er hoch. »Was ist? Wohin fahren wir?« Er blickte nach draußen, um sich zu orientieren, und gähnte.

»Neuberg an der Mürz. Ist nicht weit.« Sandra schnallte sich an. Unterwegs erzählte sie ihm von der aufschlussreichen Unterhaltung mit der unerwartet redseligen Inspektorin.

»Da sind wir also wieder mal mitten in eine Dorftragödie geraten.« Bergmann gähnte noch einmal, ohne sich die Hand vor den Mund zu halten.

»Ich bin ja nur froh, dass sie diesmal nicht in meinem Heimatort stattfindet«, erinnerte sich Sandra an ihren ersten gemeinsamen Mordfall, der sie ausgerechnet ins Krakautal geführt hatte.

»Ich fürchte nur, hier könnte die Aufklärung noch um einiges schwieriger werden.«

»Du glaubst also nicht an eine Selbsttötung?«, fragte Sandra.

»Nein.«

»Eine Beziehungstat?«

»Jedenfalls keine übliche. Der Aufwand scheint mir schwer übertrieben.«

»Was ist mit Raubmord?«, ging Sandra die Liste der möglichen Verbrechen durch.

»Schließe ich aus. Der oder die Täter hätten dann doch auch die 30 Euro an sich genommen«, meinte Bergmann.

»Bleiben wir der Einfachheit halber mal bei der Einzahl«, schlug Sandra vor. »In jedem Fall musste er befürchten, bei der Tat beobachtet zu werden. Es hätte doch jederzeit jemand vorbeikommen können. Auch wenn der Tatort nicht gerade an einer stark frequentierten Route liegt.«

»Für mich sieht es so aus, als wäre der Täter einem Ritual gefolgt. Er wollte sein Opfer auf diese ganz bestimmte Weise bestrafen und mit der Tötungsmethode ein Zeichen setzen.«

»Wahrscheinlich. Sonst hätte er sich die aufwendige und riskante Inszenierung ersparen können«, stimmte Sandra der Theorie des Chefinspektors zu.

»Auf alle Fälle ist er geplant vorgegangen. Das war keine zufällige Tat. Wer hat schon zufällig Kletterseile dabei?«

»Dennoch muss er sein Opfer nicht unbedingt gekannt haben«, gab Sandra zu bedenken.

Bergmanns Kopf schwankte von einer Seite zur anderen. Etwas Wesentliches störte ihn an ihrem Einwand. »Das Opfer hatte einen Hund dabei. Noch dazu einen ziemlich Großen mit Wolfsblut in den Adern. Man muss doch annehmen, dass der sein Herrchen verteidigen würde. Das ist ein unnötiges Risiko für eine zufällige Opferwahl …«

»Es sei denn, der Täter hat sich ganz gezielt einen Mann mit Hund als Opfer ausgesucht.« Sandra spürte Bergmanns prüfenden Blick. »Eventuell sogar andersrum: Er wollte einen Hund mit Herrchen töten«, fügte sie hinzu.

»Du meinst, der Hund könnte sein ursprüngliches Ziel gewesen sein?«

»Nur so eine Theorie, auf die mich Stix mit ihrer Fremdenfeindlichkeit gebracht hat.« Dass viele Muslime Hunde als unrein ablehnten, und so mancher Fanatiker wohl auch keine Skrupel hatte, sie zu töten, war allgemeinhin bekannt.

»Ein Hundehasser? Na ich weiß nicht …«

»Ich auch nicht. Selbst wenn dem so wäre, würde ich einen Hundehasser nicht zwangsläufig unter den Asylwerbern muslimischen Glaubens suchen. Schließlich gibt es auch Christen oder Konfessionslose, die Tiere hassen, quälen oder töten«, spann Sandra ihre Überlegungen weiter.

»Töten, ja. Vergiften, erschlagen, erstechen oder erschießen. Aber was soll diese Hinrichtung? Könnte es sich um ein Schlachtritual handeln?«

»Du meinst, wie das Schächten, das Juden und Moslems praktizieren? Dann hätte man dem Tier doch die Kehle durchgeschnitten, um es anschließend kopfüber hängend ausbluten zu lassen. Das war aber nicht der Fall … Ich komme von diesem Bild nicht los, von dem ich dir erzählt habe. Als hätte der Täter es ebenfalls in seinem Kopf gehabt und seine Vision nachgestellt.«

»Wir gehen also davon aus, dass er geplant vorgegangen ist.«

Sandra stimmte mit ihrem Nicken zu.

»Dann ist es doch auch wahrscheinlich, dass er Schindlecker und seinen Hund ganz gezielt als Opfer ausgewählt hat. Warum sollte er ausgerechnet diesen entscheidenden Punkt dem Zufall überlassen?«

»Sehe ich auch so. Wir müssen schleunigst herausfinden, was es mit diesem verdammten Bild auf sich hat.«

»Zumindest ist es mal ein Ansatz.«

»Was hältst du von Magdalenas Gesichtsverletzungen? Meinst du, sie hat sich wirklich an der Tür angeschlagen, wie sie behauptet hat?«, kehrte Sandra zu ihren Beobachtungen zurück.

»Ihre Blessuren haben relativ frisch ausgesehen.«

»Und wer sollte sie ihr zugefügt haben?«, fragte Sandra.

»Vielleicht Peter Schindlecker, bevor er verschwunden ist.«

»Möglich. Und wenn er es nicht war? Sie hat in den letzten Tagen das Haus nicht verlassen. Und außer dem Pfarrer und uns war ja angeblich keiner da. Ist dir aufgefallen, wie sie zusammengezuckt ist, als Pater Vinzenz sie am Arm berührt hat?«

Der Chefinspektor nickte. »Das wäre ich an ihrer Stelle auch.«

»Wieso?«

»Ich hab's nicht so mit Pfaffen.«

»Das ist mir schon aufgefallen. Gibt es dafür einen Grund?«

»Acht Jahre Klosterschule und Internat. Muss ich mehr dazu sagen?«

Sandra verzichtete darauf, nachzufragen. Dass Bergmann eine Klosterschule besucht hatte, überraschte sie. Was dort vorgefallen war, wollte sie lieber nicht wissen. Obwohl es ihr möglicherweise einiges über seine verkorkste Persönlichkeit erklärt hätte.

»Meinst du, dieser Pater Vinzenz steht Magdalena näher, als der Liebe Gott erlaubt? Oder dass er sie misshandelt hat?«, fragte Bergmann.

Sandra überlegte kurz. »Nein. Ich denke, was wir gesehen haben, war reine Nächstenliebe. Er hat sich nur um sein Schäfchen gekümmert.«

»Ein besonders hübsches, blindes und dankbares Schäfchen …«

»Ich glaube, Magdalena ist nur erschrocken, weil sie mit keiner Berührung gerechnet hat«, gab sich Sandra selbst die Antwort auf ihre ursprüngliche Frage. Dass Pater Vinzenz mit Magdalena intim war oder ihr die Verletzungen zugefügt hatte, konnte sie sich einfach nicht vorstellen. Wenngleich in den vergangenen Jahren einigen katholischen Priestern allerlei Gesetzverstöße dieser Art nachgewiesen worden waren, die teils Jahrzehnte zurücklagen.

»Dein Wort in Gottes Gehörgang«, meinte Bergmann. »Was hältst du von seiner Warnung, dass er sich an das Beichtgeheimnis hält?«

»Kam für mich etwas überraschend. Vielleicht hat er geglaubt, wir kennen die einschlägigen Gesetze nicht.«

»Meinst du, er kennt den Täter schon?«

»Bestimmt sind ihm einige möglicherweise sogar gesetzeswidrige Geheimnisse der Dorfbewohner bekannt. Was unseren Fall betrifft, so halte ich seine Aussage aber für präventiv. Vorerst jedenfalls …« Etwas anderes war Sandra aufgefallen, das vermutlich nichts zu bedeuten hatte. »Magdalena hat das Mordopfer nicht ein einziges Mal Vater genannt, immer nur Peter. Obwohl ich ständig von ihrem Vater gesprochen habe.«

»Na hör mal«, brauste Bergmann unvermittelt auf. »Sarah nennt schließlich auch mich ihren Vater und nicht diesen …«

»Schon klar. Entschuldige, bitte.« Wie hatte sie nur vergessen können, dass Bergmanns Exfrau ihm die Tochter eines anderen damals als eigene untergejubelt hatte?, rügte sie sich insgeheim für ihre Unaufmerksamkeit. Immerhin hatte der Chefinspektor lange genug an diesem privaten Problem zu kiefeln gehabt, nachdem die Wahrheit ans Licht gekommen und zum Scheidungsgrund geworden war. Es war nur normal, dass Magdalena jenen Mann ihren Vater nannte, bei dem sie aufgewachsen war, musste sie ihm recht geben. Wenngleich sie Theresia Schindlecker sehr wohl als ihre Großmutter bezeichnet hatte.

Bergmann sog völlig unvermittelt Luft durch seine Nase ein und blies sie hörbar durch den Mund wieder aus.

»Alles in Ordnung?«, fragte Sandra irritiert.

»Und wie! Ich kann wieder frei durchatmen, seit ich diese Tropfen genommen habe. Was für ein Segen!«

Sandra hob die Augenbrauen. Der Glaube kann tatsächlich Berge versetzen, stellte sie schmunzelnd fest. Oder die Tropfen wirken tatsächlich. Womöglich handelt es sich um eine Wechselwirkung, überlegte sie. Im nächsten Moment wurde sie geblendet. Die goldene Jesusfigur am Holzkreuz, das hoch auf dem Felsen in den Himmel ragte, fing die letzten Strahlen der Abendsonne ein. Gleich würde sie hinter der bewaldeten Bergkuppe untergehen. Nach der nächsten Kurve passierten sie das längst aufgelassene Zisterzienserstift Neuberg, das seit geraumer Zeit für kulturelle Zwecke und Seminare genutzt wurde. Das imposante Münster mitten in dem kleinen, beschaulichen Ort wirkte wie ein zu wuchtig geratenes Monument aus einer Filmkulisse. Was das Hotel gegenüber betraf, hatte Stix nicht übertrieben. Die aufwendig bemalte, mit kunterbunten Mosaiksteinen gekachelte Fassade war nicht zu übersehen. Den Dienstwagen stellte Sandra am Gäste-Parkplatz auf der anderen Straßenseite ab.

KAPITEL 8

1.

Samstag, 27. Juli

Die Morgensonne fiel durch die cremefarbenen Vorhänge und tauchte das Mansardenzimmer in weiches, freundliches Licht. So gut wie in der vergangenen Nacht hatte Sandra seit Langem nicht mehr geschlafen, ohne auch nur ein einziges Mal aufzuwachen. Entsprechend gut erholt schob sie die Stoffbahnen zur Seite und öffnete das Fenster, um frische Luft hereinzulassen. Wenngleich die Hauptstraße nachts nur wenig befahren war, hatte sie es lieber geschlossen gehalten, damit sie nicht ab und zu doch von Geräuschen gestört wurde. Jetzt hörte sie in einiger Entfernung einen Hahn krähen.

Sandra atmete die Morgenluft tief ein, während sie den Pferden auf der Koppel vor dem Stift beim Grasen zusah. Der würzige Duft des Waldes war eine jener Kindheitserinnerungen, die sich positiv in ihrem Gedächtnis eingeprägt hatten. Zu Pferden hatte sie keine besondere Beziehung. Die hatte sie auch als kleines Mädchen nicht gehabt. Doch der friedliche Anblick der Tiere ließ das Münster im Hintergrund weniger wuchtig und bedrohlich wirken, als sie es zuletzt in der Abendstimmung empfunden hatte. Vielleicht lag dieser Eindruck auch am Morgenlicht, am anderen Blickwinkel oder daran, dass nach der langen Schlechtwetterperiode endlich ein neuer, sonniger Tag angebrochen war. Anders konnte sich Sandra diesen Stimmungswandel nicht erklären.

Der schmerzliche Gedanke an Julius, der sonst wie ein Stachel tief in ihr saß, holte sie erst beim Duschen wieder ein. Sie zwang sich, ihn beiseitezuschieben – wie den Besuch in der Reha-Klinik, den sie ihm fürs Wochenende versprochen hatte. Am Sonntag würde es sich eventuell einrichten lassen, hatte sie ihn gestern vor dem Abendessen am Telefon vertröstet. Anschließend war sie mit Bergmann die Polizeiakte des Opfers durchgegangen.

Dass Peter Schindlecker Magdalena gezeugt hatte, stand zweifelsfrei fest. Schon während des Prozesses war ein positiver Vaterschaftstest durchgeführt worden. Seit der verurteilte Straftäter 2006 aus der Grazer Justizanstalt Karlau nach Ainberg zurückgekehrt war, war er nicht nur mit Maria Pierer und ihrer Familie im ständigen Clinch gelegen. Auch mit der Jägerschaft hatte es immer wieder Auseinandersetzungen gegeben. Erst im vergangenen Frühjahr war er wieder angezeigt worden, weil sein Wolfshund angeblich einen Rehbock gerissen hatte. Da jedoch die Beweise fehlten und Magdalena für ihn ausgesagt hatte, war es zu keiner Anklage gekommen.

Vor drei Jahren war einer von Schindleckers Hunden in unmittelbarer Nähe der Jagdhütte wegen vermeintlicher Wilderei abgeschossen worden, ging aus dem Polizeiprotokoll ebenso hervor. Laut Aussage des Hundehalters hatte das Tier lediglich seine Notdurft verrichtet, als es tödlich getroffen wurde. Geistesgegenwärtig hatte Schindlecker, der an Unannehmlichkeiten mit der Bevölkerung längst gewöhnt war, den frischen Hundekot fotografiert und als

Beweisstück aufbewahrt, sodass ihm das Gericht schlussendlich recht gegeben hatte, und der übereifrige Jäger zu
einer geringfügigen Schadensersatzzahlung wegen Sachbe-
schädigung verurteilt worden war. Diesen Wilhelm Prattes
wie auch die Herren Pierer wollten sich die LKA-Ermittler demnächst persönlich vornehmen.

Als Sandra das Restaurant des Landhotels betrat, saß
Bergmann bereits bei Tisch. Sonnenbrille, Handy und
Zimmerschlüssel lagen vor ihm auf dem blütenweißen Lei-
nentischtuch, das inzwischen einige Brösel seiner Schinkensemmel zierte.

»Na? Auch schon wach, *Liebling*?«, begrüßte er sie kauend. Mit einem provokanten Grinsen schob er seine Sachen
beiseite, um ihr Platz zu machen.

Sandra ignorierte die allzu vertrauliche Ansprache und
verzichtete darauf, ihn zurechtzuweisen. Die wenigen anderen Gäste saßen zu weit weg, als dass sie von seiner Begrüßung Notiz genommen haben konnten. Außerdem kannte
sie hier ohnehin niemand. Vor allem aber hatte Sandra keine
Lust, schon in aller Früh mit Bergmann zu streiten. »Morgen«, erwiderte sie ohne jeden weiteren Kommentar und
hängte ihre Jeansjacke über die Stuhllehne, die wie die Sitz-
fläche mit braunem Kunstleder überzogen war. Zwar hätte
sie viel lieber ohne die Gesellschaft ihres zerknautschten,
wie gewöhnlich unrasierten Gegenübers gefrühstückt, aber
schließlich war sie im Dienst und nicht auf Wellnessurlaub.
Auch wenn sie gestern vor dem Schlafengehen noch 50 Län-
gen im Hallenbad des Hotels geschwommen war, während
Bergmann es vorgezogen hatte, die Sauna aufzusuchen. Auf
das vermeintliche Vergnügen, gemeinsam mit dem Chefinspektor zu schwitzen, hatte Sandra freiwillig verzichtet.
Obwohl er umgekehrt nichts gegen ihre nackte Gesell-

schaft gehabt hätte, wie er wenig überraschend, aber umso überflüssiger betont hatte. Dass seine Beziehung mit der Gerichtsmedizinerin anscheinend Geschichte war, durfte Sandra nun ausbaden. Außer ihr war ja niemand da. Fast fühlte sie sich in jene Zeit zurückversetzt, als der Chefinspektor aus Wien beim LKA in Graz unerwartet aufgetaucht und ausgerechnet ihr vor die Nase gesetzt worden war. Damals hatte er keinen noch so peinlichen Versuch ausgelassen, an das Ziel seiner Begierde zu gelangen. Dabei hatte Sandra die längste Zeit nicht bemerkt, dass er ernsthaft an ihr interessiert war. Blieb zu hoffen, dass er nicht wieder rückfällig geworden war, sondern sie mit seinen Sprüchen bloß auf die Palme bringen wollte. Doch diesen Gefallen tat sie ihm schon lange nicht mehr.

»Möchten Sie auch Kaffee?«, riss die Kellnerin sie aus ihren Gedanken.

Sandra bestellte Tee und holte sich ein Müsli mit frischen Obststücken und einen Grapefruitsaft vom Buffet. Ihr Blick fiel auf die Wanduhr. In 37 Minuten waren sie mit Trummer und Stix in der Polizeiinspektion verabredet, rechnete sie nach, bevor sie sich mit Appetit über ihr Müsli hermachte.

Bergmann köpfte sein Frühstücksei mit einem gezielten Messerhieb, als sein Handy klingelte. Er blickte auf das Display. »Miriam«, murmelte er und schob Sandra das Smartphone hinüber. »Sprich du mit ihr«, fügte er an und griff zum Salzstreuer.

Hastig würgte Sandra den Brei in ihrem Mund hinunter und nahm das Gespräch an. Beinahe hätte sie sich verschluckt. Ihren grimmigen Blick bemerkte Bergmann nicht einmal. Wie denn auch? Seine volle Aufmerksamkeit galt dem Frühstücksei.

Miriam Seifert begrüßte ihn gut gelaunt oder glaubte es zumindest, bis Sandra klarstellte, dass sie und nicht der Chefinspektor abgehoben hatte. »Nein, es ist alles in Ordnung mit ihm. Er ist nur gerade mit seinem Ei beschäftigt«, erwiderte sie auf Miriams Nachfrage.

Die junge Kollegin am anderen Ende der Leitung lachte hell auf, ehe sie auch noch verbal auf Sandras harmlos gemeinte Bemerkung einging.

»Ich habe weder sein linkes noch sein rechtes gemeint, sondern sein Frühstücksei«, betonte Sandra genervt.

Bergmann blickte hoch und grinste. Was den Humor betraf, waren er und Miriam Seifert aus ähnlichem Holz geschnitzt. Im Gegensatz zu ihm kannte die junge Kollegin aber die Grenzen des gerade noch erträglichen Geschmacks, während er diese mehrmals täglich überschritt. Miriam entschuldigte sich für ihren schlechten Scherz und berichtete dann, dass sie ihren Zahnarztbesuch überstanden hatte. Ab sofort sei sie wieder im Dienst, obwohl ihre Backe noch ziemlich geschwollen war.

»Gut, dass du wieder einsatzbereit bist. Es wartet nämlich reichlich Arbeit auf uns. Wir ermitteln seit gestern in einem neuen Fall in Ainberg an der Mürz. Momentan sind wir in Neuberg«, erzählte Sandra und schilderte so knapp wie möglich, was vorgefallen war. Wie lange sie hier bleiben würden, lasse sich nicht abschätzen. Es lägen noch einige Einvernahmen vor ihnen, die sie lieber vor Ort durchführten. In der gewohnten Umgebung der Leute waren die zwischenmenschlichen Beziehungsgeflechte doch um einiges besser durchschaubar als bei Befragungen im Grazer LKA. Wenigstens in beruflichen Belangen waren sich Bergmann und Sandra meistens einig. »Du könntest inzwischen schon mal alle Übernachtungs-

gäste für uns eruieren, die zwischen dem 24. und 26. Juli
in einem Radius von 30 Kilometern rund um den Tatort
einquartiert waren. Die Liste vom Dorfwirt in Ainberg
und vom Landhotel in Neuberg an der Mürz faxe ich dir
in den nächsten zwei Stunden zu. Sobald du sie hast, fang
doch bitte schon mal mit den telefonischen Befragungen
an … Ja, genau. Das übliche Prozedere, und vergiss nicht,
nach auffälligen Hundegeräuschen zu fragen. Ach ja, noch
etwas: Kannst du bitte einen Kunsthistoriker für mich ausfindig machen. Frag doch mal bei den Kollegen vom Raubdezernat nach.« Sandra trank einen Schluck Tee, ehe sie auf
die Fallanalytikerin im LKA zu sprechen kam. »Vielleicht
kann Christiane die Datenbanken schon mal nach einem
ähnlichen Fall durchforsten … Ich bin am späten Mon-
tagvormittag wieder im Büro, nach der Obduktion auf
der Gerichtsmedizin … Warum ich? Das musst du Sascha
schon selber fragen … Okay, danke dir, Miriam. Pfiat di!«
Sandra schubste das Smartphone übers Tischtuch zu seinem Besitzer hinüber, um endlich weiter frühstücken zu
können. Viel Zeit blieb ihr dafür ja nun nicht mehr.

Bergmann hatte hingegen fertig gegessen. Er steckte
Handy und Zimmerschlüssel ein und setzte die Sonnenbrille auf. »In zehn Minuten in der Lobby. Ich check schon
mal aus«, meinte er im Aufstehen.

Sandra sah auf die Uhr. »Wenn wir in 15 Minuten aufbrechen, reicht das allemal, um pünktlich in der Inspektion zu sein.«

»Beeil dich halt«, meinte Bergmann im Umdrehen.

»Kannst du dich wenigstens um die Liste mit den Hotel-
gästen kümmern?«

Noch einmal wandte er sich um und sah sie über den
Rand seiner verspiegelten Sonnenbrille hinweg an. »Mach

ich, *Liebling* ...« Mit dem Zeigefinger schob er die Sonnenbrille dorthin, wo sie hingehörte, drehte sich um und strebte federnden Schrittes aufs andere Ende des Raumes zu.

Idiot! Sandra sah ihm nach, bis er aus ihrem Blickfeld verschwunden war. Dann erst löffelte sie ihr Müsli zu Ende. Und wenn sie in noch so vielen Fällen gemeinsam ermitteln würden, Bergmann war und blieb ein anstrengender Zeitgenosse, der ihr den letzten Nerv raubte.

2.

Sandra bog in die Landstraße ein, die von der Bundesstraße abzweigte. Der Passat rumpelte über die Bretter der kleinen Holzbrücke, während sie die Mürz überquerten. Normalerweise standen hier Fliegenfischer im seichten, glasklaren Wasser des Flusses, um Bachforellen und Äschen zu angeln. Die Tageslizenzen waren streng limitiert und wurden umso teurer vergeben, hatte ihnen Inspektionskommandant Trummer erzählt. Entsprechend fischreich war der Fluss und sehr beliebt bei passionierten Anglern. Nach den Niederschlägen der vergangenen Tage war er allerdings dermaßen stark angeschwollen, dass sich selbst die sonst ruhigen Stellen mehr zum Wildwasserpaddeln als zum Fliegenfischen geeignet hätten.

Sandra folgte der Forststraße, die weiter in den Wald hinaufführte – vorbei an saftigen Wiesen und Weiden, die sie, wie so vieles hier, ans heimatliche Krakautal erinnerten. Nach 500 Metern lichtete sich der Wald wieder und gab einen herrlichen Blick auf den Naturpark Mürzer Oberland frei, der von Wald, Wasser und Gestein geprägt und relativ dünn besiedelt war.

»Dort vorn muss es sein.« Bergmann zeigte auf ein dunkel lasiertes Holzhaus mit steinernem Fundament, dessen Baustil für die Region typisch war. Dieses hier war jedoch um einiges größer als die anderen, an denen sie bisher vorbeigefahren waren. Die Fensterrahmen und -läden glänzten rot, die Blumen an den Fenstern und Balkonen leuchteten in der Sonne. Ein schokoladenbrauner Labrador lief bellend hinter dem Holzzaun entlang, der den blühenden Vorgarten vom Zufahrtsweg trennte. ›MM – Massagestudio Magdalena‹ las Sandra auf dem Schild neben der Gartentür.

Bergmann fasste in die Außentasche seines verknitterten Leinensakkos, um sich zu vergewissern, dass er seine Tropfen griffbereit hatte. Nur für den wahrscheinlichen Fall, dass hier auch Katzen lebten, meinte er.

»Hallo«, sprach Sandra den Hund an, der hinter dem niedrigen Zaun noch immer auf und ab lief und aufgeregt bellte, gleichzeitig jedoch freundlich mit dem Schwanz wedelte. Vorsichtig streckte sie ihm die Hand entgegen, damit er an ihr schnüffeln konnte. Tatsächlich blieb er direkt vor ihr stehen und beruhigte sich.

»Der tut nix!«, hörte sie eine helle Stimme rufen und blickte auf. Die brünette Frau, die sich ihnen vom Haus her näherte, musste Antonia sein – Gustav Pierers dritte Ehefrau. Erst im Mai dieses Jahres war sie der verstorbenen Maria nachgefolgt, hatte ihnen Stix morgens in der Inspektion erzählt. Auch, dass die ehemalige Textilverkäuferin nicht lange gezögert habe, den Antrag des 25 Jahre älteren Gustav Pierer anzunehmen. Obwohl sie nur wenige Jahre älter als seine blinde Tochter und damit auch jünger als sein Sohn aus erster Ehe war. Immerhin sei der Gustl der reichste Bürger der Gemeinde. Einmal abgesehen vom Forst- und Großgrundbesitzer Carl Roth-Rothenfels, der von den Einheimischen stets nur ›der Fürst‹ genannt wurde. Dass der Adel längst abgeschafft war, interessierte hier niemanden.

Sandra stellte sich und Bergmann vor und fragte nach dem Herrn des Hauses, während Antonia Pierer ihnen das Gatter zum Vorgarten öffnete.

»Mein Mann ist daheim. Wir wollen gleich noch einkaufen fahren. Aber kommen S' doch bitte weiter.«

Die Ermittler folgten der Frau, die enge Designer-Jeans und hellblaue Schlangenprint-Ballerinas trug, ins Haus. Der Hund musste draußen bleiben.

»Ich hab erst vor einer Stunde den Boden aufgewischt«, erklärte Antonia im Flur. »Die Kira hat einen anständigen Dreck hereingetragen bei dem vielen Regen«, beklagte sie sich über den Hund. »Aber wie's ausschaut, ist es mit dem schlechten Wetter ja jetzt endlich vorbei.« Mit einer einladenden Geste bot sie ihren Gästen Platz auf der Veranda an. Von den vier Flügelfenstern standen jene beiden offen, die über die Blumenwiese zur Schneealpe blickten.

Sandra hätte den luftig hellen Raum mit den antiken bäuerlichen Möbeln urgemütlich gefunden, hätten sie von der einzigen fensterlosen Wand nicht die ausgestopften Jagdtrophäen von Gamsböcken und Rothirschen angestarrt. »Sie wissen, warum wir hier sind?«, fragte sie.

Die Hausherrin wandte den Ermittlern den Rücken zu, während sie eines der doppelten Fenster schloss. Ihr gewell-

99

tes Haar war zu einem lockeren Zopf geflochten, der fast
bis zur Taille reichte. Die hellblaue Karobluse rutschte ein
Stück weit nach oben, sodass die winzigen Fettpölster-
chen auf ihren Hüften über dem engen Hosenbund her-
vorlugten. »Sie sind wegen dem Schindlecker da. So was
spricht sich bei uns rasch herum.« Sie warf Sandra einen
kurzen Blick über die Schulter zu und schickte sich an, auch
das zweite Fenster zu schließen. »Ich hab das Haus heut'
endlich wieder mal anständig durchgelüftet«, erklärte sie
zufrieden. Dass in ihrer unmittelbaren Nähe ein Mensch,
den sie gekannt hatte, ermordet worden war, schien sie
weniger zu kümmern als ihr ordentlicher Haushalt.

»Besonders beliebt war Peter Schindlecker nicht gerade,
heißt es«, blieb Sandra beim Thema.

»Wundert Sie das? Er war ein Verbrecher.« Antonia
gesellte sich zu ihnen.

»Der seine Strafe abgesessen hat«, ergänzte Sandra.

Die junge Frau verschränkte die Arme vor der Brust.
»So einer ändert sich doch nie. Einmal Verbrecher, immer
Verbrecher. Den hängt man am besten gleich auf. Damit
er nicht noch was anstellen kann.«

»Das hat ja nun jemand ganz in Ihrem Sinn erledigt«,
meldete sich Bergmann zu Wort. »Vielleicht Ihr Mann?«

Antonia sah den Chefinspektor an, als hätte er ihr eine
Ohrfeige verpasst. Noch ehe sie auf seine Anschuldigung
antworten konnte, polterte eine Männerstimme durchs
Haus. »Toni? Wo bist denn? Können wir jetzt endlich
fahren?«

»Fragen Sie meinen Mann doch am besten selbst, ob
er ein Mörder ist«, sagte sie schnippisch und warf ihren
Zopf schwungvoll nach hinten. »Kommst auf die Veranda,
Schatz? Bitte!«, fügte sie um einiges lauter hinzu.

»Was is'n …?« Der stattliche Endvierziger blieb im Türrahmen stehen. Sein angespannter Gesichtsausdruck wich einem breiten Lächeln, das Sandra auf den ersten Blick sympathisch fand. »Ach so, wir haben Besuch …« Er wischte seine rechte Hand an der speckigen Hirschlederhose ab, ehe er sie ihr zur Begrüßung reichte.

»Die Herrschaften sind von der Kriminalpolizei aus Graz«, erklärte seine Frau.

»Abteilungsinspektorin Sandra Mohr vom Landeskriminalamt Steiermark, Abteilung Leib und Leben. Und Chefinspektor Sascha Bergmann«, ergänzte Sandra. Gustav Pierers Händedruck war genauso kräftig, wie sie es erwartet hatte. Nach ihr schüttelte er Bergmanns Hand und nahm schließlich neben seiner Frau Platz.

»Ich sag's Ihnen gleich: Ich hab den Waldmenschen nicht umgebracht. Auch wenn ich allen Grund dazu gehabt hätt«, rechtfertigte er sich ungefragt.

»Und welcher Grund wäre das?«, hakte Sandra ein. Wenn ihr Gegenüber schon von sich aus ein Mordmotiv eingestand, wollte sie auch hören, ob es dasselbe war, das sie schon kannte.

»Der Waldmensch hat meine Frau vergewaltigt«, erzählte ihr Pierer wie erwartet nichts Neues. »Wenige Monate vor unserer Hochzeit. Damals war sie gerade mal 18. Nicht die Toni – meine zweite, verstorbene Frau, die Maria.«

Sandra nickte und lud ihn mit einer Handbewegung ein, fortzufahren. ·

»Nach seiner Haftentlassung ist er nach Ainberg zurückgekommen und hat uns jahrelang das Leben zur Hölle gemacht«, erzählte Pierer weiter. »Er hat meiner Frau und der Tochter nachgestellt, obwohl wir alles unternommen haben, um ihn davon abzuhalten. Leider vergeblich. Die Maria ist daraufhin sehr krank geworden und schließlich gestorben – wegen diesem Verbrecher.« Pierers Wangen hatten an Röte zugelegt, die fleischigen Fäuste waren geballt, bereit, den imaginären Feind auf der Stelle niederzustrecken. »Na und kaum war die Frau unter der Erd', hat er der Tochter den Kopf verdreht mit seinem Hokuspokus. Die Magdalena ist dann auch noch zu ihm in den Wald gezogen. Seither lebt sie mit ihm und den Viechern in der zugigen Keischn ...« Seine Fäuste öffneten sich, und er verschränkte die Finger am Tisch. Dass nicht er, sondern sein Widersacher, Magdalenas leiblicher Vater war, hatte er bisher mit keiner Silbe erwähnt.

»Einer der Hunde ist ja nun ebenfalls tot«, sagte Sandra.

»Hoffentlich diese Wolfsbestie«, warf Antonia ein.

»Ja, es handelt sich um den Wolfshund. Und warum hoffen Sie das?«

»Na, das Viech war genauso vom Teufel besessen wie der Waldmensch. Und seine Mutter, diese alte Hex. Und ...«

»Jetzt red' doch nicht so einen Unsinn, Toni«, schnitt Pierer der jungen Frau mit den mittelalterlichen Vorurteilen das Wort ab. »Der Köter war bloß hinterm Wild her wie andere Hunde auch. Da kann der Teufel doch nix dafür.«

Antonia verstummte beleidigt.

Was für eine Trutschn, dachte Sandra und wandte sich wieder dem Mann zu. »Wo waren Sie gestern ab 17 Uhr?«, erkundigte sie sich nach seinem Alibi.

»Am Nachmittag war ich mit mei'm Buam, dem Simon, unterwegs. Um Viertel nach sieben sind wir heimgekommen mit frischen Saiblingen, die wir zum Abendessen verputzt ham. Ned wahr, Toni?«

Antonia nickte. »Ich hab die Fische gleich abgebraten und Erdäpfel und Gurkensalat dazu gemacht. Hat voll gut g'schmeckt, gell, Gustl?«

»Das interessiert die Kriminalpolizei aber ned«, wies er seine Frau zum zweiten Mal in Anwesenheit der Ermittler in die Schranken. Schweigend betrachtete sie das Ende ihres Zopfes zwischen den Fingern, als würde sie diesen auf kaputte Haarspitzen untersuchen.

»Sie waren mit Ihrem Sohn angeln? Bei diesem Wetter?«

»Aber wo denk'n S' denn hin? Die Fische hamma beim Quintus in Gußwerk abgeholt. Der züchtet die dort in Bioqualität. Unter anderem Seesaiblinge – Alpenlachse nennt man die auf Neudeutsch.« Er lachte. »Na, und davor ham der Simon und ich die Regenpause genutzt und sind in den Wald 'gangen. Zu den Fichten, die nächste Woche für uns geschlägert werden. Ich hab ein Sägewerk und eine Tischlerei, die der Simon später einmal weiterführen soll.«

»Wo genau waren Sie im Wald?«

»Jedenfalls nicht dort, wo der Waldmensch und sein Hund aufg'hängt worden sind.« Auch der Tatort hatte sich inzwischen herumgesprochen.

»Und wenn Sie Herrn Schindlecker nicht getötet haben, wer war es dann?«, meldete sich Bergmann zu Wort. Sein Blick klebte förmlich an Pierer, als wolle er nur ja keine seiner Regungen verpassen. Sein Vis-à-vis starrte ihn verdutzt an, seine Wangen röteten sich wieder stärker.

»Soweit wir gehört haben, waren Sie nicht der Einzige in Ainberg, der Streitigkeiten mit Herrn Schindlecker hatte«, warf Sandra ein.

Pierer setzte zu einer Antwort an, schluckte diese aber wieder hinunter.

Seine Frau ließ von ihrem Zopf ab und antwortete für ihn. »Dass den Waldmenschen keiner mögen hat, hat er sich doch selbst zuzuschreiben g'habt. Wir sind anständige Leut' und halten z'samm. Erst recht, wenn uns jemand schaden möcht.«

Pierer lächelte ihr milde zu. »So ist es«, gab er seiner Frau zum ersten Mal während der Einvernahme recht.

In Sandra kochte die Wut immer höher. Sie kannte diese hinterwäldlerische Einstellung nur allzu gut, war sie doch selbst damit aufgewachsen. Auch in St. Raphael hatten die Leute immer schön zusammengehalten und jeden unangenehmen Vorfall unter den Teppich gekehrt. Bis hin zu ausgewachsenen Verbrechen wie Inzucht und Kindesmissbrauch. Nie wieder wollte sie in einer solchen eingeschworenen Gemeinschaft leben. Dass sie mit 18 Jahren in die Landeshauptstadt gezogen war, zählte zweifelsfrei zu den besten Entscheidungen ihres Lebens. Sie atmete tief durch, ehe sie ihre Frage, diesmal in schärferem Tonfall wiederholte. »Mit wem hatte Herr Schindlecker noch Probleme? Gibt es jemanden, dem Sie den Mord an ihm zutrauen?«

Gustav Pierer schüttelte den Kopf. »Den hat keiner mögen. Und trotzdem hat ihn keiner von uns auf'm Gewissen.«

Sandra fiel spontan der treffende Ausdruck ›Plutzer‹ für den massigen Schädel ihres Gegenübers ein, der in der Steiermark gern auch für Kürbisse verwendet wurde. Ein schütterer Haarkranz war alles, was Pierer von seinem ergrauten Haupthaar geblieben war.

»Warum sind Sie sich da so sicher?«

»Ich kenn meine Leut.«

»*Ihre* Leut?«

»Die meisten arbeiten für mich. Einige treff ich regelmäßig im Schützenverein oder beim Frühschoppen. Alle kenn ich, seitdem ich oder sie auf der Welt sind.«

»Wenn Sie sich da nur mal nicht täuschen«, entkam es Sandra.

Pierer grinste sie an, als wüsste er es besser. »Glauben S' mir: Niemand von uns würde sich die Mühe machen, den Waldmenschen aufzuhängen. Schon gar nicht die Jäger, bei denen er ständig angeeckt ist. Wo's eine einfache Kugel doch genauso gut 'tan hätt. Oder ein unauffälliger Sturz von einem Felsen.« Der Mann machte keinen Hehl daraus, dass ihn der Tod seines langjährigen Widersachers gelegen kam.

»Vielleicht hat er sich im Wald mit einem Wahnsinnigen ang'legt. Die Pilger werden ja auch immer verrückter. Letztens ist einer in Mürzsteg mitten am Gehsteig vor mir auf die Knie g'falln und hat zu beten begonnen. Der hat allen Ernstes geglaubt, ich wär die Heilige Jungfrau«, erzählte Antonia.

Ihr Mann lachte schallend. »Das hätt' ich ihm aber bestätigen können, dass du die nicht bist.« Wieder folgte ein polterndes Lachen, in das die Ehefrau kichernd einstimmte.

Sandra verzog keine Miene. Auch Bergmann blieb ernst.

»Warum ist Ihre Tochter eigentlich zu Herrn Schindlecker gezogen?«

»Er hat sie geködert. Mit seinen Viechern, den Kräutern und dem ganzen Esoterik-Gschisti-Gschasti, für das die Magdalena leider Gottes so empfänglich ist. Wer weiß, womit er sie sonst noch rumgekriegt hat … Die Maria dreht sich bestimmt im Grab um.« Er bekreuzigte sich. Wieder verlor er kein Wort darüber, dass Peter Schindlecker Magdalena gezeugt hatte und nicht er. Anscheinend betrachtete er sie wirklich als sein Fleisch und Blut, wie Stix gemeint hatte. Oder als sein Eigentum, das man ihm geraubt hatte, überlegte Sandra.

»Glauben Sie, dass Magdalena zu Ihnen zurückkommen wird, nachdem Herr Schindlecker nun tot ist?«, fragte sie.

»Wenn sie endlich zur Vernunft kommt … Meine Tür steht ihr jedenfalls offen. Das weiß sie.«

»Sicher kommt die Magdalena wieder nach Haus«, meinte Antonia. »Wie soll denn ein blindes Dirndl wie sie da draußen allein zurechtkommen? Wo sie hier doch alles hat, was sie braucht. Sogar ein Massagestudio, das seit Jahren leer steht.«

Der leise Vorwurf in ihrer Aussage ließ Sandra aufhorchen. Dass Magdalena lieber ein selbstbestimmtes Leben führte, war Antonia, die sich seit der Verlobung ausschließlich dem Haushalt, ihrem Mann und einem Charity-Projekt für sehbehinderte Kinder widmete, offenbar noch nie in den Sinn gekommen.

Der blinden Frau traute Sandra hingegen zu, dass sie mit ihren Tieren in der Jagdhütte bleiben und sich weiterhin mit Heilkräutern und Naturprodukten beschäftigen wollte. Dass sie allerdings ohne fremde Hilfe zurechtkommen würde, bezweifelte auch sie. Wäre da nicht Pater Vinzenz gewesen, der Magdalena mit Rat, aber auch mit Tat zur Seite stand. Auf alle Fälle bewunderte sie die junge Frau, die sicher nicht den bequemsten Weg, aber den für sie richtigen gewählt hatte. Auch gegen den Willen des dominanten Mannes, bei dem sie aufgewachsen war. Und trotz ihrer beträchtlichen Behinderung. Ob es leichter ist, mit körperlichen Defiziten zurechtzukommen, wenn sie einem in die Wiege gelegt wurden?, fragte sich Sandra. Bevor ihre Gedanken wieder in ihr Privatleben abschweiften, ließ sie sich auf der Karte zeigen, wo im Wald sich Gustav und Simon Pierer zur fraglichen Zeit aufgehalten hatten. Die Stelle war gut zwei Kilometer vom Tatort entfernt. Warum hätten die beiden Männer ihr Opfer nicht gleich dort aufhängen sollen, falls sie die Tat begangen hatten? Nur, um später ein Alibi vorzuweisen, das man ihnen glauben konnte oder auch nicht? Oder gab Pierer die falsche Stelle an?

»Hat Sie dort jemand gesehen?«, fragte Sandra.

»Nein. Das Gebiet liegt etwas abseits, oberhalb vom Forstweg. Sie können aber selbst nach den orangefarbenen Markierungen auf unseren Bäumen Ausschau halten«, erklärte Pierer. »Allerdings müssen Sie sich beeilen. Am Dienstag, spätestens am Mittwoch werden sie gefällt.«

»Diese Bäume haben Sie und Ihr Sohn markiert?«

Wieder verneinte Pierer. »Das macht der Rohringer Alois, unser Förster, und seine Forstarbeiter. Aber wir schau'n uns die Bäume immer vor dem Schlägern an. Das hat schon mein Vater so g'macht. Und der hat von meinem Großvater g'lernt, worauf man achten muss. Dasselbe hab ich auch meinem Buam bei'bracht.«

»Wo finden wir Ihren Sohn denn? Wir würden auch ihn gern befragen. Ist er hier?«

»Der Simon ist heut Früh mit einem Freund zu einer Motorradtour auf'brochen. Am Sonntagabend kommt er wieder heim.«

Sandra notierte sich die Handynummer von Simon Pierer. »Klettern Sie in Ihrer Freizeit, Herr Pierer?«, wollte Sandra wissen.

Pierer fasste sich lachend an den Bauch. »Sehe ich etwa so aus?«

»Ihr Sohn vielleicht?«

»Als Jugendlicher war der Simon ein paar Mal auf der Rax, im Winter am Eisturm in Altenberg klettern. Und beim Mürzstegerfall. Seit er arbeitet aber nimmer.«

»Übt hier sonst jemand diesen Sport aus?«

»Sie meinen in Ainberg?«

»Ja, Sie kennen die Leute doch so gut.«

»Schon … Es gibt einige Buam, die klettern.« Pierer sah seine Frau an.

Die nickte verunsichert.

»Irgendwelche Namen?« Sandra wandte sich ebenfalls Antonia zu.

»Na ja, der Reini ist ein leidenschaftlicher Kletterer. Der hat schon ein paar Leute dafür begeistern können. Fragen Sie am besten ihn.«

»Reini und weiter?«

»Fladenhofer Reinhold. Er ist Sportlehrer in der Neuen Mittelschule in Mürzzuschlag. Aber er wohnt in Ainberg. In den Sommerferien macht er Klettertouren im Naturpark mit den Touristen.«

Auch diesen Namen notierte sich Sandra, ehe sie sich verabschiedeten.

Draußen brannte die Sonne vom wolkenlosen Juli-Himmel. Entsprechend warm war es schon am späten Vormittag. Die Labrador-Hündin lief ihr hechelnd hinterher. Sandra streichelte sie kurz. So eine hätte ihr auch gefallen, wenn sie denn Zeit und Platz für einen Hund gehabt hätte. Leider war dies nicht der Fall und würde es in den nächsten Jahrzehnten wohl auch nicht sein. »Pfiat di«, verabschiedete sie sich von der Hündin und folgte Bergmann durch die Gartentür.

»Sympathischer Kerl.« Der Chefinspektor schnallte sich an und ließ das rechte Seitenfenster hinunter. Wenigstens erwartete er nicht, dass Sandra die ungeliebte Klimaanlage einschaltete und sich einen Hexenschuss holte. Wind und Wetter konnten ihr relativ wenig anhaben, auf künstliche Kälte reagierte ihr Körper empfindlich. Überhaupt, wenn sie schwitzte wie gerade eben.

»Der Hund?«, fragte sie nach.

»Wie? Nein. Gustav Pierer.«

»Ist das dein Ernst?« Sandra war sich wie so oft nicht sicher, ob Bergmann seine Aussage sarkastisch meinte. Seine Mimik war für sie ebenso wenig schlüssig. Starrte er in die Landschaft oder ins Leere? Was ging in seinem Kopf vor? Wenn es den Fall betraf, würde er früher oder später damit herausrücken. Wenn nicht, war es für sie ohnehin belanglos, tröstete sie sich und beschloss, es dabei zu belassen. »Sind dir in der Nähe des Tatorts markierte Bäume aufgefallen?«, fuhr sie fort.

»Nur die rot-weiß-roten Markierungen, die die Wanderwege kennzeichnen. Lass uns rasch noch zu dieser Stelle fahren, die Pierer beschrieben hat. Du weißt doch, wo das ist?«

»Ich denke schon, dass ich dort hinfinde. Wir müssen zurück zur Straße, auf der wir gekommen sind, dann Richtung Mürzsteg und wieder hinauf in den Wald. Halt die Augen nach einem Forstweg offen, der nach rechts abzweigt.« Sandra schaltete das Navi ein, um die Karte im Auge zu behalten, und fuhr los.

»Pierers Alibi klingt für mich ziemlich dünn«, meinte Sandra. »Obwohl sein Sohn es bestätigen wird. Darauf kannst du Gift nehmen.«

»Warum sollte ich?« Bergmanns Arm lehnte am offenen Fenster. Immer wieder schloss sich seine Hand, als wollte er den Fahrtwind einfangen. Im Schatten der hohen

Bäume war es spürbar kühler als auf dem sonnigen Teil der Forststraße.

»Ich kaufe ihm den Gutmenschen nicht so ohne Weiteres ab«, fuhr Sandra fort.

»Warum nicht? Er gibt den Leuten hier Arbeit, ist sozial und wohltätig. Soweit ist doch alles gut. Was stört dich an ihm?«

»Er ist mir eine Spur zu selbstherrlich.«

»Bescheidenheit ist nicht immer eine Zier.«

»Weiter kommt man ohne ihr, ich weiß«, zitierte Sandra den zweiten Teil des bekannten Sprichwortes. »Die meisten Dorfbewohner sind von diesem Mann wirtschaftlich abhängig. Es würde mich nicht wundern, wenn er diese Tatsache zu seinem Vorteil nutzt.«

»Höre ich da etwa ein Vorurteil heraus?«

»Ich kenne diese Typen, die meinen, sich alles und jeden kaufen zu können.«

»Hoppla! Bleib objektiv, Sandra. Selbst wenn du recht hast, macht ihn das noch lange nicht zum Mörder«, ermahnte Bergmann sie. »Du kippst gerade wieder in dein St. Raphael-Syndrom.«

Verdammt, er hatte recht. Eben hatte sie eine der alten Schubladen geöffnet, die sie für immer verschlossen geglaubt hatte. Tatsächlich kam ihr hier vieles so vertraut vor, als hätten die Geister der Vergangenheit in diesem Kaff auf sie gewartet, auch wenn es in einem völlig anderen Teil der Steiermark lag als ihr Heimatdorf.

»Da war übrigens ein Forstweg …« Bergmann hob langsam den Arm, der am offenen Fenster lehnte. Der ausgestreckte Daumen seiner Faust deutete nach hinten.

Sandra trat auf die Bremse und wandte sich um. »Besser spät als nie«, meinte sie spitz und setzte zurück, um danach abzubiegen. »Glaubst du, dass wir mit unseren Ermittlungen in der Dorfgemeinschaft auf dem Holzweg sind?«

»Schau dich doch mal um. Jede Menge Holz hier …« Bergmann grinste.

»Im Ernst, Sascha …« Sandras Handyklingelton unterbrach die Unterhaltung. Die Nummer auf dem Display kannte sie inzwischen. »Ja? Gibt's was Neues, Trummer?« Die Verbindung war schlecht. Sie hielt an, um sich anzuhören, was ihr der Inspektionskommandant mitzuteilen hatte.

»Ihr habt ihn gefunden? Und wo genau? … Wiederhol das, bitte. Die Beschreibung war abgehackt … Okay, das finde ich … Könnte durch den vielen Regen passiert sein. Oder jemand hat es absichtlich getan. Liegt das denn auf seinem Heimweg? … Aha … Wie? … Nein, bloß nicht. Siebenbrunner reißt euch den Kopf höchstpersönlich ab, wenn ihr neue Spuren setzt … Ich habe gesagt, Siebenbrunner reißt euch den Kopf ab! Gibt's denn irgendwelche sichtbaren Spuren? Blut vielleicht?«

Bergmanns Augenbrauen wanderten nach oben.

»Ja, sichert die Stelle ab. Gebt der Einsatzzentrale Bescheid. Und rührt euch nicht von der Stelle, bis die Tatortgruppe eintrifft. Wir stoßen in einer halben Stunde zu euch.« Sandra beendete das Gespräch und atmete hörbar aus.

»Noch eine Leiche?« Bergmann hatte sich am Beifahrersitz kerzengerade aufgerichtet.

Sandra löste die Handbremse und fuhr los. »Das zum Glück nicht, nein. Trummer und Stix haben Schindleckers Lieferwagen entdeckt. Auf einem Forstweg, keine 500 Meter vom Tatort entfernt. Wie es aussieht, war er an dieser Stelle gezwungen, seine Fahrt zu unterbrechen. Ein Holzstoß hatte sich gelockert. Das Meterholz ist auf den Weg gerutscht und hat ihn blockiert.«

»Du hast etwas von Blutspuren gesagt …«

»Ich hab mich lediglich danach erkundigt. Hätte ja sein können, dass sich im Wageninneren welche befinden.«

»Und?«

»Von außen ist nichts zu erkennen. Ich konnte Trummer gerade noch daran hindern, den Wagen zu öffnen. Aber vermutlich befindet sich ohnehin kein Blut darin. Schindlecker scheint ja nicht verletzt gewesen zu sein. Jedenfalls konnte Doktor Kehrer auf den ersten Blick äußerlich nichts feststellen. Aber warten wir die Obduktion ab.«

Sandra fiel ihr Termin am Montag wieder ein.

»Ich mach das schon«, sagte Bergmann.

»Was machst du?«

»Den Obduktionstermin. Du brauchst am Montag nicht in die Gerichtsmedizin zu fahren.«

»Aber …«

»Lass nur. War kindisch von mir.« Bergmann schloss das Fenster auf seiner Seite und nahm die Sonnenbrille ab.

Sandra glaubte, sich verhört zu haben. Woher kam der plötzliche Sinneswandel? Der Chefinspektor war wirklich stets für Überraschungen gut.

»Lass uns dieses Waldstück mit den markierten Bäumen und danach den Lieferwagen anschauen. Anschließend fahren wir zurück nach Graz und machen Feierabend.« Bergmann streckte den Rücken durch.

»Was ist mit möglichen Hinweisen aus der Bevölkerung, solange die Erinnerung noch einigermaßen frisch ist?«

»Die beiden Dorfpolizisten sind doch vor Ort, falls jemandem plötzlich etwas einfallen sollte. Wenn Jutta einen Suizid ausschließen kann, kommen wir sowieso zurück und fahren das volle Programm.«

»Und dieser Jäger, Wilhelm Prattes?«

»Ist das der, der Schindleckers Hund beim Gacken abge-knallt hat?«

»Genau der.«

»Der rennt uns schon nicht davon. Wenn er es die letz-ten 40 Jahre in diesem Kaff ausgehalten hat.«

»Dann heben wir uns Reinhold Fladenhofer eben-falls für später auf«, folgerte Sandra und deutete auf den bewaldeten Abhang. »Dort oben müssten die markier-ten Bäume stehen.« Um sicherzugehen, warf sie einen Blick auf das Navi, das die Umgebungskarte anzeigte. »Hier ist der Forstweg, dort oben haben sich Gustav und Simon Pierer zur fraglichen Zeit angeblich aufge-halten.« Ihr Zeigefinger tippte auf den Touchscreen, um den Kartenausschnitt zu vergrößern. »Und dort befin-det sich der Tatort.«

Bergmann stöhnte. »Langsam komme ich mir wie zu meinen Pfadfinderzeiten vor. Nur, dass es damals noch kein GPS gegeben hat, und der Wienerwald nicht so steil ist. Zumindest dort, wo ich mich herumgetrieben habe.«

»Hast du denn heute schon eine gute Tat begangen?«

»Was nicht ist, kann ja noch werden. Hast du dabei an etwas Bestimmtes gedacht?«

Sandra ignorierte Bergmanns anzüglichen Tonfall und stieg aus dem Wagen aus. Zügig strebte sie auf den Abhang zu. »Pass lieber auf, dass du nicht hinfällst.«

»Ja, ja.«

Sandra sah sich das Gelände an, um den besten Weg nach oben zu finden. Mit Schwung war ein solcher Hang am ehesten zu bezwingen, entschied sie und hetzte los. Wenn sie bloß nicht im Gatsch landete! Unterwegs griff sie immer wieder nach den Bäumen, um sich daran hoch-zuziehen beziehungsweise abzustützen. Bei der Hitze kam sie ganz schön ins Schwitzen. Bergmann folgte ihr wortlos. Immer wieder lösten sich kleinere Steine, denen er ausweichen musste, und rollten talwärts. So ungeschickt, wie sie befürchtet hatte, stellte er sich gar nicht an. Für einen demnächst 40-Jährigen war er ziemlich gut in Form. Das musste man ihm lassen, aber nicht unbedingt auf die Nase binden. Ein einziges Mal fluchte der Chefinspektor lautstark, als er bei einem Ausweichmanöver abrutschte und im Gatsch kniete.

»Da sind sie! Hier ist der erste markierte Baum, da der nächste … und daneben noch einer.« Sandra blieb stehen und blickte nach oben. Die Markierungen setzten sich fort, so weit sie sehen konnte. »Die beiden Pierers müssen ganz schön trittsicher sein. Gestern war es feucht und bestimmt noch viel rutschiger. Auch wenn es gerade nicht geregnet hat, als sie hier waren.«

»Die sind doch daran gewöhnt. Außerdem hatten sie bestimmt Kletterseile dabei, um sich zu sichern.«

»Verdammt, ja. Das würde Sinn machen.« Vielleicht sogar jene, mit denen sie Schindlecker und den Hund erhängt hatten, setzte Sandra gedanklich hinzu. Gustav und Simon Pierer waren jedenfalls noch lange nicht aus dem Schneider. Auch dann nicht, wenn der Sohn das Alibi seines Vaters bestätigen würde. Den Förster wollten sie auf alle Fälle auch noch dazu befragen. Dass Schindlecker sich selbst getötet hatte, hatte Sandra für sich längst ausgeschlossen. Dennoch war es angebracht, den offiziellen Weg zu gehen und die Obduktion abzuwarten.

»Und wie kommen wir da jetzt wieder heil hinunter? Ohne eine Sicherung?«, fragte Bergmann.

»Genauso, wie wir heraufgekommen sind. Geh mir einfach nach und visier immer denselben Baum an, von dem aus ich zum nächsten starte. Aber lass ein wenig Abstand zwischen uns.«

»Das hättest du mir vorhin mal sagen können. Bevor mir die Steine, die du losgetreten hast, um die Ohren geflogen sind.«

»Verzeih.« Sandra stieg um einiges vorsichtiger als zuvor im Slalom, dennoch zügig den Hang hinunter. Mit Bedacht und mithilfe der Bäume gelangten sie ohne weiteren Ausrutscher zurück zu ihrem Ausgangspunkt.

»Man merkt, dass du ein Kind der Berge bist«, meinte Bergmann anerkennend.

Sandra starrte auf die Knie ihres Partners. »Und wo kommst du her? Aus dem Saustall?« Der Matsch war beim Abstieg zwar weitestgehend von seinen Handflächen verschwunden, auf seiner Hose haftete er aber immer noch. Mit einem Fetzen, den Sandra im Kofferraum fand, befreiten sie auch ihre Schuhe vom gröbsten Dreck. Dann erst ließ sie Bergmann einsteigen. Eine gründliche Autoreinigung war dennoch fällig.

Auf der Fahrt zu ihrer nächsten Station signalisierte Sandras Handy einen versäumten Anruf. Julius hatte sie zu erreichen versucht. Offenbar war im Bereich der markierten Bäume kein Empfang gewesen. So leid es ihr tat, er würde sich wohl oder übel noch ein wenig gedulden müssen.

3.

Schindleckers Lieferwagen hatte wahrlich schon bessere Zeiten gesehen. Vor allem an den Kotflügeln und den Türrahmen in den bodennahen Bereichen hatten sich im Lauf der Jahre Rostflecken breitgemacht. Dass er überhaupt noch ein Pickerl für dieses Fahrzeug bekommen hatte, konnte nicht mit rechten Dingen zugehen, vermutete Sandra.

»Wir haben nichts angefasst«, beteuerte Trummer zur Begrüßung. Sein Blick schweifte über Bergmanns dreckige Hose.

»Auch nicht das Holz vor dem Wagen«, ergänzte Stix eifrig.

Bergmann zog die Einweghandschuhe an und öffnete den Wagen, der nicht versperrt war. Der Schlüssel steckte noch im Zündschloss. Am Schlüsselbund hingen einige Schlüssel und eine silberfarbene Heiligenfigur. Weder Heilige noch das Autofahren zählten zu den Spezialgebieten des Chefinspektors, wusste Sandra. Ans Steuer hätte sie ihn nur mehr über ihre Leiche gelassen, nachdem sie ihn einmal in einer Notsituation hatte fahren lassen. Sie war es auch, die den Schlüsselanhänger als Heiligen Christophorus identifizierte, den Schutzpatron der Autofahrer.

Während Bergmann noch einen Blick in den Fond des Lieferwagens warf, nahm sich Sandra die Beifahrerseite vor. Vorsichtig öffnete sie das Handschuhfach, das vollgestopft mit Belegen, Flugzetteln und anderen wichtigen wie unwichtigen Papieren war. Darunter befanden sich die KFZ-Zulassung und der Führerschein von Peter Schindlecker. Zur Zeit seiner Fahrprüfung war er ein attraktiver junger Mann gewesen, stellte sie fest. Er hatte damals keinen Bart und kürzere Haare getragen. In der schwarzen Kellner-Brieftasche, die sie als Nächstes untersuchte, zählte sie fast 380 Euro. Demnach war auszuschließen, dass der Mann beraubt worden war. Sandra steckte alles sorgfältig zurück und warf die Tür zu. Bergmann stand neben ihr vor der offenen Schiebetür und hielt ein Seil in der Hand, das er im Laderaum gefunden hatte. »Halt mal. Ich mach auch davon ein Foto für uns.«

»Das ist ein normales Abschleppseil«, meinte Sandra, »kein Kletterseil.«

»Hab ich das etwa behauptet?«

»Hast du sonst noch was gefunden?«

»Nur Kartons mit Ware, persönliche Kleidungsstücke und der übliche Krempel, der sich so in Autos befindet. Pannendreieck et cetera.«

»Krempel, aha.«

»Und du?«

Sandra berichtete dem Chefinspektor von ihren Entdeckungen, wobei ihr nur der Bargeldfund relevant zu sein schien.

Bergmann legte das Seil zurück in den Wagen und schob die Tür mit Schwung zu, sodass sie mit einem blechernen Geräusch ins Schloss fiel. »Ihr wartet hier auf die Tatortgruppe, ja?«, wandte sich Bergmann an Trummer.

»Bleibt's ihr denn gar nicht bei uns?«, wunderte sich der Inspektionskommandant.

»Wir fahren nach Graz und kümmern uns erst mal ums Wesentliche. Wenn wir es mit einem Mord zu tun haben, kommen wir zurück. Was zu befürchten ist …« Bergmann blickte angewidert in die Landschaft. Viel lieber hätte er in der Landeshauptstadt ermittelt. Auch wenn Graz für den Wiener bloß eine Provinzstadt war.

An der Mimik der beiden Polizisten war zu erkennen, dass sich deren Freude über die Aussicht, den Chefinspektor demnächst wieder in Ainberg an der Mürz begrüßen zu dürfen, ebenfalls in Grenzen hielt.

KAPITEL 9

Sonntag, 28. Juli

Sandras Gefühle waren wie immer gemischt, als sie sich der Rehabilitationsklinik näherte, die keine halbe Stunde vom Grazer Stadtzentrum entfernt lag. Einerseits freute sie sich darauf, Julius gleich zu sehen, andererseits wusste sie, dass sie eine Welt voller Schmerzen, Verzweiflung, Rückschläge und Tränen erwartete. Aber auch der Stärke, des Willens und der Hoffnung. In welcher Stimmung sie Julius antreffen würde, ließ sich vorher nicht abschätzen.

Der Skiunfall hatte ihn verändert. Nicht nur körperlich. Seine Unbefangenheit, das ungestüme Wesen, das Sandra auf Anhieb so verzaubert hatte, waren wie ausgelöscht. Julius war schweigsam geworden. Oft ungeduldig, zornig und ungerecht.

Am meisten hatten ihm die anfängliche Akutphase im Krankenhaus und die anschließende Liegephase in der Reha-Klinik zu schaffen gemacht, die von heftigen Depressionen begleitet gewesen waren. Abgesehen davon, dass er sich nach zwei Operationen an der Wirbelsäule mit dem Gedanken abfinden hatte müssen, für den Rest seines Lebens im Rollstuhl zu sitzen, hatte er nicht nur die Kontrolle über seine Beine verloren. Seine gesamte Körperwahrnehmung, auch oberhalb des lädierten Lendenwirbels, war gestört gewesen. Aus der liegenden Perspektive war ihm seine Umgebung nach einer Weile viel größer erschienen, als sie tatsächlich war: sein Bett, das Krankenzimmer, alle Gegenstände, auch die Menschen um ihn herum.

Erst mit den Therapien, die ihn so weit wie möglich mobilisieren sollten, verblasste dieser Eindruck. Seither gab es immer wieder Phasen, in der die verloren geglaubte Hoffnung aufblitzte, dass er eines Tages doch wieder auf die Beine kommen würde. Umso schlimmer war dann die Verzweiflung, die ihn ebenso regelmäßig überkam, wenn er neuerlich an seine Grenzen stieß. Dennoch war Julius besessen von dem mehr als ehrgeizigen Ziel, wieder gehen zu lernen. Ein Team von spezialisierten Ärzten, Psychologen, Physio- und Ergotherapeuten unterstützte ihn bei seinem schweißtreibenden, schmerzhaften, oftmals frustrierenden Unterfangen so gut es ging. Zwar ließen sich bei einer Querschnittlähmung keine zuverlässigen Prognosen stellen – jeder Fall war individuell. Doch die Tatsache, dass nicht alle Nervenbahnen in seinem Rückenmark bei dem Unfall zerstört worden waren, schloss die Möglichkeit einer Rückbildung der Störungen zumindest nicht aus. Wenngleich die Ärzte ihm wenig Hoffnung auf eine vollständige Wiederherstellung machten. Es waren die kleinen, hart erarbeiteten Fortschritte, die er in seinen Augen viel zu langsam machte, die Julius immer wieder anspornten und ihm die Kraft gaben, sich bei seinen mühsamen Gehversuchen an Barren und Laufband weiter zu quälen. Zwischendurch verlor er aber oft die Geduld. Dann kehrte die Verzweiflung über seinen desolaten Zustand zurück und riss ihn in ein tiefes Loch, aus dem er nur mühsam, mit psychologischer Hilfe herauskam. Sandra konnte sich des Eindrucks nicht erwehren, dass der Unfall seine Seele noch viel stärker verletzt hatte als seinen Körper. Ob eines von beiden je wieder vollständig heilen würde, bezweifelte sie inzwischen. Freilich ohne das vor Julius zu erwähnen.

Als Sandra das Zimmer betrat, blickte Julius von seinem Laptop hoch. »Hallo JC«, begrüßte sie ihn mit seinem neuen Spitznamen. Einer der Therapeuten hatte ihm die englisch ausgesprochenen Initialen verpasst, die ihr fremd vorkamen. Julius schienen sie jedoch zu motivieren und zu seiner neuen Identitätsfindung beizutragen. Sie lächelte ihn unsicher an, während er das Gerät zuklappte. »Na? Wie geht's dir?«, fragte sie und ging auf den Rollstuhl zu. Trotz des prächtigen Sommerwetters war die Balkontür geschlossen.

Julius zuckte mit den Schultern und ließ sich von ihr auf die Wange küssen. Besonders gut drauf war er anscheinend nicht.

Sandra hatte sich längst damit abgefunden, dass er sich so gut wie nie nach ihrem Befinden erkundigte. Alles drehte sich nur noch um seine Lähmung und den Versuch, diese wieder loszuwerden. Sie zeigte Verständnis für sein Verhalten, auch wenn sie sein Desinteresse an ihrem Leben schmerzte, und erzählte ihm kaum noch etwas von sich. Schließlich wollte sie ihn mit ihren Gefühlen, Ängsten und Sorgen nicht auch noch belasten. Er hatte genug mit sich selbst zu tun. »Möchtest du ein bisschen hinaus, an die frische Luft? Es ist so ein schöner Sommertag. Ich lade dich auf ein Eis oder was zu trinken ein«, schlug sie ihm vor.

»Von mir aus.« Julius löste die Bremsen an seinem Rollstuhl.

»Wo ist Martin denn?«, erkundigte sich Sandra nach seinem Zimmer- und Leidensgenossen und trat beiseite, um für den Rollstuhl Platz zu machen.

»Wurde am Freitag entlassen.«

»Das wusste ich gar nicht. Ich hätte mich gerne noch von ihm verabschiedet.«

»Ich kann ihn ja von dir grüßen, falls er sich mal bei mir meldet.« Julius rollte auf den Gang voraus.

»Na? Geht's außi bei dem schönen Wetter?«, sprach der Pfleger am Gang sie freundlich an.

Sandra nickte ihm zu. »Ja, wir drehen ein paar Runden.«

»Recht habt's«, erwiderte der Pfleger, ehe er im Stützpunkt der Station verschwand. Julius hatte bereits den Knopf am Aufzug gedrückt.

Unten im Park sprach Sandra ihn auf die barrierefreie Wohnung an, die sein Vater im Grazer Bezirk Waltendorf für ihn gefunden hatte. Die Versicherung des Unfallverursachers hatte die Vorschüsse für eine behindertengerechte Wohnung und ein ebensolches Fahrzeug endlich überwiesen. Das Schmerzensgeld musste der Rechtsanwalt erst für seinen Mandanten ausfechten. Julius hatte demnächst einen Besichtigungstermin für die Wohnung vereinbaren wollen, bei dem Sandra ihn begleiten sollte. Dass er sich weigerte, nach seiner Entlassung wieder bei ihr einzuziehen, wie sie es ihm vorgeschlagen hatte, hatte sie kommentarlos hingekommen. Wenigstens ersparte ihr seine Entscheidung die umfangreichen Umbauarbeiten in ihrer Wohnung.

»Ich habe mich schon entschieden, das Appartement zu nehmen«, verkündete er.

Sandra blieb stehen. »Einfach so? Ohne es dir vorher anzusehen?« Ohne mich in die Entscheidung mit einzubeziehen?, hätte sie am liebsten hinzugefügt.

»Wir haben die Wohnung gestern besichtigt. Meine Eltern und ich.« Julius rollte davon.

Sandra war perplex, dass er ihr nichts von dem Termin erzählt hatte, als sie zuletzt miteinander telefoniert hatten. Zwar hätte sie gestern keine Zeit gehabt, ihn zu begleiten, aber bestimmt hätte sich ein neuer Termin finden lassen.

»Kommst du? Oder willst du hier Wurzeln schlagen?« Julius hatte den Rollstuhl gewendet und wartete auf sie.

Sandra setzte sich wie ferngesteuert in Bewegung, lief eine Weile schweigend neben ihm her. Gehen konnte man das Tempo, das er vorlegte, nicht mehr nennen. Fragte sich nur, wie lange er es an einem heißen Sommertag wie diesem durchhalten würde. »Sag mal, bist du auf der Flucht? Wieso rast du denn so?«, fragte sie nach einigen Minuten.

»Bin ich dir etwa … zu schnell?« Selbst Bergmann hätte nicht sarkastischer klingen können.

»Na ja, ich habe Flip Flops an. Aber wenn du möchtest, kann ich gerne meine Laufschuhe aus dem Auto holen und wir drehen noch ein paar flotte Runden.«

»Lass uns lieber was trinken.« Julius standen die Schweißperlen auf der Stirn. Er atmete schnell. »Ich kann dir ja Fotos von meiner Wohnung zeigen.«

Seine Wohnung, na klar. Für sie war offensichtlich kein Platz darin vorgesehen. Langsam bezweifelte Sandra, dass ihm überhaupt noch etwas an ihrer Beziehung lag. Ihn direkt zu fragen, wagte sie jedoch nicht, um ihn nicht zu verletzen. Er war viel zu labil und durfte keinesfalls den Eindruck gewinnen, dass sie ihn in dieser Situation im Stich lassen wollte.

Erst später, als sie in ihrem Auto saß, konnte sie die Tränen nicht länger zurückhalten. Sie fühlte sich hilflos, gekränkt und wütend zugleich. Warum hatte das Schicksal ausgerechnet ihnen so übel mitgespielt?, tauchte jener Gedanke wieder auf, der vermutlich der sinnloseste von allen war. Dennoch ließ er sich nicht vermeiden und öffnete alle Schleusen, die sie auf der Heimfahrt immer wieder hemmungslos schluchzen ließen.

KAPITEL 10

1.

Montag, 29. Juli

Miriam Seifert saß an ihrem Schreibtisch und telefonierte, als Sandra an diesem Morgen das Büro betrat. Die Backe der bildhübschen Blondine war noch immer geschwollen. Sandra nickte ihr zur Begrüßung wortlos zu, um das Telefongespräch nicht zu stören, in das die junge Kollegin vertieft war. Während sie an ihrem Schreibtisch Platz nahm, konnte sie sich ein Gähnen nicht verkneifen. Sie war die halbe Nacht wachgelegen und hatte so viel geweint, wie zuletzt nach der damals wenig feinfühlig vorgebrachten Hiobsbotschaft des Chirurgen, dass sich Julius besser auf ein Leben im Rollstuhl einstellen sollte. Erst in den frühen Morgenstunden war Sandra endlich in einen seichten, viel zu kurzen Schlaf gefallen. Dementsprechend elend fühlte sie sich nun und sah wohl auch so aus.

Miriam hatte den erschöpften Anblick der Kollegin, den sie in den vergangenen Monaten öfter zu Gesicht bekommen hatte, bestimmt bemerkt, aber diskret übergangen. Sie wusste, dass deren Freund nach einem Skiunfall gelähmt war, aber auch, dass sie nur ungern über Privates sprach, und zügelte daher ihre Neugierde. Wenigstens, was dieses Thema anbelangte. Kaum hatte Miriam den Telefonhörer aufgelegt, plapperte sie munter darauf los. »Ich bin schon an den Unterkünften dran. Der Tourismusverband der Hochsteiermark hat mir alle Adressen gemailt. Einschließlich der Privatzimmer, Bauernhöfe und Campingplätze sind das an die 500 Adressen. Im Naturpark Mürzer Oberland sind es 19. Die Meldedaten der Nächtigungsgäste sollten uns im Lauf des Tages vorliegen. Die Anrufe teile ich mir dann mit der Anni und dem Stefan auf. Es wird wohl eine Weile dauern, bis wir mit allen gesprochen haben.«

Sandra konnte nachvollziehen, warum Miriam seufzte. Es war eine langwierigere und enervierende Aufgabe, unzähligen Leuten hinterher zu telefonieren, um ihnen tagaus, tagein immer wieder dieselben Fragen zu stellen, und im schlimmsten Fall gar keinen neuen Hinweis zu erhalten. Auch wenn die jungen Kollegen zu dritt waren. Wenn sie Pech hatten, war niemandem etwas aufgefallen, das zur Aufklärung beitragen konnte.

»Habt ihr die Quartiere nach der Entfernung zum Tatort gereiht?«

»Ja. Der Stefan hat schon mal mit der Befragung der Gäste des Landhotels in Neuberg an der Mürz begonnen. Die Anni kümmert sich um die des Dorfwirts in Ainberg.« Diese Daten hatte Miriam bereits vorab von Sandra per Fax erhalten. »Und ich nehme mir zuerst einmal alle Quartiergeber vor«, fuhr sie fort.

»Und? Schon irgendwelche brauchbaren Hinweise?«, fragte Sandra der Vollständigkeit halber.

»Bis jetzt leider nicht«, lautete die erwartete Antwort.

»Okay. Dann gib mir mal ein paar Kontakte. Ich helfe euch, bis Sascha von der Gerichtsmedizin kommt.«

»Echt? Danke! Aber sag mal, wolltest du nicht diesen Obduktionstermin übernehmen?«

»Hat sich erübrigt. Er nimmt ihn jetzt doch lieber selber wahr.«

Miriam sah sie erwartungsvoll an. Sandra hatte nicht vor, ihr von Bergmanns Streit mit der Gerichtsmedizinerin am Tatort zu erzählen.

»Wie geht es deinem Weisheitszahn?«, erkundigte sie sich stattdessen nach dem Befinden der Kollegin. »Deine rechte Backe ist noch ziemlich geschwollen.«

Miriam fasst sich an die Wange. »Du hättest mich am Samstag sehen sollen. Ich bin wie ein Zombie dahergekommen.«

»Aber geh. Dich können nicht einmal zwei geschwollene Backen verschandeln«, sagte Sandra. Mit ihrer großgewachsenen schlanken Figur, den langen blonden Haaren und den großen blauen Augen war die junge Kollegin die hübscheste Frau, die sie persönlich kannte.

»Ich schwör's dir, Sandra.« Miriam blies beide Backen auf, zuckte prompt zusammen und verzog das Gesicht. »Aua … Die Wunde vom Zahnziehen pumpert noch ein bissl. Verglichen mit den Schmerzen vom Wochenende ist das aber kaum noch der Rede wert.«

»Na Gott sei Dank. Sag mal, hast du dich schon nach einem Kunsthistoriker erkundigt?«

»Der Kollege Stadler vom Raub steht dir zur Verfügung. Er ist zwar kein studierter Kunsthistoriker, hat er gemeint, aber wenn er deine Fragen nicht beantworten kann, will er dir zumindest geeignete Experten nennen. Ich hab dir auf alle Fälle seine Kontaktdaten gemailt. Oder soll ich lieber gleich im Bundeskriminalamt nachfragen?«

»Nein, nein. Viel zu kompliziert mit den Wienern. Ich

halte mich lieber erst einmal an den Kollegen vom Raub.«
Sandra überflog ihren Posteingang. »Ah, da ist er ja: Paul
Stadler. Den nehme ich mir am besten gleich vor, falls er
Zeit für mich hat.« Sie wählte die angegebene Durchwahl.

»Dann brauchst du die Kontakte hier also nicht mehr«,
murmelte Miriam und machte sich ebenfalls wieder ans
Telefonieren.

Stadler nannte Sandra seine Zimmernummer im ersten
Stock des Nebengebäudes der Landespolizeidirektion. Auf
ihrem Weg dorthin würde sie noch rasch die Ausdrucke
der Tatortfotos aus der Kriminaltechnik holen. Auf dem
Server waren noch keine zu finden.

Soweit Sandra sich erinnern konnte, war sie dem Kollegen von der Raubabteilung, der unter anderem die Ermitt-
lungsarbeiten bei Kunstraubfällen leitete, noch nie begegnet. Der große Dunkelhaarige mit den leicht ergrauten
Schläfen wäre ihr bestimmt im Gedächtnis geblieben.
Paul Stadler entsprach zwar nicht unbedingt ihrem Beu-
teschema, aber objektiv betrachtet war er ein attraktiver,
auffallend gut gekleideter Mann, der wohl die meisten
Frauenherzen höher schlagen ließ. Dass er diese Tatsache
nicht vor sich hertrug, machte ihn zudem sympathisch.
Ob er vielleicht vom anderen Ufer ist?, überlegte Sandra.
Nein, das wohl eher nicht. Das gerahmte Foto auf seinem Schreibtisch zeigte eine hübsche, braunhaarige Frau
und zwei entzückende kleine Mädchen, bemerkte sie beim
Hinsetzen. Wenig überraschend war ein solches Prachtex-
emplar, das noch dazu Geschmack hatte, wie ihr die Vin-
tage IWC an seinem Handgelenk verriet, längst vergeben.
Vielmehr wunderte sich Sandra über die eigenen Gedanken. Als ob sie keine anderen Sorgen hätte!

Stadler setzte seine Lesebrille auf und betrachtete die Tatortfotos, die ihm Sandra über den Schreibtisch gereicht hatte. Er nickte, während sie ihm erzählte, dass ihr ein ähnliches Bild schon einmal untergekommen sei, an das sie sich konkret aber leider nicht mehr erinnerte.

»Ich weiß natürlich nicht, welches Bild du gesehen hast, vermute aber, dass es ein alter Holzschnitt war«, sagte er und legte die Tatortfotos beiseite. Seine langen Finger glitten über die Computertastatur. Dann drehte er den Monitor in Sandras Richtung. »Könnte es dieses Bild hier gewesen sein?«

»Genau das ist es«, bestätigte Sandra, ein wenig verblüfft, dass Stadler die richtige Vorlage auf Anhieb gefunden hatte.

»Das ist ein Holzschnitt aus einer Chronik von Johann Stumpf, aufgezeichnet in Schwaben Mitte des 16. Jahrhunderts«, erklärte Stadler, während sich der Drucker in Bewegung setzte. »Als Zeitzeuge hat er damit eine durchaus gängige Hinrichtungsart dokumentiert. Judenstrafe hat man diese Form des Hängens damals genannt. Sie war im späten Mittelalter, wie schon der Name verrät, Juden vorbehalten, und zwar jenen, die einen Diebstahl begangen hatten. Ließen sie sich taufen, wurden sie gnadenhalber am Hals gehängt. Widerstanden sie jedoch den Bekehrungsversuchen der christlichen Obrigkeit, wurden sie verkehrt an einem speziellen Galgen aufgehängt. Zur Strafverschärfung hängte man ihnen auch noch zwei Hunde an den Hinterläufen zur Seite, einen links, einen rechts. So nah, dass sie den zum Tode Verurteilten auch noch beißen konnten, bevor ihn die Bewusstlosigkeit erlöste und er starb.« Stadler wandte sich nach dem Drucker um und entnahm das Papier.

»Schreckliche Vorstellung«, kommentierte Sandra seine Ausführungen, während sie den Ausdruck betrachtete.

»Es war tatsächlich eine öffentliche Vorstellung für das schaulustige Volk. Auf diese Weise hingerichtet zu werden, galt damals als Schandstrafe. Gemeinsam mit Tieren zu sterben sollte laut christlicher Vorstellung allen Anwesenden drastisch vor Augen führen, dass der Verurteilte aus der Gemeinschaft ausgeschlossen war.«

»Sehr christlich«, bemerkte Sandra. »Unser Opfer war aber kein Jude. Soweit aktenkundig, hat der Mann auch nichts gestohlen. Dafür war er jahrelang wegen sexueller Nötigung inhaftiert. Er wurde in der Nähe des Steirischen Mariazeller Pilgerweges ermordet. Und er war seit Jahren von der Dorfgemeinschaft ausgeschlossen«, fasste Sandra die groben Fakten zusammen.

Stadler sah sie über den Rand seiner rahmenlosen Lesebrille hinweg an. »Er muss nicht unbedingt jüdischen Glaubens und auch kein Dieb gewesen sein. Diese Praxis war ursprünglich keine christliche Erfindung. Sie lässt sich in Europa bis ins neunte Jahrhundert zu den spanischen Arabern zurückverfolgen. Von dort aus hat sie sich über Italien zu uns und bis nach Nordeuropa ausgebreitet. Die alten Dänen hängten Vatermördern einen Wolf zur Seite. Auch im Zusammenhang mit Brudermord, Inzest und Zauberei tauchen Wölfe schon sehr früh auf.«

»Wölfe?« Sandra richtete sich in ihrem Stuhl auf.

»Ja. Wölfe, Werwölfe und die wölfischen Dämonen des Totenreichs spielen in der Geschichte der Menschheit schon seit Urzeiten eine besondere, mystische Rolle.«

»Und Hunde wurden zu ihren Nachfolgern«, vermutete Sandra.

»So ist es. Bei den Germanen war das Hängen mit Hunden noch ein sakraler Akt. Die Tiere galten als heilig und wurden Gott Odin zu Ehren geopfert.«

»Also keine Schandstrafe wie später bei den Christen?«

»Nein. Der Ursprung der Beigabe von Hunden zur Strafverschärfung ist mir unbekannt. Möchtest du, dass ich mich für dich schlaumache?« Stadler nahm seine Brille ab und sah Sandra an. Der Blick aus seinen braunen Augen erinnerte sie an einen treuherzigen Hund. Wobei diese Assoziation auch an dem Fall liegen konnte, der von Anfang an eng mit der Spezies der Caniden verknüpft war.

»Ja bitte. Vielleicht erfährst du noch etwas, das uns weiterhilft. Übrigens, bevor ich es vergesse: Weißt du, ob es ein solches Ritual auch in der muslimischen Kultur gab oder gibt?«

»Die Scharia, das islamische Recht, sieht eine solche Bestrafung meines Wissens nicht vor. Was aber nichts zu bedeuten hat … Auch hier müsste ich mich bei einem Spezialisten erkundigen.«

»Das wäre großartig. Selbstverständlich kannst du jederzeit Einblick in die Ermittlungsakte nehmen, falls du möchtest. Ich maile dir dann die Aktenzahl und den Zugangscode für die Daten am Server. Könntest du mir umgekehrt bitte den Link zur Seite mit dem Holzstich schicken?«

»Ja natürlich.« Stadler griff zu seiner Maus. »Schon geschehen.« Er reichte ihr die Tatortfotos über den Schreibtisch und lächelte sie an.

»Danke. Du hast mir sehr geholfen.« Sandra erhob sich.

»Ich höre mich gern für dich um.« Stadler war ebenfalls aufgestanden und kam hinter seinem Schreibtisch hervor, um Sandra die Hand zu schütteln. Ein ausgesprochen kompetenter und netter Kollege, resümierte sie auf dem Weg zurück in ihr Büro. Warum nur musste sie sich tagaus, tagein mit Rüpeln wie Bergmann und Siebenbrunner herumschlagen?

»Sascha hat angerufen. Er ist schon auf dem Weg ins LKA«, verkündete Miriam, als Sandra das Büro betrat. »Für 11.30 Uhr hat er ein Meeting angesetzt. Ich hab schon alle zusammengetrommelt. Anschließend möchte er wieder nach Ainberg fahren.«

»Also war es Mord«, murmelte Sandra, während sie die E-Mail von Paul Stadler öffnete und auf ›Antworten‹ klickte.

»Ja, war es. Hast du daran gezweifelt?«

»Nein. Aber ausschließen konnten wir es bis dato auch nicht 100-prozentig.« Sie tippte die versprochenen Daten ein und versandte diese mit einem Dankeschön und freundlichen Grüßen.

Miriam griff zum Telefonhörer.

»Warte, gib mir auch ein paar Kontakte. Einige Anrufe gehen sich noch aus, bevor Sascha von der Gerichtsmedizin kommt«, bot sie der Kollegin neuerlich ihre Unterstützung an.

Miriam brachte ihr ein A4-Blatt, während Sandra das Foto des Holzschnitts von der Webseite in die digitale Akte kopierte und den entsprechenden Link hinzufügte, damit auch die Kollegen wussten, woher das Bild stammte. Den Ordner mit den Tatortfotos hatte die KT inzwischen ebenfalls auf den Server gestellt, sodass sie für das bevorstehende Meeting auch digital verfügbar waren, fiel ihr auf. Dann wandte sie sich Miriams Liste zu und griff zum Telefon.

2.

Pünktlich um 11.30 Uhr hatte sich das Ermittlungsteam zwecks Update und Briefing im Konferenzzimmer versammelt. Der Chefinspektor stieß mit zwölf Minuten Verspätung als Letzter hinzu. Dass Bergmann unpünktlich kam, war ungewöhnlich. Eine Entschuldigung hielt er dennoch nicht für angebracht. »Ich bitte um eure Aufmerksamkeit«, verschaffte er sich Gehör im Stimmengewirr der Kollegen, die seinem Team angehörten. Die Fallanalytikerin, Doktor Christiane Reichelt, Sandra und Miriam kehrten der Pinnwand mit den Tatortfotos den Rücken, um wie die anderen am Besprechungstisch Platz zu nehmen.

»In wenigen Augenblicken wird eine Presseaussendung hinausgehen. Ich erhoffe mir von einschlägigen Aufrufen in den Medien Hinweise aus der Bevölkerung. Alles ist besser als das, was wir bisher haben. Oder gibt es inzwischen neue Hinweise von Zeugen?« Bergmanns Frage hatte Miriam gegolten, die er mit seinem Blick fixierte.

»Nein, leider nicht«, antwortete sie.

»Dann kommen wir zur Obduktion. Der schriftliche Befund liegt noch nicht vor, wird aber heute noch eintreffen. Peter Schindlecker litt an einem Lungenkarzinom, an dem er in absehbarer Zeit voraussichtlich gestorben wäre. Es hatten sich bereits Metastasen im Beckenknochen gebildet. Ob er etwas davon wusste, ist derzeit fraglich. Eine medizinische Behandlung hatte jedenfalls noch nicht stattgefunden. Weder chemische noch physikalische Spuren deuten darauf hin.«

Ein Raunen ging durch die Runde. Hatte Schindlecker die Diagnose gekannt? War er aus Angst vor den Folgen der Krankheit am Ende doch freiwillig aus dem Leben geschieden? Hatte er sich auf Verlangen töten lassen? Samt seinem Hund? Die Todesart machte diese Annahme eher unwahrscheinlich.

»Die Gerichtsmedizinerin schließt einen Suizid definitiv aus«, stellte Bergmann klar. »Bei der Schädelöffnung sind massive Verletzungen zutage getreten, die auf einen kräftigen Hieb oder Tritt gegen seine linke Schläfe schließen ließen. Das Opfer hat das Bewusstsein verloren. Ob vor oder nach dem Hängen, lässt sich nicht feststellen. Auf beiden Oberschenkeln waren frische Hämatome, ebenso auf einem der Schienbeine. Was den Hund anbelangt, so konnte der Veterinär eine Schädelfraktur diagnostizieren. Auch hier ist nicht klar, ob ihm diese vor oder nach dem Hängen zugefügt wurde. Mein Hausverstand sagt mir aber, dass das Tier wohl zuerst bewusstlos geschlagen wurde. Gegen seinen Willen lässt sich ein derart kräftiges Tier nicht aufhängen.«

»Mit einer ausgefeilten Lassotechnik wäre das schon möglich«, warf Siebenbrunner ein.

Bergmann grinste ihn an. »Vielleicht im Wilden Westen. Aber in der Steiermark?«

Alle lachten. Außer Siebenbrunner, dessen Blick auf der Tischplatte haftete. Bergmann sah schweigend in die Runde, ehe er fortfuhr. »Jetzt heißt es Gas geben, Leute. Derzeit müssen wir wohl von einem Ritualmord ausgehen. Und wir können nicht ausschließen, dass er sich wiederholt. Hat jemand von euch eine Idee, was hinter dieser brutalen Hinrichtung stecken könnte?«

Sandra erhob sich. »Ich bin da gerade auf etwas gestoßen, das relevant sein könnte.« Sie betätigte den Schalter, der die Außenjalousien automatisch absenkte. Wenig später projizierte der Beamer einige Tatortfotos, zuletzt den Holzschnitt aus dem Mittelalter, an die Wand, während Sandra wiederholte, was sie von Stadler erfahren hatte.

»Demnach sollte Schindleckers Ermordung eine Bestrafung und gleichzeitig eine ultimative Bestätigung seiner Außenseiterrolle sein«, resümierte Bergmann ihren Vortrag. »Wenn das der Fall ist, müssen wir unsere Ermittlungen wohl weiterhin auf die Dorfgemeinschaft konzentrieren. Und uns fragen, wofür er bestraft wurde.«

»Das scheint mir jedenfalls zielführender, als Wallfahrer, Touristen und Asylanten zu befragen. Auch wenn uns das nicht erspart bleiben wird, solange wir keine konkreten Hinweise auf den Täter haben«, meinte Sandra.

»Wer kümmert sich um die Dolmetscher?«, hakte Bergmann nach. Stefan Baumgartners Arm wanderte nach oben.

»Es gibt einige naheliegende Motive für diesen Mord«, fuhr Sandra fort. »Rache, Vergeltung, Eifersucht.« Die Jalousien fuhren wieder nach oben, während sie an ihren Platz zurückkehrte. »Rache für die Vergewaltigung von Maria Pierer. Vergeltung für ihren Tod, nachdem Schindlecker sie jahrelang verfolgt hatte. Und Eifersucht, weil Magdalena Pierer sich von ihrer Familie abgewandt hat und zum Erzfeind übergelaufen ist.«

»Das alles liegt aber schon eine Weile zurück. Warum hat der Täter erst jetzt zugeschlagen?«, fragte Bergmann in die Runde.

»Vielleicht hat er einfach nur eine gute Gelegenheit abgewartet«, antwortete Miriam. So naheliegend dieser Ansatz war, so plausibel klang er. Dennoch war er keinesfalls zwingend.

»Oder es hat einen aktuelleren Auslöser für die Tat gegeben, den wir nicht kennen«, meinte Sandra.

Bergmann nickte. »So oder so. Wir sind also der Meinung, dass es sich höchstwahrscheinlich um eine geplante Tat handelt, die ganz gezielt unserem Opfer galt. Nur der Tatzeitpunkt könnte sich auch zufällig ergeben haben«, fasste er die Theorie zusammen.

Siebenbrunner räusperte sich, um seine Worte gebührend anzukündigen. »Aus kriminaltechnischer Sicht spricht ebenfalls alles dafür, dass der Täter geplant vorgegangen ist. Er hatte Kletterseile dabei, um die Leichen hochzuziehen. Möglicherweise auch technische Hilfsmittel, um den Kraftaufwand zu minimieren. Die könnte er nach der Tat wieder mitgenommen haben. Wir haben Hautanhaftungen im Gewebe der Seile sichergestellt, die dem Regen widerstanden haben. Möglicherweise führen sie uns zum Täter. Oder zu den Tätern. Noch können wir ja nicht ausschließen, dass es mehrere waren. Die Ergebnisse der DNA-Analyse werden uns in frühestens zehn Tagen vorliegen. Von einem Abgleich mit der DNA möglicher Verdächtiger sind wir dann aber noch einmal Tage bis Wochen entfernt. Erwähnenswert ist zum einen die Tatsache, dass die Abnutzungsspuren an den Seilen für zahlreiche Klettereinsätze sprechen. Zum anderen die Mineralspuren, die wir aus dem Gewebe isolieren konnten: Kalk, Limonit, Strontianit und das eher selten vorkommende Mineral Witherit, aus dem früher ein sehr wirksames Rattengift hergestellt wurde.« Siebenbrunner blickte Beifall heischend in die Runde.

»Ja schön. Und was sagt uns das?«, wollte Bergmann wissen.

Siebenbrunner seufzte ob der vermeintlichen Begriffsstutzigkeit des Chefermittlers. »Es bedeutet, dass die Kletterseile mit diesen Mineralien in Kontakt gekommen sind.

Der Konzentration nach wahrscheinlich nicht nur bei der Nutzung, sondern auch bei der Lagerung. Wir werden Gesteinsproben aus dem Naturpark nehmen und mit den sichergestellten vergleichen.«

Bergmann hob die Augenbrauen. »Das könnte unseren Ermittlungsschwerpunkt in Richtung einheimische Täter bestätigen«, folgerte er laut.

Siebenbrunner stand auf und näherte sich der Steiermarkkarte an der Wand. Alle anwesenden Augenpaare folgten ihm. »Sofern die Proben übereinstimmen, können wir ziemlich sicher davon ausgehen, dass die Seile im Naturpark Mürzer Oberland verwendet wurden. Bis zum Beginn des 20. Jahrhunderts war die Gewinnung mineralischer Rohstoffe in diesem Raum von immenser wirtschaftlicher Bedeutung. Es wurden Eisen- und Kupfererze, Magnesit, Kalke, Sandstein, Grafit und Quarzit von Mürzsteg über Neuberg an der Mürz und Kapellen bis Altenberg an der Rax abgebaut und verarbeitet. Vor allem das bereits erwähnte Witherit, ein Bariumkarbonat, fand unter Mineralogen und Sammlern schon früh Beachtung. So besuchte etwa Friedrich Mohs 1812 Neuberg und berichtete Erzherzog Johann vom dortigen reichlichen Vorkommen. Wenn wir Glück haben, können wir das Gebiet anhand der Mineralienzusammensetzung sogar ziemlich genau eingrenzen.«

Siebenbrunner hatte seinen Kugelschreiber demonstrativ über die erwähnte Region auf der Landkarte wandern lassen und sah nun Bergmann erwartungsvoll an.

Der wandte sich der Fallanalytikerin zu. »Wie ist deine Einschätzung, Christiane?«

Siebenbrunner kehrte an seinen Platz zurück.

»Der Täter ist zweifelsfrei geplant vorgegangen«, bestätigte die Psychologin. »Signifikant ist das hohe Risiko, das er eingegangen ist. Dazu komme ich gleich noch. Zuerst ein paar Worte zum Tatabgleich: Ich bin weder auf eine ähnliche Hinrichtungsmethode noch auf einen Ritualmord mit Hunden oder Wölfen gestoßen. Was den aktuellen Tatort und die Nähe zum Pilgerweg betrifft, so gab es vor etlichen Jahren einen Serientäter in Mariazell, der Frauen ermordet und ihnen die Augen herausgeschnitten hat. Seine Taten waren aber sexuell motiviert, nicht religiös missionarisch, was ich in unserem Fall für sehr wahrscheinlich halte. Zumindest würde eine solche Motivation, die zwanghaft einer Vision folgt, das hohe Risiko erklären, das der Täter eingegangen ist, bei der Tat gestört zu werden. Für jemanden, der planvoll vorgeht, ist das eher untypisch. Dass mehrere Täter derart riskant agieren, halte ich für noch unwahrscheinlicher. Es sei denn, sie hätten im selben Wahn oder in einem rauschähnlichen Zustand agiert, der die Gefahr des Entdecktwerdens überlagert hat.«

»Also eher ein Einzeltäter, religiös motiviert«, resümierte Bergmann. »Das würde auch zu Sandras Erklärung für diese Hinrichtungsmethode passen. Und zur Nähe zum Pilgerweg.«

Sandra brachte vor versammelter Menge noch einmal alle Theorien ins Spiel, die sie mit Bergmann diskutiert hatte.

»Es kann schon sein, dass sich unter den zahlreichen Wallfahrern, die die Mariazellerwege beschreiten, ein Psychopath befindet, der gezielt Männer mit Hunden auswählt, um seine Vision zu realisieren«, stimmte die Psychologin zu. »Wir können aber auch nicht ausschließen, dass die Nähe zum Pilgerweg purer Zufall ist. Mir erscheint der Kletterseil-Ansatz der KT sehr vielversprechend.« Sie warf Siebenbrunner einen Blick von der Seite zu, der zusammen mit ihrer Aussage seine Wirkung nicht verfehlte. Sandra konnte sich nicht erinnern, den leitenden Kriminaltechniker jemals dermaßen freundlich lächeln gesehen zu haben. Die Psychologin hatte ihm jene Anerkennung zukommen lassen, nach der er gierte. Anscheinend war das die beste Taktik, um bei ihm zu punkten. Gut zu wissen, stellte Sandra fest und beschloss, diese Erkenntnis beim nächsten Stimmungstief des schwierigen Kollegen zu ihrem Vorteil zu nutzen.

»Einmal abgesehen von der Wildwest-Theorie«, schränkte Bergmann ein, was noch einmal allgemeines Gelächter auslöste. Außer bei Siebenbrunner, dessen grantiger Gesichtsausdruck augenblicklich zurückkehrte.

»Was ist mit dem Kastenwagen?«, sprach Bergmann ihn an.

»Der Abgleich der Fingerabdrücke läuft noch.«

»Haben Sie denn Blutspuren sicherstellen können?«

»Negativ. Nur Fasern von Kleidungsstücken und Haare, von denen wir nicht wissen, ob sie für einen DNA-Test taugen.«

»Dann finden Sie es heraus. Irgendeine Ahnung, wie Schindlecker von seinem Wagen zum Tatort gelangt ist?«

Noch einmal erhob sich Siebenbrunner. Er rollte die Skizze des Tatorts aus und heftete sie an die Pinnwand. Wieder nahm er den Kugelschreiber zur Hand, um seine Worte zu untermalen. »Besonders weit war der Weg nicht. Ungefähr 300 Meter vom Holzstoß bis zum Abhang. Dorthin hätte er selbst gehen oder der Täter den Bewusstlosen schleppen oder tragen können. Dann wurde er den Abhang hinuntergestoßen und 200 Meter weiter bis zum Bergahornbaum geschleift. Leider waren auf den Schuhen des Opfers keine tatrelevanten Spuren mehr sicherzustellen. Das meiste hat wohl der Regen weggewaschen. Selbst die dichte Laubkrone des Baumes konnte das bei der Niederschlagsmenge nicht verhindern.«

»Hat noch jemand etwas zu den Ermittlungen beizutragen?«, fragte Bergmann in die Runde.

Statt Wortmeldungen folgte allgemeines Kopfschütteln.

»Dann nichts wie ran an die Arbeit. Sandra, du kommst mit mir nach Ainberg. Der Rest weiß, was er hier zu tun hat.«

KAPITEL 11

Magdalena stand im sonnigen Bereich des kleinen Gartens zwischen Kräutern und Gemüse, bewacht von der bellenden Luna. Die Ziegen nahmen weder Notiz von der Schäferhündin noch vom Motorengeräusch, das sich der Jagdhütte näherte. Sie ruhten im Schatten der hohen Fichten, die Gehege und Haus beschatteten. Auch die Hühner vorm Stall ignorierten die Geräusche und pickten in aller Seelenruhe weiter. Nur die beiden Zicklein liefen neugierig zum Zaun hinüber, als der Wagen vorfuhr.

Seit dem frühen Morgen brannte die Sonne vom beinahe wolkenlosen Himmel. Selbst hier heroben im Wald hatte das Thermometer an diesem Nachmittag fast die 30-Grad-Marke erreicht. Die blinde Frau trug ein bunt bedrucktes Leinenkopftuch über ihrer Zopffrisur, eine schwarze Sonnenbrille und ein weißes T-Shirt, dessen Flecken von der Gartenarbeit zeugten, die sie verrichtet hatte. Ihre nackten Knie unterhalb der kurzen, ausgefransten Jeans wiesen ebenfalls Spuren von Erde und Pflanzengrün auf. Immer noch stand Magdalena regungslos da, die Harke fest umklammert, und lauschte angespannt in die Richtung, in der die beiden Autotüren unmittelbar nacheinander ins Schloss fielen. »Wer ist da?«, rief sie dem ungeladenen Besuch zu.

Bergmann träufelte sich rasch noch seine Dosis Katzentropfen auf die Zunge.

»Sandra Mohr und Sascha Bergmann vom LKA«, antwortete Sandra. »Wir haben noch ein paar Fragen an Sie, Frau Pierer!«

Magdalena entspannte sich sichtlich. »Luna, aus!«, befahl sie der Hündin, still zu sein, und folgte dem Zaun bis zum Haus. »*Sie* sind es! Kommen Sie nur weiter!«

An der Haustür blieb sie stehen und wischte sich die erdigen Hände an den Hüften ab, ehe sie die Tür öffnete. Sandra stellte mit einem schnellen Blick fest, dass Magdalenas verletzte Lippe so gut wie verheilt war. Nur am Kinn war noch ein dunkler Schatten zu erkennen.

»Ich bin wahrscheinlich dreckig von oben bis unten. Ich war grad beim Kräuterernten«, entschuldigte sich Magdalena und ließ den beiden Kriminalpolizisten den Vortritt. Luna war bereits an ihnen vorbei ins Haus getrabt. Selbst an einem sonnigen Tag wie diesem fiel das Licht nur spärlich durch die winzigen Fenster der Hütte. Es dauerte einige Sekunden, bis sich Sandras Augen an die düstere Stube gewöhnt hatten.

Magdalena wusch ihre Hände an der Küchenspüle und bot ihnen Platz und Getränke an. Keine zwei Meter neben ihr schlabberte Luna lautstark Wasser aus der Hundeschüssel. Die Küche wirkte auf den ersten Blick unaufgeräumter als zuletzt. Bei näherer Betrachtung herrschte jedoch eine gewisse erkennbare Ordnung, die der Blinden wohl half, die Gegenstände auf Anhieb zu finden. Am Herd standen Töpfe, daneben, nach Größen geordnet, Trichter, Flaschen und Tiegel. Einige Messer lagen in Reih und Glied, was Sandra im Zusammenhang mit Magdalenas hochgradiger Sehbehinderung reichlich gefährlich erschien. Sie zu warnen, hielt sie dennoch für unangebracht. Bestimmt war es nicht das erste Mal, dass Magdalena derlei Arbeiten verrichtete.

»Welche Kräuter haben Sie denn geerntet?«, begann Sandra das Gespräch.

»Hauptsächlich Unkräuter«, antwortete Magdalena weiter. »Obwohl's die ja gar nicht gibt. Eine jede Pflanze hat ihre Wirkung. Die meisten lassen sich zu etwas Nützlichem verarbeiten.«

»Wie die Brennnessel zum Beispiel?«, vertiefte Sandra das Thema, um Vertrauen aufzubauen, während Magdalena eine Karaffe mit Wasser füllte.

»Ja, das ist eines der bekannteren Beispiele. Die meisten Leute wissen, dass man daraus Brennnesselspinat oder Suppe zubereiten kann. Die medizinische Wirkung der Brennnessel ist ihnen aber weitgehend unbekannt.«

»Die da wäre?«, meldete sich nun auch Bergmann zu Wort.

»Ein Extrakt aus den Brennnesselblättern hilft bei Arthritis und Rheuma. Aber auch bei Verstauchungen und Sehnenentzündungen. Aus den Wurzeln lassen sich Haarspülungen herstellen. Die wirken ohne chemische Zusätze gegen Schuppen.« Magdalena drehte sich um, die Karaffe in einer, drei gestapelte Gläser in der anderen Hand. Der Hund leckte ihr das schmutzige Knie ab. »Luna, geh auf deinen Platz!«

Sandra stand auf, um der blinden Frau zu helfen. »Warten Sie, ich nehme Ihnen die Karaffe ab.«

Der Hund verzog sich in sein Körbchen zwischen dem Esstisch und der schmalen, steilen Treppe, die in die Dachkammer führte.

Magdalena bedankte sich für die Hilfe und folgte Sandra, die Karaffe und Gläser zum Tisch brachte und einschenkte.

»Was schwimmt denn da drinnen herum?«, fragte Bergmann und beäugte das Grünzeug in seinem Wasser.

»Das ist Minze. Die wirkt kühlend, ist entzündungs-hemmend, krampf- und schleimlösend. Ihre ätherischen Öle regen außerdem die Konzentrationsfähigkeit an und fördern klares Denken.«

»Das können wir auf alle Fälle gebrauchen.« Bergmann trank einen Schluck.

»Schmeckt sehr erfrischend«, bestätigte Sandra.

»Wie schaffen Sie es eigentlich, all die Kräuter zu bestim-men, ohne sie zu sehen?«, fragte Bergmann gerade heraus.

»Ohne die Hilfe eines Sehenden ist es mir unmöglich, alle Pflanzen zu bestimmen. Aber bei einigen weiß ich inzwischen, wo sie wachsen und zu welchem Zeitpunkt. Andere erschnüffelt Luna für mich. Und in meinem klei-nen Garten ist es sowieso recht einfach, sich zu orientie-ren. Dort haben wir ja alles selbst gepflanzt. Außerdem sind mein Geruchs- und der Tastsinn besser ausgeprägt als bei Sehenden.«

»Haben Sie denn keine Bedenken, dass Sie etwas ver-wechseln könnten?«, fragte Bergmann.

»O ja. Ohne jemanden, der die Pflanzen zur Sicher-heit nochmals für mich überprüft, kann ich das mit den Kräutern vergessen. Bisher hatte ich ja den Peter«, wech-selte Magdalena das Thema. Ihre Miene verfinsterte sich. »Gibt's was Neues? Haben Sie schon …?« Sie stockte.

»Leider nein«, antwortete Sandra. »Wir wollten Sie informieren, dass Sie Herrn Schindlecker bestatten las-sen können. Seine Leiche wurde vom Staatsanwalt frei-gegeben.«

»Ach so …« Magdalena schluckte. »Ich werde dann gleich Pater Vinzenz und den Bestatter verständigen.«

»Es steht zweifelsfrei fest, dass Herr Schindlecker und Sancho getötet wurden«, fuhr Sandra fort.

»Daran hab ich keine Sekunde gezweifelt«, erwiderte Magdalena.

»Ist Ihnen inzwischen noch etwas eingefallen, das uns weiterhelfen könnte? Gab es Drohungen oder einen ungewöhnlicher Besuch in der letzten Zeit?«

Magdalena verneinte. »Niemand hat den Peter mögen. Außer dem Pater Vinzenz und dem Fürsten kann es jeder getan haben.«

»Sie schließen Carl Roth-Rothenfels also auch aus? Und warum, wenn ich fragen darf?«

»Er ist ein Ehrenmann, wie sein Vater, und als solcher der Familie Schindlecker zu Dank verpflichtet.« Sandra wunderte sich über die gespreizte Wortwahl aus dem Mund der jungen Frau. Ihr letzter, entgegen sonstiger Gewohnheit, dialektfrei ausgesprochener Satz, hatte geklungen, als hätte sie ihn oft gehört und eins zu eins übernommen.

»Warum ist er Ihnen zu Dank verpflichtet?«, wiederholte Sandra die antiquierte Formulierung.

»Das ist eine alte Geschichte«, antwortete Magdalena.

»Erzählen Sie sie uns«, ermunterte Sandra sie, weiterzureden. »Darf ich währenddessen Ihre Fingerabdrücke nehmen? Wir brauchen sie, um sie mit den Spuren des Erkennungsdienstes abgleichen zu können.«

»Ja. Was muss ich tun?«

»Nichts. Bleiben Sie einfach sitzen. Ich desinfiziere Ihre Finger und halte dann einen nach dem anderen an den mobilen Fingerabdruckscanner.«

Magdalena legte beide Hände auf den Tisch und ließ die Ermittlerin gewähren.

»Was hat es nun mit Herrn Roth-Rothenfels auf sich?«, kam Sandra auf die alte Geschichte zurück.

»Als der Fürst noch ein kleiner Bub war, wurde seine

Mutter schwer krank. Nicht einmal die Ärzte in Wien haben ihr mehr helfen können. Sie haben die Fürstin aufgegeben und zum Sterben nach Hause geschickt. Ihr völlig verzweifelter Ehemann Conrad hat damals meine Großmutter um Hilfe gebeten. Sie war seine letzte Hoffnung, die todkranke Frau zu retten. Die Großmutter hat die Fürstin dann behandelt, und das Wunder ist tatsächlich geschehen: Sie ist wieder gesund geworden. Aus Dankbarkeit hat der Fürst meiner Großmutter seine ehemalige Jagdhütte geschenkt, in die sie sich eingemietet hatte. Später hat er ihr auch den Lieferwagen gekauft, damit sie zu Krankenbehandlungen und zum Markt fahren konnte. Damals war sein Sohn Carl mit dem Peter befreundet. Bevor er ins Gefängnis gekommen ist.« Magdalena verstummte abrupt.

Sandra ließ die eine Hand los und nahm die andere, um auch die restlichen Fingerabdrücke zu nehmen. »Ich möchte Ihnen wirklich nicht zu nahe treten, Frau Pierer«, sagte sie. »Aber ich frage mich schon die ganze Zeit, warum Sie nach dem Tod Ihrer Mutter ausgerechnet zu Herrn Schindlecker gezogen sind. Nach allem, was vorgefallen ist.«

Magdalena war die Frage sichtlich unangenehm. »Warum?«, wiederholte sie, als müsse sie zuerst überlegen, was oder ob sie überhaupt antworten sollte.

»Ja, warum?«, wiederholte Sandra eindringlicher.

Magdalena rieb sich die Nasenwurzel, ehe sie schließlich antwortete. »Ich hab den Krieg im Dorf nicht länger ausgehalten. Ich musste dort weg.«

»Entschuldigen Sie bitte, das verstehe ich nicht. Herr Schindlecker war doch auch mittendrin in diesem Krieg.«

Magdalena knetete ihre Fingerkuppen mit dem Daumen der freien Hand. Die Unterhaltung bereitete ihr zunehmend Unbehagen. »Sie müssen das ja auch nicht verstehen«, versuchte sie das Thema zu beenden.

»Ich möchte es aber gerne verstehen. Jedes noch so kleine Puzzleteilchen könnte uns helfen, den Täter zu finden«, blieb Sandra beharrlich. »Erklären Sie es mir bitte?«

Bergmann hob die Augenbrauen und lehnte sich zurück.

Magdalena seufzte und rang sich endlich eine Antwort ab. »Ich hab mir gedacht, wenn ich dem Peter verzeihen kann, werden es die anderen auch schaffen. Er hat lange genug gebüßt, und ich wollte mit gutem Beispiel vorangehen. Ich hab halt gehofft, dass dann endlich Frieden in Ainberg einkehrt. Aber da hab ich mich leider gründlich getäuscht.«

»Das war sehr mutig von Ihnen«, lobte Sandra sie. »Aber hatten Sie gar keine Angst, dass Ihnen Herr Schindlecker etwas antun könnte?«

»Anfangs hab ich sogar große Angst gehabt. Man hat mich ja vor ihm gewarnt, seit ich denken kann. Das lässt sich nicht so mir nix, dir nix vergessen. Deshalb hab ich Pater Vinzenz zu unseren ersten Aussprachen mitgenommen. Das war recht bald nach dem Tod meiner Mutter. Der Peter war mir gegenüber unheimlich sanft und liebevoll. Also hab ich Vertrauen zu ihm gefasst. Und mit jeder Begegnung war ich mir sicherer, dass er mir nichts Böses will. Schließlich hab ich mich entschieden, zu ihm zu ziehen. Pater Vinzenz hat aber immer ein Aug auf ihn gehabt. Bei der kleinsten Verfehlung wäre er zur Stelle gewesen, um mir zu helfen.«

»Verstehen Sie mich bitte nicht falsch«, sagte Sandra. »Aber war es das wert? Immerhin haben Sie sich mit diesem Schritt doch auch gegen Ihre Stieffamilie und die ganze Dorfgemeinschaft entschieden.«

»Merkwürdig, dass auch Sie das so sehen. Es war nicht meine Absicht, mich *gegen* jemanden zu entscheiden, sondern ich war *für* eine Versöhnung aller Beteiligten. Ich wollte sowohl dem Peter als auch den anderen die Chance geben, die Vergangenheit abzuhaken und wieder zueinanderzufinden. Der Peter hätte seine gern genutzt. Was mich betrifft, hat er das auch getan. Dafür haben mir die anderen den Rücken gekehrt.«

»Im Gegensatz zu den anderen hatte Herr Schindlecker auch nichts zu verlieren«, warf Sandra ein.

»Was haben sie denn verloren? Mich? Fast jeder zieht doch irgendwann von zu Hause aus. An meiner Liebe zu meiner Familie hat das nichts geändert. Das Problem ist doch vielmehr, dass mich der Gustl als seinen Besitz betrachtet. Darum dreht sich doch alles, nicht um mich. Genau wie beim Simon«, erklärte Magdalena merklich lauter als sonst. Luna hob den Kopf und beobachtete sie.

Erstens hatte das Mädchen recht, musste sich Sandra eingestehen, zweitens hatte sie Gustav Pierer goldrichtig eingeschätzt. Die alten Schubladen funktionierten also doch, ob es Bergmann oder ihr selbst nun passte oder nicht. »Sind Sie ihnen deshalb böse?« Sandra steckte den mobilen Scanner wieder in ihre Tasche ein. Die Reinigungstücher würde sie später entsorgen.

»Warum sollt ich ihnen denn bös' sein? Weil sie nicht selbstlos lieben können? Die wenigsten Menschen können das.«

Sandra fühlte sich ertappt. Wenngleich ihre Liebesfähigkeit hier nicht zur Diskussion stand. »Werden Sie ins Dorf zurückziehen?«

»Das hab ich nicht vor. Pater Vinzenz unterstützt mich, damit ich mit meinen Tieren hierbleiben kann. Ich brauche dringend jemanden, der sich auskennt und mir bei der Produktion hilft. Mit meiner Sehbehinderung schaffe ich das unmöglich alleine. Außerdem kann ich die Auflagen der Kontrollbehörde nicht erfüllen. Der Pater wollte heute fürs Erste den Clemens vorbeischicken, um die Lieferung für den Klosterladen abzuholen. Allerdings ist der krank geworden. Deshalb war der Pater selbst am Vormittag da und hat die Ware abgeholt.«

»Wer ist Clemens?«, hakte Sandra nach. »Und wie heißt der Herr noch?«

»Was denn für ein Herr?« Magdalena schmunzelte, um gleich darauf wieder ernst zu werden. »Clemens Rohringer. Er ist der Sohn des Försters und geht seinem Vater und auch Pater Vinzenz zur Hand. Außerdem ist er neuerdings auch mein Onkel.«

»Ihr Onkel?« Sandra konnte Magdalena nicht gleich folgen.

»Genauer gesagt, mein Stiefonkel. Seine Schwester hat meinen Vater geheiratet.«

»Antonia Pierer?«

»Ja, die Toni«, bestätigte Magdalena. »Haben Sie meine neue Stiefmutter schon kennengelernt?«

»Ja. Sie und Ihren Stiefvater, Gustav Pierer. Ziemlich großer Altersunterschied …«

Magdalenas Schweigen ließ offen, ob sie etwas gegen die Beziehung zwischen ihrem Stiefvater und der jungen Försterstochter einzuwenden hatte oder nicht.

»Sie kennen Antonia und Clemens schon lange?«

»Die Toni schon. Die ist mit meinem Stiefbruder Simon in die Klasse gegangen, und sie ist nach wie vor eng mit ihm befreundet, nehm ich mal an. In der letzten Zeit hatten wir keinen Kontakt mehr miteinander. Mit dem Clemens hatte ich so gut wie nie was zu tun. Er war immer sehr schüchtern. Ich glaub, er ist unter der Fuchtel seiner Mutter gestanden. Und die hat mich immer schon für einen schlechten Umgang gehalten.«

»Sie waren gar nicht bei der Hochzeit Ihres Stiefvaters eingeladen?«

»Eingeladen war ich schon, aber ich bin nicht hingegangen. Es hätte doch nur wieder unnötige Diskussionen mit dem Gustl gegeben. Und der Toni hätt es den Hochzeitstag verdorben. Immerhin war sie früher meine Freundin. Die Toni und der Simon haben mich immer in Schutz genommen, wenn mich die anderen wieder mal als blinde Hex und Teufelskind beschimpft haben.«

»Ist das oft vorgekommen?«

»Nachdem der Peter aus dem Gefängnis gekommen ist, war es richtig schlimm.«

»Aber Simon und Antonia sind Ihnen beigestanden?«

»Mehr noch: Sie haben dem Peter Streiche gespielt. Erst ziemlich harmlose, mit der Zeit immer ärgere. Da waren aber auch viele andere Kinder dabei, die mich nicht mögen ham.«

»Was haben sie denn Schlimmes angestellt?«

»Sie haben Peters Lieferwagen mit bösen Parolen beschmiert und ihm die Reifen aufgeschlitzt. Der Simon hat sich mit dem Peter nicht nur ein Mal geprügelt. Es ist echt immer schlimmer geworden …«

»Und was haben eure Eltern dazu gesagt?«

»Denen hat das getaugt, wie fast allen in Ainberg. Jeder hat den Peter angepöbelt, manche haben ihn und seine Hunde mit Steinen verjagt, wenn sie sich im Dorf ham blicken lassen. Andere haben keine Gelegenheit ausgelassen, ihn vor Gericht zu zerren. Der Förster wollt ihn aus seinem Revier und aus der Jagdhütte draußen ham. Und der Gustl ist sowieso jedes Mal auf ihn losgegangen, wenn er sich ohne einen Hund in unsere Nähe gewagt hat. Alle haben ihr Möglichstes getan, um den Peter aus unserer Gegend zu vertreiben. Außer dem Pater Vinzenz und dem Fürsten. Vor allem unser Pfarrer hat immer wieder gegen den Hass gepredigt. Aber genutzt hat das schlussendlich gar nix.« Magdalena schien gedanklich in der Vergangenheit versunken zu sein.

Sandra konnte nunmehr nachvollziehen, dass sie den jahrelangen Krieg, in dessen Zentrum sie gestanden war, mit dem mutigen Schritt, ins feindliche Lager überzulaufen, hatte beenden wollen. Aber auch, dass dieser aus Sicht der Familie und der Dorfgemeinschaft einem Hochverrat gleichgekommen sein musste.

»Irgendwann hab ich kapiert, dass es ihnen nie wirklich um mich, sondern immer nur um ihren Hass auf den Peter gegangen ist«, fuhr Magdalena von sich aus fort. »Ich war ja selbst damit infiziert. Man hat uns von klein auf eingebläut, dass der Waldmensch böse, ja dass er der uneheliche Sohn einer Hexe und des Teufels ist. Für mich war dieser Gedanke ganz schrecklich, weil er mich ja gezeugt hat. Sie haben mir vorgeworfen, auch ein Teufelskind zu sein, das Gott zur Strafe blind auf die Welt kommen hat lassen. Ich hatte oft Angst, so böse wie er zu werden. Obwohl mir meine Familie das auszureden versucht hat«, schränkte sie ein. »Für einige im Dorf werd ich aber ewig ein Kind der Finsternis bleiben, dem Gott es verwehrt, die Schönheiten dieser Welt zu erblicken.« Magdalena biss sich auf die Oberlippe.

Sandra hatte den Eindruck, dass sie das selbst glaubte und sich nicht zum ersten Mal in ihrer Anwesenheit für ihre Blindheit schämte. Jetzt rollten Tränen über Magdalenas gerötete Wangen. Am liebsten hätte Sandra sie in die Arme genommen und getröstet. Ihr tat das Mädchen, das schon so früh durch die Hölle gegangen war, unendlich leid. Gleichzeitig bewunderte sie, wie Magdalena die jahrelangen Anfeindungen, den Verlust von Freunden und Familie und nun auch noch den Tod ihres neuen Vertrauten verkraftete. Sie spürte aber auch, wie verletzt, unsicher und ängstlich das Mädchen war, das nunmehr auf sich selbst gestellt war. Fast wären ihr ebenfalls die Tränen gekommen. »Sie wissen doch, dass das völliger Unsinn ist«, sagte Sandra, der in dieser Situation nichts Besseres einfiel.

Bergmann machte sowieso keine Anstalten, sich an diesem emotionalen Gespräch mit der Zeugin zu beteiligen.

»Ich weiß eh, dass das voll der Unsinn ist«, schluchzte Magdalena. »Und ich versuche, meine negativen Gefühle loszulassen. So wie der Peter es getan hat, um die jahrelangen Anfeindungen gegen sich auszuhalten.« Sie schnäuzte sich, dann nahm sie einen Schluck Wasser. »Es ist so traurig, dass er am Ende doch noch ihr Opfer wurde. Mich tröstet nur die Gewissheit, dass er jetzt bei Gott ist.«

Amen, dachte Sandra und verkniff sich die Frage nach dem Fegefeuer und der Hölle, die die katholische Kirche für Sünder vorgesehen hatte. Zumindest hatte man ihr das früher so beigebracht. Stattdessen wandte sie sich einer anderen, wesentlicheren Frage zu. »War Herr Schindlecker auch bei den Bewohnern der Nachbargemeinden so verhasst? In Mürzsteg zum Beispiel?«

»In Mürzsteg? Nein. Dort hatte er nie was zu tun. Außerdem haben die ihre eigenen Probleme.«

»Mit den Asylwerbern?«, hakte Sandra nach.

»Ja.«

»Und wie stehen die Ainberger zu diesem Thema?«

»Eher gleichgültig. Bei uns lassen die sich ja kaum blicken. Die bleiben lieber unter sich in Mürzsteg. Was sollten sie auch bei uns im Dorf suchen?«

Warum das so war, konnte Sandra inzwischen gut nachvollziehen. Die streitbaren Ainberger zogen anscheinend alle Register gegen ihre Feinde oder solche, die sie dafür hielten. Sie deutete Bergmann, dass er die Einvernahme nun übernehmen sollte. Fürs Erste hatte ihnen Magdalena genug erzählt. Wenngleich es noch immer keinen konkreten Verdächtigen gab, so hatten sich ihre Ermittlungsansätze doch zumindest bestätigt.

»Frau Pierer«, sprach Bergmann Magdalena an.

»Ja?«

»Herr Schindlecker hatte Lungenkrebs. Wussten Sie das?«, verkündete er ohne Vorwarnung.

»Was?« Magdalena kehrte schlagartig aus der Vergangenheit zurück. Die Seitwärtsbewegungen ihrer Augen wurden hektischer. Etwas mehr Feingefühl wäre angebracht gewesen, fand Sandra und bedachte Bergmann mit einem vorwurfsvollen Blick. Auch wenn seine direkte, schonungslose Art oftmals zielführend war.

»Lungenkrebs?«, wiederholte Magdalena nach einigen Schrecksekunden.

»Also wussten Sie es nicht«, sagte Bergmann.

Das Mädchen fasste sich an den Mund. »Nein«, antwortete sie hinter vorgehaltener Hand.

»Die Gerichtsmedizinerin meint, dass er wohl in absehbarer Zeit an der Krankheit gestorben wäre. Jedenfalls ohne medizinische Behandlung«, berichtete Bergmann weiter. »War er in letzter Zeit beim Arzt?«

»Nein. Und wenn, dann hat er mir nichts davon erzählt.«
Magdalena überlegte. »Er ist immer häufiger daheimge-
blieben«, fiel ihr nun auf. »Kann schon sein, dass er etwas
von seiner Krankheit gewusst oder wenigstens geahnt hat.«

»Hat er denn nie über Schmerzen geklagt?«

»O ja. Manchmal hatte er heftige Kreuzschmerzen.
Auch sein Bein hat ihm oft wehgetan. Dann konnte er
morgens nicht gleich aufstehen. Mit schmerzstillenden
Heilpflanzenpackungen und Tropfen ging es nach einer
Weile aber wieder«, erzählte Magdalena nachdenklich.

»Das waren die Metastasen.«

»Oh mein Gott.« Magdalena schien noch immer erschüttert von der Diagnose zu sein.

Ob sein gewaltsames Ende Schindlecker vor noch größerem Leid und Schmerz bewahrt hatte, wagte Sandra
nicht zu beurteilen.

»Dürfen wir einen Blick in sein Zimmer werfen?«, fragte
Bergmann.

»Sicher. Gehen S' ruhig rauf. Ich ruf jetzt am besten
den Pater Vinzenz wegen dem Begräbnis an.« Magdalena
wandte sich um und tastete nach ihrem Handy, das hinter ihr auf der Ablagefläche der Eckbank lag.

»Hat Herr Schindlecker Sie jemals geschlagen?«, fragte
Bergmann im Aufstehen.

»Nein. Wie kommen Sie darauf?« Magdalena ließ das
Handy abrupt sinken.

»Und gewildert hat er auch nicht?«

»Seit ich bei ihm gewohnt habe, bestimmt nicht.«

»Hatte er eine Waffe?«

»Die alte Büchse meiner Großmutter.«

»Wo hat er die aufbewahrt?«

»In seinem Zimmer, nehm ich an.«

»Danke. Wir sind dann mal oben.«

Durch den dunkelroten Vorhang vor dem einzigen Giebelfenster fiel das Licht noch spärlicher in die Dachkammer als unten in die ohnehin schon düstere Stube. Sandra erwog, die Neonröhre einzuschalten, doch verwarf sie diesen Gedanken gleich wieder. Stattdessen zog sie den Vorhang beiseite und öffnete das Fenster, um frische Luft in den stickigen Raum zu lassen. Das alte Bauernbett, das anscheinend schon länger nicht frisch bezogen worden war, dominierte den kleinen Raum mit den Dachschrägen. Ansonsten gab es hier nur ein Bücherregal am Kopfende des Bettes, eine viel zu große Bauerntruhe, daneben einen Holzstuhl mit Herzschnitzerei in der Lehne. Unter dem Bett fand Sandra ein altes Jagdgewehr. Nicht genug, dass es Schindlecker dort unversperrt aufbewahrt hatte, war es sogar noch geladen. Angesichts seiner zahlreichen Feinde hatte er die Waffe wohl lieber allzeit schussbereit in Griffweite gehabt, zog sie ihre Schlüsse.

Bergmann widmete sich dem Inhalt der bemalten Bauerntruhe. Die Ziffern auf dem Deckel gaben das Produktionsjahr 1911 an.

Auf dem Holzboden kniend durchforstete Sandra derweil einen staubigen Schuhkarton, den sie ebenfalls unter dem Bett hervorgezogen hatte. Ein Großteil der Fotos, die darin aufbewahrt wurden, zeigten Magdalena und Maria Pierer in verschiedenen Lebensphasen. Manchmal war auch ein größerer Bub mit dabei, in dem die Kriminalistin Simon Pierer vermutete. Auf einem waren beide Kinder und ein dunkelhaariges Mädchen zu sehen, die vor einem Lagerfeuer saßen und Würstel grillten. Die meisten waren aus einiger Entfernung fotografiert worden. Von manchen gab es Ausschnittvergrößerungen von Magdalenas Gesicht.

Nur die ältesten Fotos zeigten auch Maria aus der Nähe. »Sieh dir die mal an.« Sandra winkte Bergmann, der gerade die Bücher auf dem Regal beim Bett inspizierte, mit einem Foto zu sich. Dass er bei dem vielen Staub, den sie hier aufwirbelten, nicht ständig niesen musste, war wohl den Allergietropfen zuzuschreiben. »Das hier muss die junge Maria Pierer sein.«

Bergmann hockte sich neben Sandra und betrachtete das Foto mit zusammengekniffenen Augen. Dass er es weiter von sich wegstreckte, ließ sie vermuten, dass es demnächst Zeit für eine Lesebrille wurde. Er stand auf und ging zum Fenster, um im Licht besser sehen zu können.

»Ja, das ist zweifelsfrei die junge Maria Pierer. Magdalena sieht ihr zum Verwechseln ähnlich«, bestätigte er.

»Nur die hellblauen Augen hat sie von ihrem Vater«, meinte Sandra. »Damals hat Maria ihn offenbar noch näher an sich herangelassen.«

»Wahrscheinlich ist das Foto entstanden, bevor er sie vergewaltigt hat. Sie sieht hier noch sehr jung aus, wie 15 oder höchstens 16, schätze ich.«

»Ja, so hätte ich sie auch eingeschätzt. Beide stammen aus Ainberg und kannten sich seit ihrer Kindheit. Wollen wir die Fotos mitnehmen?«

»Wozu?«, fragte Bergmann. »Mir ist nichts aufgefallen, was uns im Mordfall weiterhelfen könnte. Und dass er die beiden gestalkt hat, ist aktenkundig. Es reicht, wenn du die Fotos in deinem Bericht erwähnst.«

»Du hast recht.« Sandra legte die Bilder wieder in den Karton und schob ihn zurück unters Bett. Das Gewehr lehnte sie vorerst einmal an die Wand, um es später mitzunehmen. Erstens mussten sie überprüfen, ob es registriert war. Zweitens durfte Magdalena sowieso keine Waffe besitzen. »Jeder hier scheint froh zu sein, dass Schindlecker tot ist. Außer Magdalena, die am meisten Grund gehabt hätte, ihn zu hassen«, sagte Sandra.

»Mal ehrlich: Wer ist denn schon ernsthaft bereit, einem ehemaligen Straftäter eine zweite Chance zu geben? Noch dazu, wenn er sich in der unmittelbaren Nachbarschaft aufhält?«, erwiderte Bergmann. »Die Sorge, dass er rückfällig und jemand aus der eigenen Familie zu seinem Opfer werden könnte, ist schließlich nicht ganz unberechtigt.«

Sandra seufzte. »Statistisch gesehen hast du ja recht«, musste sie Bergmann zustimmen.

»Sonst etwa nicht? Den möglichen Feind zu bekämpfen beziehungsweise auszugrenzen ist doch zutiefst menschlich«, räumte er ein.

»Menschlich? Nicht für den, der aus der Gemeinschaft ausgestoßen wird. Je mehr ich mit diesen Leuten rede, desto mehr bezweifle ich, dass er einem Außenstehenden zum Opfer gefallen ist. Das war eine gezielte Hinrichtung«, sagte Sandra.

»Das hatten wir schon, Sandra. Wo sind die Beweise?«

»Die finden wir schon noch. Und seinen Henker auch. Oder deren mehrere.«

»Meinst du etwa, das ganze Dorf hat sich gegen Schindlecker verschworen, um geschlossen einen Ritualmord an ihm zu verüben? Das haben wir doch schon mit Christiane diskutiert.«

Sandra zuckte mit den Schultern. »Ich glaube ja auch nicht, dass es alle waren. Aber vielleicht einige von ihnen. Ich halte eine Verschwörung gegen Schindlecker jedenfalls nicht für abwegig.«

»Eine Verschwörung gegen ihn gab es ganz bestimmt. Er wurde ausgegrenzt. Aber eine solche Hinrichtung? Wir leben schließlich nicht im Mittelalter. Nicht einmal in Ainberg ...« Bergmann kratzte sich über die drei Tage alten Bartstoppeln, die sein Kinn zierten oder verunstalteten. Je nachdem, wie man es sehen wollte.

Sandra bemerkte erst jetzt, dass er eine Mundharmonika in der anderen Hand hielt. »Hast du was gefunden?«, fragte sie.

»Nein. Nur Kleidungsstücke, ein paar esoterische Bücher und einige teilweise sehr alte Lexika über Heilpflanzen und Kräuter. Nichts Religiöses, außer einer Bibel aus dem Jahr 1924. Im Nachtkästchen hab ich Salben und Tropfen gefunden, vermutlich gegen seine Schmerzen. Außerdem Gewehrmunition, einen abgelaufenen Pass und eine Mundharmonika. Muss eine alte Hohner sein.« Bergmann hob das Instrument in seiner Hand hoch.

»Du bläst da jetzt aber nicht hinein, oder?«, fragte Sandra.

Bergmann verdrehte die Augen und ließ die Mundharmonika wieder sinken. »Wofür hältst du mich eigentlich?«, fragte er. »Da ist eine Gravur drauf: ›Für Peter, CRR‹.«

»CRR? ... Carl oder Conrad Roth-Rothenfels.«

»Ja, danke. Darauf wäre ich nie gekommen.«

»Ich vermute mal, das ist ein Geschenk des Fürsten an den Sohn der Wunderheilerin seiner Frau.« Sandra wurde vom Klingelton ihres Handys unterbrochen. »Miriam«, sagte sie nach einem Blick auf das Display. Dann lauschte sie den Worten der Kollegin. »Das ist aber sehr interessant«, meinte sie nach einer Weile und aktivierte die Lautsprecherfunktion an ihrem Handy. »Wiederholst du das bitte für Sascha?«

»Sicher. Griaß di, Sascha«, drang Miriams Stimme nun laut aus dem Mobiltelefon.

»Servus«, murmelte Bergmann.

»Ich hab grad mit der Dorfwirtin in Ainberg telefoniert. Sie erinnert sich an einen Gast, der sich nur wenige Stunden vor der Tatzeit nach Peter Schindlecker erkundigt hat. Ihr solltet's ihr unbedingt einen Besuch abstatten. Sie sucht euch inzwischen den Namen des Mannes heraus.«

»Das machen wir gleich. Gibt's noch was?«, fragte Sandra.

»Nein. Das war's auch schon wieder.«

»Sehr gut, danke! Weiter so, Miriam. Pfiat di!« Sandra steckte ihr Handy wieder ein. »Wir werden doch nicht einmal das Glück auf unserer Seite haben?«

»Vielleicht doch. Auf zum Dorfwirt! Ich hab eh einen Mörderhunger.« Bergmann griff nach der konfiszierten Waffe.

»Hast du einen Bandlwurm, oder was ist neuerdings los mit dir?«

»Ich rauche nicht mehr. Schon vergessen? Außerdem gab's zu Mittag nur zwei Käseweckerln im Auto. Du hattest im Übrigen nur eines«, warf er ihr vor.

Geht das schon wieder los?, dachte Sandra genervt und wandte sich ab, um die steile freitragende Treppe hinabzusteigen. Langsam machte Bergmann ihrer Mutter Konkurrenz, obwohl die, was Nörgeln anbelangte, nicht zu übertreffen war. Wenigstens theoretisch. Praktisch hatte Sandra den Kontakt zu ihr längst abgebrochen. Nur Bergmann blieb ihr nicht erspart. Den musste sie beinahe täglich ertragen. Ob es ihr nun passte oder nicht.

KAPITEL 12

Magdalena saß beim Tisch und sortierte die Kräuter aus, die sie heute noch weiterverarbeiten wollte. Die anderen würde sie später zu Sträußchen zusammenbinden und zum Trocknen aufhängen. Dass Peter Krebs gehabt hatte, wollte ihr nicht aus dem Kopf gehen. Da half auch die Diskussion im Radio nichts, die sie eingeschaltet hatte, um auf andere Gedanken zu kommen. Hatte er wirklich nichts von seiner Krankheit gewusst? Oder hatte er ihr die Diagnose verschwiegen, um sie nicht zu beunruhigen? Immerhin hatte sie miterlebt, wie ihre Mutter qualvoll an Krebs gestorben war. Ein solch schmerzhaftes Dahinsiechen über viele Monate wünschte sie niemandem. Schon gar nicht Peter, dem wenigstens das erspart geblieben war. Sie hoffte, dass er nicht allzu lang leiden hatte müssen. Die Katzenklappe ließ Magdalena aufhorchen. »Merlin! Kommst du auch wieder mal nach Hause?«

Das weiche Katzenfell streifte ihre nackten Fußknöchel. Dazu maunzte Merlin. »Ach so, du hast Hunger. Na, komm …« Magdalena stand auf. Genau wie Luna.

Der Kater wartete auf seinem Futterplatz, die Zubereitung seiner Mahlzeit lautstark kommentierend. Magdalenas Finger ertasteten routiniert, wonach sie suchte. Das Radioprogramm wurde von einer Geisterfahrermeldung auf der Tauernautobahn unterbrochen. Magdalena bückte sich, um den vollen Fressnapf auf den Boden zu stellen. Merlin hörte augenblicklich auf, sich zu beschweren. »Bitte schön, du Lauser.« Im Aufstehen nahm sie ein Motorengeräusch wahr. Sie lenkte ihre Aufmerksamkeit nach draußen.

Nein, das waren nicht die Polizisten, die zurückkehrten. Das war eindeutig ein Motorrad. Magdalena fühlte, wie sich ihr Magen zusammenkrampfte. Ihr Hals schnürte sich zu, gewürgt wie von Geisterhand. Das Atmen bereitete ihr Mühe. Sie musste sich an der Küchenzeile anhalten, um nicht das Gleichgewicht zu verlieren.

Luna bellte. Merlin kaute unbeeindruckt an einem Fleischbröckchen herum. Erst als es an der Tür klopfte, huschte er fast lautlos davon.

Magdalena war starr vor Angst. Was, wenn der Mann zurückgekehrt war? Hätte sie sich nicht doch lieber der Polizei anvertrauen sollen, wie Pater Vinzenz es ihr nach dem Überfall geraten hatte? Niemals! Und wenn diese Polizistin noch so vertrauenerweckend erschien. Verstehen konnte sie sie bestimmt nicht. Niemand konnte das. Auch Pater Vinzenz nicht. Ihre Scham- und Schuldgefühle waren übermächtig. Wie die Angst, die sie momentan lähmte.

»Magdalena?«, hörte sie eine Männerstimme hinter der Eingangstür rufen. Luna bellte fortwährend.

Diese Stimme … War es seine? Noch einmal würde sie das nicht ertragen. Lieber wollte sie sterben.

»Magdalena!«, drang es erneut an ihre Ohren.

Ja, sie kannte diese Stimme, war sie sich auf einmal sicher, noch immer unfähig, sich zu rühren.

»Du bist doch da! Mach mir auf! Ich bin's, Simon!«

Den Teufel würde sie tun und ihrem Stiefbruder die Tür öffnen. Wie gut, dass sie Pater Vinzenz versprochen hatte, zuzusperren. Obgleich sie nicht glaubte, dass Schlösser viel nützten. Wenn der Mann noch einmal in ihr Haus eindringen wollte, würde er es bestimmt schaffen. Nicht einmal der Hund hatte ihn aufhalten können. Und nun wusste er auch, dass er von Luna nichts zu befürchten hatte.

»Okay, Magdalena. Ich geh jetzt. Aber ich komm wieder. Ich glaub, ich weiß, wer den Waldmenschen auf dem Gewissen hat. Und das werd ich gleich der Polizei melden«, verkündete Simon.

Magdalena hörte das Motorrad starten und sich rasch entfernen. Luna beruhigte sich wieder und setzte sich neben sie. Magdalena kniete sich hin. »Gegrüßet seist du, Maria«, begann sie zu beten. Erleichtert und dankbar, dass Simon weg war.

KAPITEL 13

1.

»Der Mann hat also zum ersten Mal hier im Haus übernachtet. Beim Auschecken nach dem Frühstück hat er sich bei Ihnen nach dem Weg zu Peter Schindleckers Haus erkundigt«, wiederholte Sandra die Aussage der Wirtin und blickte auf den Meldezettel, der direkt neben ihrem Teller auf dem Tisch lag. ›Othmar Jelinek, geboren: 2.1.1977, Adresse: Puchstraße, Graz‹, war dort vermerkt. »Beruf hat er keinen angegeben«, stellte sie laut fest. Bergmann schob sich ein Stück Gulaschfleisch in den Mund.

Die Wirtin, die mit ihnen am Tisch saß, zuckte mit den Schultern. »Ist mir gar nicht aufgefallen. Wahrscheinlich war er arbeitslos wie so viele andere heutzutage auch. Auf alle Fälle war er ein seltsamer Vogel, aber die haben wir ja öfter hier. An narrische Leut bin ich g'wöhnt. Das können S' mir glauben. Wie er mich allerdings nach dem Waldmenschen g'fragt hat, hat's mich erst so richtig g'rissen. Dann hab ich ihn mir genauer ang'schaut.«

»Und?«, hakte Bergmann kauend nach.

»Was und?« Die Frau sah ihn verständnislos an.

Der Chefinspektor schluckte den Bissen hinunter und trank einen Schluck Cola. »Na, was haben Sie gesehen, als sie ihn sich genauer angeschaut haben?«, fragte er dann.

»Er war unrasiert. Grad so wie Sie«, antwortete die Wirtin. Dabei ließen Tonfall und Mimik keinen Zweifel offen, dass ihr dieser Zustand missfiel.

Sandra hätte gegrinst, hätte sie die Frau nicht frappierend an ihre Mutter erinnert. Obwohl die Wirtin etwa zehn Jahre jünger und mindestens 15 Kilo schwerer war, war die Art und Weise, wie sie über Menschen sprach, dieselbe. Außerdem wirkte sie – ebenfalls wie Sandras Mutter – sehr gepflegt, war picobello frisiert, aber ungeschminkt. Wahrscheinlich überließ auch sie das Schminken jenen Damen, die sich unbedingt einen Mann angeln wollten, vermutete Sandra. Und wenn es auch nur für eine schnelle bezahlte Nummer war, wie die Mutter meinte.

»Er hatte also einen Dreitagebart. Und weiter?«, fuhr Bergmann unbeeindruckt fort, ehe er sich den nächsten Bissen in den Mund schob.

»Seine langen dunkelbraunen Haare waren hinten zusammengebunden. Er war so groß wie Sie, aber kräftiger. Und seine Arme waren voll tätowiert. Scheußlich! Mein Sohn möcht sich ja auch unbedingt so was stechen lassen. Aber nur über meine Leiche, sag ich ihm immer. Was soll'n denn die Leut von uns denken?«

Ihrer Mutter hätte Sandra in diesem Moment unmissverständlich klargemacht, dass ihr das völlig egal war. In diesem Fall schluckte sie ihre Antwort jedoch hinunter und lenkte die Befragung zurück auf den Gast. »Erinnern Sie sich an die Tätowierungen von Herrn Jelinek? Waren sie einfarbig oder bunt?«

»Die waren einfarbig, blau. Früher hast dir sicher sein können, dass so einer aus'm Häfn kommt. Da hast genau g'wusst, woranst bist. Aber neuerdings lassen sich ja immer mehr Leut solche Peckerln machen, sogar berühmte. Das nennen s' dann Tattoo und zahl'n an Haufen Geld dafür. Ich find's grauslich. Wie kann man sich nur so verschandeln lassen?«, mokierte sich die Wirtin.

Sandra hörte nur noch mit einem Ohr zu und kaute nachdenklich an einem Stück ihres Frankfurter Würstels herum, das mit Gulaschsaft serviert worden war. Mit dem Hinweis auf einen Gefängnisaufenthalt lag die Frau womöglich gar nicht so falsch. Bergmanns Blick ließ vermuten, dass ihm derselbe Gedanken durch den Kopf ging. In Ainberg hatte Peter Schindlecker keine Freunde gehabt, noch nicht einmal einen einzigen guten Bekannten. Vielleicht aber im Gefängnis. Ob er Othmar Jelinek aus der Justizvollzugsanstalt gekannt hatte, würden sie in Nullkommanichts herausfinden, war Sandra zuversichtlich. Sofern der Mann seinen richtigen Namen auf dem Meldezettel angegeben hatte. »Konnten Sie irgendwelche Symbole erkennen? Tiere oder Gesichter?«, setzte sie die Befragung fort.

»Warten S' … Ja, über'm rechten Handgelenk waren ein paar Rosen«, erinnerte sich die Wirtin, »darüber, auf dem Arm, eine Madonna. Und links der Herr Jesus. Der hat ihm sogar ähnlich g'schaut, ist mir aufg'fallen. Ein Herz mit Flammen war auch irgendwo und Engerln. Mein Gott, der hat so viele Bilder auf seiner Haut g'habt, dass d' den Wald vor lauter Bäumen nimmer g'sehn hast …«

Sandra wartete kurz, ob der Frau noch etwas einfiel, ehe sie weiterfragte. »Hatte er auch ein Tier-Tattoo? Einen Hund vielleicht? Oder einen Wolf?«

»Tiere sind mir keine aufg'fallen. Nur christliche Motive. Und ein lateinischer Spruch, den ich mir nicht gemerkt hab. Auf alle Fälle war der Mann auf der Wallfahrt von Graz nach Mariazell, hat er mir erzählt. Um Buße zu tun.«

»Buße? Wofür?«

»Na, hören S'. So indiskret bin ich nicht, dass ich ihn das g'fragt hätt«, meinte die Wirtin erbost.

»Sie wissen also auch nicht, was er von Herrn Schindlecker wollte«, knüpfte Sandra an ihre frühere Aussage an.

Die Frau schüttelte den Kopf. »Ich hab mich nur g'wundert, was ein gläubiger Christ ausgerechnet von dem Waldmenschen will. Das war doch der Leibhaftige, und dann noch sein Höllenhund ...« Die Wirtin bekreuzigte sich. »Obwohl dieser Mann schon sehr merkwürdig war.«

»Merkwürdig? Inwiefern?«

»Na ja, irgendwie ... unheimlich halt. Dem hätt' ich nicht allein im Finstern begegnen wollen.«

»Wo er doch Jesus so ähnlich gesehen hat ...«, meinte Bergmann süffisant.

»Trotzdem hat er mir irgendwie Angst eing'jagt.«

Das hatte so mancher Zeitgenosse des Messias damals auch behauptet, erinnerte sich Sandra vage an den Religionsunterricht.

»Vielleicht hat Gott seinen Sohn nach Ainberg gesandt, um den Teufel zu liquidieren«, erwiderte Bergmann salbungsvoll. Die Serviette, mit der er sich anschließend den Mund abwischte, landete auf seinem leeren Teller.

Die Wirtin musterte ihn unsicher, nicht wissend, ob sie es schon wieder mit einem Wahnsinnigen oder nur mit einem vermeintlichen Spaßvogel zu tun hatte. Für alle Fälle fuhr sie etwas zaghafter fort. »Ich weiß nicht ... der hat so stechende schwarze Augen g'habt. Nicht einmal die Pupillen hat man g'sehn.«

Immerhin scheint die Frau keine schlechte Beobachterin zu sein, dachte Sandra. »Was hatte Herr Jelinek denn an, als er ausgecheckt hat?«

»Er hat sich eine gelbe Pelerine übergezogen, nachdem er bar bezahlt hat. Dann ist er gegangen. Irgendwann zwischen acht und neun.«

»Wenn es sich also nicht um Jesus Christus gehandelt hat«, übernahm Bergmann wieder, »dann vielleicht um einen Verbrecher?« Er starrte die Wirtin mit weit aufgerissenen Augen an, bis sie den Blick senkte.

»Ja, das schon eher.«

Sandra brachte Bergmann mit einem strengen Blick dazu, sich weitere Kommentare zu verkneifen. Und wenn es ihm noch so sehr Spaß machte, die Wirtin aufzuziehen. »Sie haben uns sehr geholfen«, bedankte sie sich bei der Frau.

»Wollen S' noch eine Nachspeise? Einen Kaffee vielleicht?«

Sandra schüttelte den Kopf. »Nein danke. Aber hätten Sie für die nächsten Tage noch freie Zimmer?«

»Bis zum Donnerstag. Am Wochenend bin ich voll. Wie viele brauchen S' denn?«

»Vorerst mal zwei.« Sandra sah Bergmann an.

»Von heute bis Donnerstag«, sagte der Chefinspektor. »Und jetzt bringen Sie mir bitte noch einen schnellen Espresso. Die Rechnung können Sie gleich auf mein Zimmer schreiben.« Sein Blick folgte der Wirtin. »Weißt du, an wen mich die Alte erinnert?«, fragte er amüsiert.

»Ja. An meine Mutter.« Sandra verdrehte die Augen. Dass Bergmann ihre Mutter und ihren Halbruder Mike damals von der schlimmsten Seite kennengelernt hatte, war ihr noch immer peinlich. Obwohl sie sich ihre Familie ja nicht ausgesucht hatte. »Wollen wir die Fahndung rausgeben?«, wechselte sie das Thema.

»Nach Jesus Christus?«, fragte Bergmann trocken.

Sandra musste lachen. »Nach Othmar Jelinek. Vorausgesetzt, die Angaben auf dem Meldezettel sind korrekt.«

»Das soll Miriam zuerst einmal überprüfen. Falls sie stimmen, werden wir eruieren, ob dieser Mann mit Schindlecker in der JVA war. Und wenn ja, wofür er verurteilt worden ist. Sollten die Daten falsch sein, werden wir klären müssen, ob es sich nicht doch um den Sohn Gottes handelt.« Bergmann verzog keine Miene. Sandra verkniff sich das Lachen, da sich ihnen die Wirtin mit dem Kaffee und den Zimmerschlüsseln näherte. »Die silbernen Schlüssel sind für die Zimmer, die Nummern stehen drauf. Die goldenen sperren die Haustür. Falls das Gasthaus schon zu hat. Den Meldezettel bring ich Ihnen morgen zum Frühstück. Das gibt's von sieben bis halb zehn.«

Sandra sprach erst weiter, nachdem sich die Frau verabschiedet und ihnen, rein gewohnheitsgemäß, noch einen schönen Tag gewünscht hatte. »Du glaubst also nicht an Gefahr im Verzug?«

»Wir wollen mal nichts überstürzen. Nur weil uns die Wirtin ihre mysteriösen G'schichtln reindruckt.«

»Und wenn Jelinek wirklich der Täter ist?«

»Dann schnappen wir ihn schon.«

»Aber wenn er gerade dabei ist, einen weiteren Ritualmord zu begehen? Nach der Beschreibung der Wirtin könnte es sich doch um einen religiösen Fanatiker handeln. Ich meine, wer schmückt sich schon ausschließlich mit christlichen Tätowierungen?«

»Über Geschmack lässt sich streiten, Sandra. Das macht ihn aber noch lange nicht zum gesuchten Täter.«

Sandra ignorierte Bergmanns Einwand und überlegte laut weiter. »Wenn er Schindlecker gekannt hat, hatte er vielleicht sogar ein persönliches Mordmotiv. Das passt doch genau in unser Täterprofil.«

»Schon möglich. Aber mir ist das Gerede der Wirtin doch ein bisschen zu vage, um sofort das volle Programm zu starten. Ich ruf jetzt mal Miriam an, und du fährst uns zu diesem Förster, okay?«

»Simon Pierer und Wilhelm Prattes heben wir uns also für morgen auf?«

Bergmann kippte seinen Espresso in einem Zug hinunter und erhob sich. »Jep. Auch diesen Kletterfuzzi.«

Sandra stand ebenfalls auf. »Du bist der Boss«, sagte sie, wohlwissend, dass der Chefinspektor jeden Schritt, der unnötigen Aufwand und Kosten verursachte, rechtfertigen musste.

Draußen schlug ihnen ein Höllenlärm entgegen. Ihre Blicke folgten dem gelben Rettungs-Hubschrauber, der in geringer Höhe über ihren Köpfen hinwegflog. Im Auto, das in der prallen Abendsonne stand, herrschte kurz nach halb sieben noch immer brütende Hitze. »Schalt die Klimaanlage ein. Ich bin der Boss«, erinnerte Bergmann sie an ihren letzten Satz und setzte seine Sonnenbrille auf.

2.

Sandra folgte der schmalen Straße und nahm die erste
Abzweigung nach rechts, die bergauf bis zur gesuchten
Forststraße führte. Nach wenigen Minuten Fahrt hatte
sie die Klimaanlage, während Bergmann mit Miriam telefonierte, wieder abgeschaltet. Sandra hatte keine Lust auf
einen steifen Nacken, den ihr die Aircondition zumeist
bescherte. Viel lieber fuhr sie mit offenen Fenstern und
ließ sich den Fahrtwind um die Nase wehen, der ihr seltsamerweise nichts anhaben konnte.

Der Schranken stand offen, ebenso das schmiedeeiserne
Tor, das sie als Nächstes passierten. Danach ging es weiter
durch den Wald bis zu einer weitläufigen Lichtung.

Um das Försterhaus in der tief stehenden Sonne genau
erkennen zu können, musste Sandra einige Male blin-
zeln. Sie klappte die Sonnenblende hinunter. Die Fassade
des Erdgeschosses war schönbrunnergelb gestrichen, das
Obergeschoss mit Holzschindeln verkleidet. Die Lage auf
der sattgrünen Wiese, umringt von Wald und Bergen, war
fantastisch. Überhaupt im warmen Licht dieses lauen Som-
merabends, in fast 1.100 Metern Höhe. Die Ruhe und die
reine, würzige Luft riefen einmal mehr Erinnerungen an
die Steirische Krakau in ihr wach.

Vor ihrem geistigen Auge konnte Sandra die Rehe sehen,
die auf der weitläufigen Wiese vorm Waldesrand ästen.
Gerne hätte sie die Tiere vom Hochsitz aus beobachtet,
wie damals, als ihr Vater, selbst Polizist und Jäger, sie früh-
morgens auf die Pirsch mitgenommen hatte. Mucksmäus-
chenstill hatten sie auf die scheuen, eleganten Waldbewoh-
ner gewartet, um sie zu beobachten. Nicht, um auf sie zu

schießen. Das hatte ihr Vater lieber den Waidmannskollegen überlassen.

»Sisi«, hörte sie Bergmann säuseln.

Sandra sah ihn verständnislos an.

»Gleich kommen Sisi und Franzl um die Ecke«, scherzte Bergmann und holte Sandra aus ihrer Gedankenwelt in die Realität zurück, in der weit und breit keine Rehe zu sehen waren. Mit seinen Türmchen ähnelte das altehrwürdige Forsthaus tatsächlich dem kaiserlichen Jagdschloss in Mürzsteg, allerdings war es nur halb so groß wie dieses.

Sandra parkte den Wagen auf dem gekiesten Vorplatz und schloss die Seitenfenster. »Kaiser Franz Josef und seine Elisabeth haben unter anderem ihre Flitterwochen im nahen Mürzsteg verbracht«, klärte sie den Chefinspektor auf, nachdem sie aus dem Wagen gestiegen waren.

»Soso.« Bergmann sah sich um.

»Sie waren oft zur Jagd im heutigen Naturpark Mürzer Oberland.«

»Wie weit ist Peter Schindleckers Hütte von hier entfernt?« Bergmann zeigte kein Interesse mehr an der k.u.k. Vergangenheit der Region.

»Über die Straßen keinen Kilometer, Luftlinie etwa 500 Meter«, schätzte Sandra. »Falls es eine begehbare Abkürzung durch den Wald gibt, vielleicht zehn Minuten zu Fuß. 15 bis 20 höchstens, wenn man das Gelände berücksichtigt.«

Bergmann läutete an der Tür. Der Förster erkannte Sandra, noch ehe sie sich und den Chefinspektor vorgestellt hatte. Den drahthaarigen Jagdhund, der neugierig an Bergmanns Hosenbein schnüffelte, schickte Alois Rohringer ins Haus und auf seinen Platz. »Bitte kommen Sie doch weiter«, forderte er die Kriminalpolizisten auf, einzutreten.

Sandra wunderte sich über das weltmännische Auftre-
ten des Mannes, der ihnen in einem sommerlichen Trach-
tenanzug aus beigem Leinen die Tür geöffnet hatte. Am
Stammtisch beim Dorfwirt hatte er deutlich bodenständi-
ger gewirkt, was an seinem zweckmäßigen Jagdgewand, am
Alkohol oder an der Gesellschaft gelegen haben mochte.
Oder an allem zusammen.

»Ein wunderschönes Schlösschen ist das«, stellte Sandra
fest. Einmal abgesehen von den unzähligen Jagdtrophäen,
die auch in diesem Haus vor sich hinstaubten, setzte sie
gedanklich hinzu, und folgte dem Förster in den hoch-
herrschaftlichen Salon.

Rohringer bot ihnen Platz auf der filigranen Sitzgarni-
tur an, die stilvoll, aber unbequem war, und gesellte sich
zu ihnen. Der Hund beobachtete sie von seinem Korb
aus, der neben dem alten Kachelofen stand. »Eigentlich ist das das Jagdschlössl des Fürsten. Auch der Wald
ringsherum ist im Besitz der Familie Roth-Rothenfels«,
bestätigte der Förster, was Sandra längst von Stix wusste.
»Heute gehören ihnen nur mehr 480 Hektar. Den Großteil des ursprünglichen Reviers hat der Fürst vor sechs
Jahren an die Österreichischen Bundesforste verkauft.
Die besitzen inzwischen an die 18.000 Hektar, das sind
rund 80 Prozent des Waldes im Naturpark Mürzer Oberland. Der Fürst ist zwar noch immer der größte private
Waldbesitzer in der Region, aber er hat seinen Lebens-
mittelpunkt inzwischen nach Bruck an der Mur verlegt
und kümmert sich dort um seine Geschäfte. Nur noch
einmal im Jahr lädt er Jagdgesellschaften für ein Wochenende hierher ein. Ansonsten bewohnen mein Sohn und
ich das Schlössl und sorgen dafür, dass alles in Schuss
bleibt«, holte Rohringer aus.

»Wie lange arbeiten Sie denn schon für Herrn Roth-Rothenfels?«, fragte Sandra.

»Ich bin seit über 25 Jahren bei ihm angestellt und für das nachhaltige Waldmanagement verantwortlich, das im Revier seit jeher betrieben wird.« In diesem Ambiente wäre der schlanke groß gewachsene Förster, der ziemlich steif auf dem antiken Fauteuil saß, selbst als Aristokrat durchgegangen. Zumindest in Sandras Vorstellung.

»Ihre Tochter wohnt ja nun nicht mehr hier«, merkte sie an.

Rohringer wirkte keineswegs überrascht über die Kenntnis der Ermittlerin. Vermutlich hatte Antonia ihrem Vater schon berichtet, dass die Polizei sie und ihren Mann einvernommen hatte.

»Die Antonia hat im Mai den Gustl geheiratet. Aber das wissen Sie ja bereits.« Wenn Sandra seinen Gesichtsausdruck richtig interpretierte, war er über diese Ehe nicht gerade begeistert.

»Aber Ihr Sohn wohnt noch bei Ihnen«, hakte sie nach.

Rohringer nickte. »Es ist ja reichlich Platz hier für zwei. Und wie gesagt: Der Clemens geht mir zu Hand, erledigt anfallende Arbeiten im Haus und kleinere Aufträge für mich. Für die größeren Instandhaltungs-, Reparatur- und Gartenarbeiten beauftragen wir professionelle Firmen. Das wäre alleine nicht zu schaffen. In alten Häusern gibt es ja immer eine Menge zu tun.«

»Aber Ihr Sohn geht doch auch dem Pfarrer zur Hand.«

Rohringer nickte. »Ja. Der Clemens mag unseren Herrn Pfarrer sehr gern. Er braucht die Anerkennung seiner Leistungen ganz besonders. Er hat's nicht so leicht im Leben. Er ist … Wie soll ich es ausdrücken? Nun ja, er ist sehr introvertiert. Aber er ist ein braver Bua.«

»Und Sie sind beide alleinstehend?«

Die Frage schien dem Mann unangenehm zu sein. Er blinzelte und kratzte sich wenig herrschaftlich am Hinterkopf. »Ich bin zwar noch verheiratet, aber meine Frau lebt seit fast zwei Jahren nicht mehr bei uns.«

»Aha. Und Ihr Sohn lebt auch alleine?«

Wieder nickte der Förster.

»Ist er zu Hause?«

»Der Clemens müsste oben in seinem Zimmer sein.«

Sandra erinnerte sich daran, dass Magdalena von einer Krankheit gesprochen hatte, die Clemens davon abgehalten hätte, ihr am Vormittag zur Hand zu gehen, wie Pater Vinzenz es ursprünglich geplant hatte. »Könnten wir dann auch noch kurz mit ihm sprechen? Nachdem der Tote nun identifiziert ist, haben wir ein paar Fragen an Sie beide«, sagte sie.

»Soll ich nachschauen, ob er da ist? Oder ihn anrufen?«

»Wie Sie möchten …«

»Dann schau ich gleich mal nach ihm. Und bring uns auf dem Rückweg was zu trinken mit. Darf's ein Bier, ein Schnapserl oder was anderes sein?«

»Nur Wasser bitte«, antwortete Sandra.

»Sie haben nicht zufällig einen Kaffee für mich? Schwarz mit Zucker?«, fragte Bergmann.

»Aber sicher. Bleib, Oskar!« Der Hund senkte den Kopf wieder und ignorierte, dass sein Herrchen das lichtdurchflutete Erkerzimmer verließ.

»Warum bin ich eigentlich nicht Försterin geworden?« Sandras Blick schweifte über die antiken Möbel, die zwar nicht ihrem Geschmack entsprachen, aber perfekt in diesen stilvollen Rahmen passten, der durchaus seinen Reiz hatte.

»Du willst doch sicher keine wehrlosen Tiere erschießen?«, erwiderte Bergmann, den Blick auf eines der Tierkopfpräparate an der Wand gerichtet.

»Das muss ein Förster ja nicht unbedingt selbst erledigen. Er kann die Regulierung der Wildbestände auch nur vorgeben und das Jagen den Jägern überlassen. Schließlich gibt es im Wald noch genug anderes zu tun«, meinte Sandra und erklärte Bergmann, was alles zum Aufgabenbereich eines Försters zählte. »Außerdem habe ich grundsätzlich nichts gegen die Jagd einzuwenden, solange sie dem ökologischen Gleichgewicht dient und von qualifizierten Jägern ausgeübt wird.«

»Unser Förster jagt doch aber selbst«, sagte Bergmann.

»Rohringer? Ja, zusammen mit den Jägern, die letztens mit ihm am Stammtisch im Dorfwirt gesessen sind.«

»Vermutlich war dieser schießwütige Prattes auch mit von der Partie«, sagte Bergmann.

Sandra seufzte. »Die Jäger zu befragen, steht uns noch bevor ...« Sie verstummte, als sie Schritte hörte. Der Hund ignorierte diese, da er sie längst seinem Herrchen zugeordnet hatte.

Rohringer kehrte mit einem Tablett in den Salon zurück. »Mein Sohn kommt gleich«, sagte er und schenkte drei Gläser Wasser aus der Karaffe ein. Die Kaffeetasse stellte er vor Bergmann ab. »Bitte schön. Ein großer Schwarzer, what else?« Er lachte. George Clooney ließ grüßen. Selbst in den abgelegensten steirischen Wäldern.

Bergmann rührte den Zucker in seinen Kaffee, als hätte er den Hinweis auf die Werbung nicht verstanden. Sandra kannte diese Taktik, die er anwandte, wenn er sein Gegenüber für intelligent, aber zur Selbstüberschätzung neigend, hielt. Sollte Rohringer vorerst ruhig glauben, dass die Polizei schwer von Begriff war. Wer sie unterschätzte, lief viel eher Gefahr, Fehler zu begehen. Das hatte schon der gute alte Columbo erfolgreich praktiziert.

Sandra trank einige Schlucke Wasser, bevor sie die Einvernahme weiterführen wollte.

Rohringer kam ihr zuvor. »Es war also doch kein Wolf. Hab ich es Ihnen nicht gleich gesagt?«, knüpfte er an ihre letzte Unterhaltung beim Dorfwirt an.

Sandra stellte ihr halbleeres Glas zurück auf den silbernen Untersetzer. »Nein, es war ein Tschechoslowakischer Wolfshund, der getötet wurde. Sancho. Und Peter Schindlecker, dem er gehörte.« Sandra beobachtete die Reaktion des Mannes, dessen eigener Hund friedlich im Korb in der Ecke döste. Bestürzung oder Bedauern, dass Mensch und Tier grausam zu Tode gekommen waren, konnte sie im Gesicht des Försters nicht entdecken. Dafür dieselbe Genugtuung, die ihr schon bei Gustav und Antonia Pierer aufgefallen war. Auch Alois Rohringer machte keinen Hehl daraus, dass der Tod des unbeliebten Nachbarn kein Verlust war. Weder für ihn noch für die Dorfgemeinschaft. Ganz im Gegenteil. Umgebracht habe er ihn dennoch nicht, beteuerte er.

Sandra befragte ihn nach seinem Alibi.

Am Nachmittag habe ihm ein Beamter der Forstbehörde einen Besuch abgestattet, erklärte Rohringer. »Zuerst haben wir uns über die Borkenkäferplage vom letzten Jahr unterhalten. Momentan ist alles im grünen Bereich. Der viele Regen hat die Schädlinge, die die Fichten im vergangenen Jahr massiv befallen hatten, in Schach gehalten«, schweifte er aus. Ob die Maßnahmen vom letzten Jahr greifen würden, könne man erst beurteilen, nachdem es eine Weile warm und trocken gewesen sei. »Jedenfalls bin ich mit dem forsttechnischen Amtssachverständigen dann die Revision der Flächenwidmungspläne durchgegangen und ...«

»Wie lange hat dieser Termin denn gedauert?«, unterbrach Bergmann die Ausführungen des Försters. An Details, die nichts zum Fall beitrugen, war er nicht interessiert, wusste Sandra nur allzu gut.

»Bis zirka 18 Uhr. Dann habe ich geduscht und zu Abend gegessen, danach ein wenig ferngesehen.«

»Kann das jemand bezeugen?«

»Nein. Oder warten Sie – doch. Kurz vor halb acht hat mich der Pierer Simon angerufen. Am Festnetz.« Ansonsten erzählte der Förster den Ermittlern, was sie bereits wussten, und bestätigte, die Fichten fürs Sägewerk am Mittwoch markiert zu haben, die Anfang kommender Woche gefällt werden sollten. »Der Gustl wollte sie mit dem Simon am Donnerstag kontrollieren kommen. Um welche Uhrzeit die beiden im Wald waren, kann ich leider nicht sagen.« Nur, dass der Simon ihn vor Beginn der ›Zeit im Bild‹ angerufen habe, um grünes Licht für die Baumfällungen zu geben.

»Hatten Sie zu irgendeiner Zeit Streit mit Herrn Schindlecker? Er war ja quasi Ihr direkter Nachbar.«

Rohringer seufzte. »Ja, das kam leider häufiger vor. Seine Hunde waren stets ohne Leine und Maulkorb im Revier unterwegs. Es sind einige Male Rehe gerissen worden, und ich war mir so gut wie sicher, dass seine Hunde die auf dem Gewissen hatten.«

»Können Sie denn ausschließen, dass es andere Hunde waren?«, fragte Sandra nach.

»Nicht mit Gewissheit, nein. Aber ich hatte ihn auch einige Male im Verdacht, dass er selbst gewildert hat.

Nur konnte ich ihm leider auch in dieser Hinsicht nie was nachweisen. Er hat mir gegenüber sogar abgestritten, eine Waffe zu besitzen. Dabei weiß ich ganz genau, dass seine Mutter ein altes Gewehr gehabt hat. Das hat er ganz bestimmt nicht hergegeben. Der hat doch ein jedes Klumpert aufg'hoben. Drum schaut's dort ja auch aus wie auf einer Gstettn.« Allmählich verlor Rohringer die Contenance und näherte sich sprachlich dem Niveau der ersten Unterhaltung mit Sandra beim Dorfwirt an.

»Die Jagdhütte und das Grundstück, auf dem sie steht, gehörten ihm aber doch …«

»Deswegen hat er noch lange keine Jagdrechte. Weder auf seinem Grundstück noch im angrenzenden Revier noch sonst irgendwo«, stellte der Förster unmissverständlich klar.

»Deshalb wollten sie ihn am liebsten delogieren lassen«, fuhr Sandra unbeeindruckt fort.

»Ich hab's versucht. Das geb ich zu. Sie werden verstehen, dass man einen solchen Schwerverbrecher wie den nicht gerne neben sich wohnen hat. Überhaupt mit Frau und Kindern. Der Fürst war mir in dieser Angelegenheit leider keine große Hilfe. Der Waldmensch ist unter seinem persönlichen Schutz gestanden. Wegen einer alten Familiengeschichte …«

Noch ehe Sandra oder Bergmann auf die Aussage des Försters eingehen konnten, stand sein Sohn im Zimmer und kraulte den Hund hinter den Ohren. Niemand von ihnen hatte Clemens kommen hören, außer Oskar, der aufgestanden und zu ihm gelaufen war. Als sich der junge Mann schließlich aufrichtete, um die Ermittler zu begrüßen, waren seine gebräunten Wangen rot angelaufen. Die hellbraunen Haare standen wirr nach allen Seiten ab, als hätte er beim Schlafen geschwitzt. Wie absichtlich gestylt sah die Frisur für Sandra nicht aus. Aber ganz sicher war sie sich da nicht. Clemens war etwas kleiner als sein Vater, aber ebenso drahtig, und wirkte im Gegensatz zu diesem introvertiert und schüchtern. Seine Hände waren feucht, bemerkte sie bei der Begrüßung. Nase und Stirn glänzten, Hautunreinheiten oder Pickel hatte er aber keine im Gesicht.

»Geht es Ihnen schon besser?«, erkundigte sie sich.

Clemens nickte und senkte den Blick. Die Frage nach seinem Befinden war ihm offenbar unangenehm. Vielleicht aber auch die Tatsache, dass er überhaupt von Fremden befragt wurde, mutmaßte Sandra.

Sein Vater schien hingegen überrascht zu sein, dass die Ermittlerin über seine Krankheit Bescheid wusste. »Der Bua war schon immer ein bissl empfindlich, im Gegensatz zur Toni.«

Auch dieser Vergleich war Clemens anscheinend peinlich. Schweigend setzte er sich zu ihnen.

Sandra stellte ihm ein paar Routinefragen, die er in kurzen Sätzen beantwortete. Wenigstens mischte sich sein Vater nun nicht mehr ein. Clemens gab an, zur Tatzeit zu Hause gewesen zu sein und in seinem Zimmer Musik gehört zu haben. Der Förster bestätigte, diese ebenfalls vernommen zu haben, als er selbst schlafen gegangen sei. Er habe ihm durch die geschlossene Tür eine gute Nacht gewünscht und dieselbe Antwort zurückbekommen. »Mein Sohn liebt Musik. Obwohl er selbst keinen graden Ton rausbringt. Aber darauf kommt's ja nicht an.«

Clemens schwieg auch zu dieser Aussage seines Vaters.

»Klettert einer von Ihnen?«, erkundigte sich Sandra.

»Ich kletter schon lange auf keine Bäume mehr. Das

erledigen meine Forstarbeiter. Aber natürlich kenn ich mich mit Klettertechniken aus. Soweit sie das Forstwesen betreffen.«

»Und Sie?«, wandte sich Sandra an Clemens.

Der schüttelte den Kopf und gab an, nur einmal als Kind auf einen Baum geklettert und prompt hinuntergefallen zu sein, woraufhin die Mutter ihn geschimpft hätte. Seither habe er es bleiben lassen.

»Trauen Sie irgendjemandem im Dorf diesen Mord zu?«, kehrte Sandra zum Fall zurück und blickte von einem Mann zum anderen. Der ältere Rohringer sah sie an, der jüngere hatte den Blick noch immer gesenkt.

»So verrückt ist bei uns niemand«, zeigte sich der Förster überzeugt. »Das muss ein Fremder gewesen sein. Vielleicht …« Das Läuten des Telefons unterbrach seine Aussage. »Entschuldigen Sie mich bitte.« Er nahm das Schnurlostelefon vom Tisch und das Gespräch an. »Ja, Toni. Was ist denn g'schehn? … Was? Der Simon? … Nein, das ist ja schrecklich! Noch im Krankenhaus … Und der Gustl? … Beruhig dich, Toni. Du musst jetzt ganz stark sein …«

Alle Augenpaare waren gespannt auf Alois Rohringer gerichtet, bis dieser das Telefongespräch beendete.

»Was ist passiert?«, fragte Sandra als Erste.

Der Förster holte tief Luft und lehnte sich zurück, so weit es das Sitzmöbel zuließ. »Ein schlimmer Unfall.« Rohringer sah seinen Sohn an. »Der Simon ist mit dem Motorrad verunglückt. Er ist tot.«

Einige Sekunden sagte niemand etwas. Clemens bekreuzigte sich. Etwas, das hier offenbar viele gerne taten. Wieder war es Sandra, die zuerst sprach. »Wo ist der Unfall denn passiert?« Sie erinnerte sich an den Christophorus-

Hubschrauber des ÖAMTC, der vorm Dorfwirt über sie hinweggeflogen war.

»Ganz in der Nähe von uns. Auf der Straße, die zum Schindlecker hinüber führt. Gegen Viertel nach sechs. Angeblich hat der Simon die Kurve nicht mehr gepackt und ist samt seinem Motorrad über die Felsen in den Abgrund gestürzt. Er hat noch gelebt, als ihn der Rettungshubschrauber ins LKH Bruck eingeliefert hat. Dort ist er dann gestorben. Wie furchtbar. Der arme Gustl …«

Sandras naheliegende Vermutung, dass der Hubschrauber den verunglückten Simon Pierer an Bord gehabt hatte, war damit bestätigt.

Clemens saß wie erstarrt auf dem Fauteuil und schwieg noch immer. Seine Wangen schienen zu glühen.

»Waren Sie mit dem Simon befreundet?«, sprach Sandra ihn an.

»Ich kann jetzt nicht …«, murmelte er regungslos, bis auf minimale Lippenbewegungen und brach mitten im Satz ab.

Erneut wurde die Vernehmung durch einen Anruf unterbrochen. Bergmann zückte sein Handy und nahm das Gespräch an. Gleichzeitig stand er auf. »Servus«, grüßte er und beeilte sich, den Raum zu verlassen.

Sandra trank ihr Glas aus und beobachtete die beiden Männer, die die schlechte Nachricht wortlos verdauten. Die wesentlichen Fragen hatte sie ihnen gestellt, rekapitulierte sie, und beschloss, ebenfalls zu schweigen, bis Bergmann zurückkehrte. Simon konnten sie nun nicht mehr zu dem Mord an Schindlecker befragen. Auch nicht zum Alibi seines Vaters, Gustav Pierer. Damit gab es einen, möglicherweise wichtigen Zeugen weniger in diesem Fall. Es ließ sich aber auch nicht ausschließen, dass der Täter bei dem Motorradunfall ums Leben gekommen war. Ob er diesen selbst verschuldet hat?, überlegte Sandra. Oder hat jemand nachgeholfen? Vielleicht wurde das Motorrad manipuliert?, hing sie ihren kriminalistischen Gedanken nach. Das Fahrzeug musste auf alle Fälle schleunigst zur Spurensicherung in die Kriminaltechnik nach Graz überstellt werden. Und die Leiche zur Obduktion in die Gerichtsmedizin.

»Sandra, kommst du?«, hörte sie ihren Partner fragen.

Sie wandte sich nach ihm um. Bergmann wartete in der Tür auf sie und verabschiedete sich von dort aus flüchtig von den Männern.

Sandra stand auf und schüttelte beiden die Hände. Die von Clemens war noch feuchter als zuvor, stellte sie fest. Außerdem fiel ihr auf, dass er zitterte. »Brauchen Sie einen Arzt?«, fragte sie den jungen Mann.

»Ich kümmer mich schon um meinen Sohn«, versprach Alois Rohringer.

Sandra folgte dem Chefinspektor in den Flur. An der Haustür holte sie ihn ein. »Was ist denn los?«, wollte sie wissen.

Bergmann trat vor ihr ins Freie. »Wir haben Jelinek. Er wohnt tatsächlich an der angegebenen Grazer Adresse. Miriam hat mit ihm telefoniert. Er erwartet uns.«

»Du willst ihn heute noch einvernehmen?« Sandra sah auf ihre Armbanduhr, die 19.43 Uhr zeigte. Ihr Arbeitstag dauerte inzwischen fast zwölf Stunden. Vor halb zehn würde die Zeugeneinvernahme in Graz nicht beginnen.

»Du warst doch diejenige, die diesen Dschisas nicht schnell genug finden konnte.« Bergmann hatte den Namen Jesus Englisch ausgesprochen.

»Hör auf, ihn so zu nennen«, warnte Sandra, »es gibt

gläubige Menschen, die du damit verletzen könntest, wenn sie dich hören.«

»Na so was aber auch«, spottete Bergmann, während Sandra die Türschlösser des VW Passat entriegelte.

»Was ist mit dem Motorradunfall?«, wechselte sie das Thema.

Bergmann stieg ein. »Was soll damit sein?«, fragte er im Auto nach.

»Na, vielleicht war der Unfall nicht selbstverschuldet, sondern hängt unmittelbar mit unserem Mordfall zusammen.« Die beiden LKA-Ermittler legten synchron ihre Sicherheitsgurte an.

»Möglich«, stimmte er ihr zu. »Ich sorge mal dafür, dass das Motorrad sichergestellt wird, und schließe die Tatortgruppe mit dem Unfallkommando kurz. Unsere Kriminaltechniker sollen sich den Unfallort genauer ansehen. Und Jutta soll sich um die Leiche von Simon Pierer kümmern.«

Sandra startete den Motor, während Bergmann erneut sein Smartphone zückte. »Außerdem frage ich mich die ganze Zeit, wo Simon überhaupt hinwollte. Diese Straße führt doch nur zu Schindleckers Hütte«, sagte sie.

Bergmann sah von seinem Handy auf. »Und weiter in den Wald hinein. Vergiss nicht, dass er in einem holzverarbeitenden Betrieb gearbeitet hat.«

»Trotzdem sollten wir Magdalena fragen, ob sich Simon bei ihr angekündigt oder sie vielleicht sogar vor seinem Unfall besucht hat. Kannst du versuchen, sie zu erreichen?« Sandra bremste abrupt ab.

»Hey, was ist denn?«, beschwerte sich Bergmann, dem das Smartphone aus der Hand gerutscht war.

»Ich dachte, ich hätte im Augenwinkel ein Reh gesehen«, entschuldigte sich Sandra.

»Und deswegen bringst du uns um?«

»Übertreib doch nicht so.« Sandra wollte weiterfahren.

»Jetzt warte wenigstens, bis ich mein Handy wieder-habe.« Sandra brachte den rollenden Wagen erneut zum Stillstand und wartete, bis Bergmann sein Mobiltelefon aus dem Fußraum gefischt hatte. Dann erst setzte sie die Fahrt fort. Dass sie diesen Abend weder gemütlich vor dem Fernseher noch beim Dorfwirt verbringen würde, war nunmehr klar. Auch das Joggen konnte sie für heute getrost vergessen. Aber wenigstens lenkte sie der Fall von ihren privaten Sorgen ab.

KAPITEL 14

Othmar Jelinek hätte Sandra auch an Jesus Christus erinnert, wenn die Dorfwirtin die Ähnlichkeit niemals angesprochen hätte. Ein dunkler Vollbart und lange Haare, die
Jelinek, anders als in der Zeugenbeschreibung, offen trug,
umrahmten das schmale Gesicht mit der langen Nase. Den
Blick aus seinen dunkelbraunen Augen hatte die Wirtin
zurecht als stechend bezeichnet. Der ausgeprägte Amor-
bogen war ihr hingegen, vermutlich wegen des Oberlip-
penbartes, nicht aufgefallen.

Das weiße ärmellose Muskel-Shirt, das der schlanke,
gut trainierte Mann zur weiten, ebenso weißen Leinen-
hose trug, ließ erkennen, dass seine Armtätowierungen
bis über die haarlose Brust reichten. Wenn nicht sogar
weiter hinunter über den flachen Bauch, was man in dem
schummrigen Licht, das nachts vor seiner Wohnungstür
brannte, nur erahnen konnte.

Den Arm, den Jelinek Sandra zur Begrüßung entgegenstreckte, zierte die von der Zeugin erwähnte Jungfrau
Maria, umrankt von Rosen, einem flammenden Herzen
und dem lateinischen Gruß ›Ave Maria‹. Auf dem anderen prangten Jesus mit der Dornenkrone, ein Kreuz und
der schriftliche Wunsch nach christlicher Erleuchtung:
›Dominus illuminatio mea‹. Zwischendrin umschwirrten Engel, Tauben und Wolkengebilde die beiden Haupt-
figuren. Während die Ermittler dem lebenden sakralen
Kunstwerk vom Vorzimmer zum alten, schäbigen Sofa in

dem kleinen Wohnschlafzimmer folgten, erkannte Sandra, dass die Tattoos auf den Schulterblättern ihre Fortsetzung fanden. Was da hervorblitzte, sah für sie wie die Spitzen zweier Engelsflügel aus. Keinesfalls waren das typische Gefängnistätowierungen, war sie sich fast sicher. Weder, was die Motive noch die beachtliche Kunstfertigkeit des Tätowierers betraf.

Dass Jelinek zwölfeinhalb Jahre in der JVA Karlau inhaftiert gewesen war, weil er drei Frauen vergewaltigt hatte, wussten sie inzwischen aus seiner Polizeiakte. Außerdem, dass er erst vor 13 Monaten entlassen worden war. Die Annahme, dass er irgendwann Bekanntschaft mit Peter Schindlecker gemacht hatte, lag dementsprechend nahe.

»Ja, ich hab den Peter sehr gut gekannt«, beantwortete Jelinek Sandras erste Frage und sah ihr dabei direkt in die Augen. Sein Blick hatte etwas Hypnotisches, äußerst Unangenehmes, das ihr Gänsehaut bereitete. Sie konnte nicht anders, als ihm auszuweichen.

»Wir haben uns einige Jahre lang die Zelle geteilt. Von 2002 bis zu seiner Entlassung«, fuhr Jelinek fort, während Sandra die vielen ungerahmten Kohlezeichnungen an der Wand betrachtete, die, dicht an dicht aufgeklebt, beinahe wie eine Tapete anmuteten. Stilistisch stammten die Bilder wohl von ein und demselben Künstler, nahm sie an, obgleich sie keine Ahnung von Kunst hatte. Außerdem erkannte sie einige der Motive wieder, die den Körper des Mannes zu ihrer Linken zierten. Hatte Jelinek die Vorlagen des Tätowierers abzeichnen lassen und zu Hause aufgehängt? Oder stammten die Bilder von einem Künstler, und Jelinek hatte sie sich in die Haut stechen lassen?

»Die habe alle ich gezeichnet. Einige davon lasse ich mir tätowieren. Nach und nach. Begonnen hab ich schon bei meinen Freigängen damit«, beantwortete er Sandras unausgesprochene Fragen. Ihr offensichtliches Interesse an den Zeichnungen war ihm also nicht entgangen.

»Sie können sehr gut zeichnen«, stellte sie fest.

Bergmann hob die Augenbraue.

Was hätte sie denn sonst sagen sollen? Außerdem war das Lob ehrlich gemeint, auch wenn es vielleicht fehl am Platz war. Sie durfte sich von diesem seltsamen Mann nicht aus dem Konzept bringen lassen. Genauso wenig wie von Bergmann.

Noch immer starrte Jelinek sie an. »Danke schön. Ich hatte jahrelang Zeit, mich mit Kunst zu beschäftigen.« Zärtlich strich er über seinen linken Unterarm, ohne den Blick von der Ermittlerin abzuwenden.

»Sie haben die Bilder in der JVA gezeichnet?« Sandra sah zu Bergmann hinüber, um dem Blick des Ex-Häftlings zu entgehen. Der Chefinspektor war gerade mit seinem Smartphone beschäftigt. Oder er gab es wenigstens vor, zu sein.

Jelinek fuhr sich mit der Hand durchs Haar. »Die meisten. Außerdem hab ich in der Karlau meine Matura nachgemacht und ein Kunststudium absolviert.«

»Und wovon leben Sie, wenn ich fragen darf?«

»Von der Notstandshilfe. Bisher hab ich keinen festen Job gefunden. Ist nicht so einfach … Aber demnächst werde ich in Stift Rein ein Restaurierungs-Praktikum beginnen. Danach möchte ich nach Wien übersiedeln. Vorausgesetzt, ich schaffe die Prüfung fürs Diplomstudium Konservierung und Restaurierung an der Akademie der Bildenden Künste. Gott hat mir mein Talent geschenkt. Ihm und seiner Kirche soll es in Zukunft dienen.« Ein verklärtes Lächeln lag auf Jelineks Lippen. Doch seine Augen lächelten nicht.

Dass ein ehemaliger Häftling, der Kunst studiert hatte, keine Anstellung fand, überraschte Sandra nicht. Vielmehr wunderte sie sich, dass er mit seiner Vergangenheit überhaupt einen Praktikumsplatz gefunden hatte. Beruflich schien Othmar Jelinek auf einem guten, wenn auch ungewöhnlichen Weg zu sein.

»Haben Sie Schindlecker besucht, nachdem die Dorfwirtin Ihnen den Weg zu seinem Haus beschrieben hat?« Bergmann hatte es offenkundig eilig, zur Sache zu kommen. Kurz vor 22 Uhr nahm es ihm Sandra nicht übel, dass er die Einvernahme vorantreiben wollte.

»Nein. Ich hab es mir anders überlegt. Ich wollte zuerst nach Mariazell pilgern und ihn später auf dem Rückweg besuchen. Da hab ich dann aber leider von seinem Tod erfahren.«

»Aber warum haben Sie zuvor in Ainberg übernachtet, abseits des Pilgerweges?«

»Wie gesagt: Ich hab es mir vor Ort anders überlegt. Seine Stimme war stärker.«

»Welche Stimme?«, fragte Sandra nach.

»Die Stimme Gottes.« Jelinek verzog im Gegensatz zum Chefinspektor keine Miene.

»Sie hören die Stimme Gottes?« Bergmanns Frage klang fast schon mitleidig.

Jelinek nickte unbeeindruckt. »Ja. Der Herr spricht zu mir.«

»Aha.« Bergmann hielt Jelineks stechendem Blick stand.

»Sie können mich ruhig für verrückt halten ... Ich hatte vor Jahren ein Schlüsselerlebnis in der Anstaltskapelle. Gott hat mich im Gebet persönlich angesprochen und mir einen Neuanfang mit ihm angeboten. Daraufhin hab ich mich entschieden, fortan nach seinen Geboten als Christ weiterzuleben und meine Talente zu nutzen.«

»Vom Saulus zum Paulus«, ätzte Bergmann.

»Wenn Sie es so ausdrücken wollen.«

»Sind Sie die letzte Etappe nach Mariazell allein gegangen?«, kehrte Sandra zu jenem Tag zurück, an dem der Mord passiert war.

»Ja. Ich bin fast neun Stunden ununterbrochen durchmarschiert.«

»Bei dem Wetter?«

»Das Wetter ist beim Wallfahren unerheblich. Jesus hat für die ganze Welt gelitten. Was macht dagegen ein bisschen Regen aus? Außerdem hatte ich eine Pelerine an.«

»Welche Farbe?«, fragte Sandra.

»Gelb.« Wer log antwortete spontan meist mit ›rot‹, wusste Sandra. Außerdem stimmte die Angabe mit jener der Dorfwirtin überein. »Wann sind Sie in Mariazell angekommen?«

»Gegen halb sechs war ich am Ziel, hab mich umgezogen, gestärkt und an der Heiligen Messe in der Basilika teilgenommen. Die hat um halb sieben begonnen.«

»Gibt es dafür Zeugen?« Es war nicht zu überhören, dass Bergmann ungeduldig war.

»In Mariazell haben mich sicher Hunderte Pilger gesehen.«

»Irgendjemand, der sich an Sie erinnern könnte?«

Jelinek zuckte mit den Schultern. »Warum? Ich hab mir nichts zuschulden kommen lassen.«

»Das würden wir Ihnen ja sehr gerne glauben, Herr Jelinek. Aber ohne Zeugen wird das schwierig«, meinte Sandra.

»Der Herr ist mein Zeuge.«

Sandra hatte sich schon gefragt, wie lange es dauern würde, bis sich der Mann bekreuzigte.

Bergmanns Toleranz fürs Religiöse war damit endgültig überstrapaziert. »Ihr Herr mag vielleicht mit Ihnen sprechen, aber leider nicht mit der Polizei«, schnauzte er Jelinek an.

Sandra warf Bergmann einen Blick zu, der ihn zuerst schnauben, dann verstummen ließ.

»Also noch einmal, Herr Jelinek. Kann jemand bezeugen, dass Sie am Abend des 25. Juli in Mariazell waren?«, fragte sie erneut. »Wo haben Sie sich denn umgezogen? Wo zu Abend gegessen? Und geschlafen?« Diesmal würde sie seinem Blick nicht ausweichen, nahm sie sich vor.

»Ich hab mich im Marienhaus in der Nähe des Hauptplatzes einquartiert, anschließend im Supermarkt eingekauft und in meinem Zimmer zu Abend gegessen. Dann bin ich in die Basilika gegangen. Nach der Heiligen Messe hab ich mich noch eine Weile mit den Schwestern im Marienhaus unterhalten und mit ihnen gebetet. Um halb zehn bin ich dann liegen gegangen. Und am nächsten Morgen um acht Uhr in den Linienbus nach Graz eingestiegen.«

»Im Marienhaus … Und warum sagen Sie uns das nicht gleich?«, meinte Bergmann unwirsch.

»Der Herr ist mein Zeuge«, wiederholte Jelinek. »Einen besseren gibt es nicht.«

»Wir werden Ihr Alibi überprüfen, Herr Jelinek«, sagte Sandra, ehe Bergmann noch etwas entgegnen konnte. »Hatten Sie Seile dabei?«

»Seile?«

»Kletterseile.«

»Nein, wozu denn?«

»Sie klettern also nicht?«

»Nein.«

»Was war denn Peter Schindlecker für ein Mensch?«, fuhr Sandra fort.

»Der Peter war ein ruhiger, in sich gekehrter Mann. Er hat versucht, jedem Wickel aus dem Weg zu gehen. Und er hat auch mich immer wieder eingebremst. Bei Gott: Das war bestimmt keine leichte Aufgabe für ihn. Ich war damals noch ganz anders drauf, hab meine Gefühle nicht im Griff gehabt, bin oft wegen nichts und wieder nichts ausgezuckt. Manchmal hab ich sogar dem Peter eine geklescht, weil grad kein anderer da war. Nur um meine Wut und meinen Hass irgendwie abzureagieren.« Jelinek sprach emotionslos, als würde er von Schindlecker und einer dritten Person, nicht von sich selbst, erzählen. »Der Peter konnte im Gegensatz zu mir jede Menge einstecken, hat sich nie richtig gewehrt. Und er konnte verzeihen. Er hat ja sogar der Frau verziehen, die er in Sünde geschwängert hat, dabei …«

»Wie bitte?«, brauste Bergmann auf. »Was sollte Schindlecker der Frau denn verzeihen? *Er* hat *sie* vergewaltigt. Und nicht umgekehrt.«

»Eben nicht. Der Peter war unschuldig. Die Maria hat ihm diese Vergewaltigung unterstellt. Sie hat sich freiwillig der Unzucht mit ihm hingegeben und ist schwanger geworden.«

Bergmann sah Sandra an.

»Sie behaupten, dass der Geschlechtsverkehr zwischen den beiden einvernehmlich war?«, fragte sie nach. Sie erinnerte sich aus Schindleckers Akte, dass er mehrfach ausgesagt hatte, unschuldig zu sein. Sowohl bei den polizeilichen Einvernahmen als auch bei der Gerichtsverhandlung. Sandra hatte sich nichts dabei gedacht, dass der Täter die

Tat geleugnet hatte. Diese Taktik kam schließlich häufig vor, wurde oftmals sogar von Strafverteidigern vorgegeben und sagte wenig über die tatsächliche Schuld oder Unschuld des Angeklagten aus.

»Der Peter war verliebt in die Maria, und ihr hat's anscheinend gefallen, ihm schöne Augen zu machen. Sie war damals oft bei ihm zu Hause, um Medizin für ihre schwerkranke Mutter zu holen. Einmal hat die beiden wohl der Teufel geritten, und es ist passiert. Dass die Maria längst einen anderen im Visier hatte, hat der Peter zu diesem Zeitpunkt nicht gewusst. Als sie dann herausgefunden hat, dass sie von ihm schwanger ist, hat sie die Vergewaltigung erfunden, damit der Peter sie nur ja in Ruhe lässt und ihr die gute Partie nicht vermasselt. Eines Tages ist die Polizei vor der Tür gestanden, das war's dann …«

»Maria war sich also von Anfang an sicher, dass das Kind von Peter war«, überlegte Sandra laut. Diese Tatsache hatte dann ja auch der Vaterschaftstest bestätigt, erinnerte sie sich.

Jelinek nickte und strich sich erneut durchs Haar. »Ganz sicher. Ihr zukünftiger Ehemann wollte bis zur Hochzeitsnacht warten. Die war aber erst für drei Monate später anberaumt. Deshalb konnte sie ihm das Kind nicht unterschieben. Das hat sie dem Peter noch auf die Nase gebunden. Er hätte alles für diese Frau getan, aber sie wollte ihn um jeden Preis loswerden. Das ist ihr ja auch gelungen. Sie hat den anderen Mann geheiratet, der ihr finanzielle Sicherheit und Ansehen im Dorf bieten konnte. Vermutlich hat er die Wahrheit bis heute nicht herausgefunden. Gott möge ihrer armen, sündigen Seele gnädig sein.«

Sandra konnte Bergmann ansehen, dass ihn das Thema Untreue und deren Konsequenzen, das er aus eigener schmerzhafter Erfahrung kannte, noch immer nicht kalt ließ. Seine Ungeduld war wie weggeblasen. Er wirkte traurig und nachdenklich. Immerhin rastete er nicht mehr aus wie früher.

»Sie haben sich demnach gut verstanden mit Herrn Schindlecker«, fuhr sie fort.

»Ja. Nur mit meinem Glauben konnte er nichts anfangen. Je mehr ich mich Gott zugewandt habe, desto mehr hat sich der Peter von mir abgewandt. Mit der katholischen Kirche wollte er nichts mehr zu tun haben. Wie gerne hätte ich ihn auf den richtigen Weg gebracht. Aber er hat jedes religiöse Gespräch im Keim erstickt.«

»Wollten Sie ihn deshalb besuchen? Um ihn auf den richtigen Weg zu bringen? Spät, aber doch?«, meldete sich Bergmann zu Wort.

»Ich bin kein Missionar. Ich war auf einer Wallfahrt, um Buße zu tun für meine Verbrechen. Und ich wollte einen alten Freund besuchen.«

»Haben Sie etwas dagegen, wenn ich ein Foto von Ihnen mache?«, fragte Sandra.

Jelinek willigte ein. Sandra knipste zwei Bilder und bedankte sich bei ihm, dass er ihnen zu so später Uhrzeit noch zur Verfügung gestanden war.

»Ich danke Ihnen.« Jelinek starrte sie an und drückte ihre Hand einige Sekunden zu lang.

Sandra hielt seinem Blick eisern stand, wenngleich ihr das nach wie vor schwerfiel. »Nichts zu danken«, antwortete sie reflexartig und entzog ihm ihre Hand.

»Doch. Als Sie gekommen sind, habe ich befürchtet, dass Sie mich wie einen Schwerverbrecher behandeln werden. Das haben Sie aber nicht getan«, fuhr er fort und schenkte ihr ein weiteres verklärtes Lächeln.

Sandra konnte nicht sagen, warum ihr dieser Mann eine Gänsehaut bereitete. Aber so war es nun einmal. Dass er vor Jahren drei Frauen vergewaltigt hatte, war bestimmt nicht der Grund. Sie hatte es schon mit einigen Gewaltverbrechern zu tun gehabt, die sich ihr gegenüber weitaus aggressiver, ja sogar zudringlich verhalten hatten.

Othmar Jelinek war intelligent und begabt. Und er hatte ihnen einen Hinweis geliefert, der so manches in ein neues Licht rückte. Doch nichts sprach dagegen, dass er der religiöse Fanatiker war, nach dem sie suchten. Außer vielleicht sein Alibi, das sie erst überprüfen mussten.

KAPITEL 15

1.

Dienstag, 30. Juli

Obwohl Sandra erschöpft in ihr Bett gefallen war, nachdem sie sich noch ein Achtel Klöcher Traminer und etwas Käse gegönnt hatte, lag eine unruhige Nacht hinter ihr. Immer wieder war sie zwischen wirren Träumen aufgewacht, an die sie sich morgens nicht mehr erinnern konnte. Entsprechend gerädert stand sie gerade noch rechtzeitig auf, um das Team-Meeting, das Bergmann auf der gestrigen Fahrt nach Graz für 8.30 Uhr im LKA angesetzt hatte, pünktlich zu schaffen. Der Chefinspektor war im Gegensatz zu ihr ein Morgenmensch. Zudem kam er mit drei, vier Stunden Schlaf aus. Sandra fühlte sich am wohlsten, wenn sie sieben, besser acht Stunden geschlafen hatte. Doch das war das letzte Mal im Urlaub mit Julius vorgekommen. Vor dem Unfall. Den sie nicht verhindert hatte. Da war er wieder, der schmerzliche Gedanke an Julius. Die Unsicherheit, wie es weitergehen würde. Das Gefühl der Ohnmacht, weil sie ihm nicht helfen konnte. Und der Versuch, die sinnlosen Grübeleien wieder abzustellen. Julius brauchte Zeit, um so weit wie möglich wieder er selbst zu werden, redete sich Sandra ein.

Im Badezimmer schaltete sie das Radio an und drehte

es lauter. ›Walking on Sunshine‹ spiegelte zwar nicht ihre Stimmung wider, aber das Wetter an diesem sonnigen Sommermorgen. Immerhin etwas.

Ihr Blick in den Spiegel zeigte deutlich die Spuren, die diese und viele andere unruhige, manchmal auch schlaflose Nächte während der letzten Monate in ihrem Gesicht hinterlassen hatten. Inzwischen befolgte sie den Rat ihrer Freundin Andrea, sich wenigstens die dunklen Ringe unter den Augen abzudecken, um ein bisschen frischer zu wirken, und Rouge und Lippenstift in einem dezenten Rosenholzfarbton aufzutragen. Gegen die beiden Fältchen, die sich immer tiefer zwischen ihren Augenbrauen eingruben, hätte höchstens noch ein sorgenfreies, stressarmes Leben geholfen. Oder eine Botoxspritze, die Sandra jedoch vehement ablehnte. Ihre Wangen waren tatsächlich eingefallen. Bergmann hatte recht, dass ihr ein paar zusätzliche Kilos nicht geschadet hätten. Aber ging ihn das etwas an? Wohl kaum.

Das weiße Haar, das sie zwischen den hellbraunen entdeckte, riss sie kurzerhand aus. Färben war vorerst kein Thema für sie. Auch wenn Andrea meinte, dass ihr ein paar goldblonde Strähnen gut zu Gesicht stehen würden – überhaupt in ihrem Alter … Blöde Kuh. Beim Gedanken an den trockenen Humor ihrer Freundin musste Sandra schmunzeln. War es wirklich schon vier Wochen her, dass sie sich zuletzt mit Andrea getroffen hatte? Sie nahm sich vor, dieses Versäumnis schleunigst nachzuholen.

2.

Sandra war heilfroh, dass Bergmann das Update des Teams übernahm und den neuen Ermittlungsstand zusammenfasste. Es war beneidenswert, wie fit er an diesem Morgen war. Soweit sie das einschätzen konnte, litt er nicht an Schlafstörungen wie sie. Zumindest bei ihren gemeinsamen Dienstfahrten döste er meist in Rekordzeit ein.

Christiane schoss sich, genau wie Sandra es erwartet hatte, auf Othmar Jelinek ein. »Könnte ich mich nachher noch kurz mit euch über diesen Mann unterhalten?«, fragte die Fallanalytikerin. »Mich interessieren noch ein paar Details. Für mich klingt das, als hätten wir unseren Täter bereits gefunden.«

»Beweise, Frau Doktor, Beweise«, antwortete Bergmann. »Du und Sandra habt nach dem Meeting eine Dreiviertelstunde Zeit, bevor wir wieder nach Ainberg aufbrechen.«

Der Chefinspektor wandte sich Miriam zu. Die hatte leider keine neuen Hinweise nach unzähligen telefonischen Befragungen zu vermelden. Aber immerhin konnten sie etliche Namen auf der ellenlangen Liste abhaken.

»Anni soll vorerst alleine weitermachen«, ordnete Bergmann an. »Miriam und Stefan, ihr beide fahrt nach Mürzsteg. Die Dolmetscher hast du verständigt, Stefan?«

»Ja. Sie warten ab elf Uhr in der Polizeiinspektion in Mürzsteg auf uns. Die Kollegen vor Ort werden uns unterstützen.«

»Gut. Ihr seid verantwortlich für die Befragung der Heimleitung, der Sozialarbeiter und der Asylwerber. In dieser Reihenfolge. Wir sehen uns dann am Abend beim

Dorfwirt in Ainberg«, kommandierte Bergmann. »Sandra und ich werden Magdalena Pierer noch mal befragen. Dann die Jäger, den Klettercoach und die Marktstandler, die Schindlecker vermutlich zuletzt lebend gesehen haben, mal abgesehen von seinem Mörder. Haben wir sie alle vorgeladen?«

»Ja, das haben Stix und Trummer für uns erledigt. Die Bauern beziehungsweise Standler aus Ainberg stehen euch ab 14 Uhr in der Polizeiinspektion zur Verfügung. Die Jäger und der Klettercoach, Reinhold Fladenhofer, ab 16 Uhr. Nur Wilhelm Prattes kann nicht kommen. Der ist seit zwölf Tagen auf Safari in Kenia«, berichtete Miriam.

»Ein Zeuge weniger. Dann werden wir vorher noch Jelineks Alibi in Mariazell überprüfen«, fuhr Bergmann zu Sandra gewandt fort. »Gibt es neue Erkenntnisse zu den Hintergründen des Modus Operandi?«

»Nichts Neues über das Hinrichtungsritual, nein. Stadler braucht ein paar Tage.«

»Mach ihm Dampf, Sandra. Wir haben hier einen Mord aufzuklären. Möglicherweise auch zwei«, spielte er auf Simon Pierers Unfall an. Wobei das Unfallopfer genauso gut als Täter infrage kam. Das Alibi, das sein Vater ihm gegeben hatte, stand auf ziemlich wackeligen Beinen.

»Diesen Vinzenz Veith sollten Sie noch einmal vernehmen, wenn Sie schon in der Gegend sind«, meldete sich Siebenbrunner zu Wort.

Bergmann war irritiert. »Den Pfarrer? Und warum?«, fragte er nach.

Siebenbrunner war in seinem Element. »Dazu müsste ich das daktyloskopische Gutachten erläutern«, setzte er selbstgefällig zu dozieren an.

»Nur zu. Aber fassen Sie sich kurz.« Bergmann lehnte sich auf seinem Stuhl zurück und verschränkte die Arme vor der Brust.

»Kurz. Wie Sie meinen … Einige der Fingerabdrücke in dem Ford Transit, der auf das Mordopfer Peter Schindlecker zugelassen war …«

»Ich sagte, kurz fassen.« Bergmann stoppte den drohenden Vortrag des Kriminaltechnikers, indem er nur einen Zeigefinger hob, ohne die Verschränkung seiner Arme zu lösen.

Einige Kollegen am Tisch konnten sich das Grinsen nicht verkneifen.

Siebenbrunner räusperte sich, ehe er fortfuhr. »Wir konnten Vinzenz Veith Fingerabdrücke zuordnen, die am und im Ford Transit sichergestellt wurden. Alle haben sich auf der Beifahrerseite befunden. Wie die von Magdalena Pierer.«

»Vermutlich nicht tatrelevant«, bemerkte Bergmann unbeeindruckt.

Pater Vinzenz hatte zwar nicht erwähnt, dass er bei Schindlecker mitgefahren war, aber dieses Versäumnis allein war noch nicht belastend.

»Im Wagen gibt es weitere Fingerabdrücke, die von einer unbekannten Person stammen. Ansonsten haben sich nirgendwo brauchbare Abdrücke gefunden«, ergänzte Siebenbrunner.

»Und woher haben wir die Fingerabdrücke des Pfarrers?«, hakte Bergmann nach.

Bisher hatten sie nur die Fingerabdrücke von Magdalena abgenommen, um diese, wie auch jene des Opfers, mit den sichergestellten Abdrücken abgleichen und mögliche Täterspuren herausfiltern zu können.

Siebenbrunners selbstgefälliger Ausdruck war mit Bergmanns Frage zurückgekehrt. »Sehr einfach: Vinzenz Veith ist erkennungsdienstlich erfasst. Seine Fingerabdrücke und Fotos befinden sich in der Datenbank.« Der Kriminaltechniker legte eine Kunstpause ein, als wolle er die Spannung noch steigern. Dabei wusste jeder im Raum, was das zu bedeuten hatte. Vergleichsfingerabdrücke, die von Geschädigten und unverdächtigen Personen genommen wurden, durften nicht gespeichert werden. Sie wurden allesamt nach Abschluss der kriminalpolizeilichen Ermittlungen gelöscht. Der Pfarrer musste demnach mindestens einmal in einem Ermittlungsverfahren unter Tatverdacht gestanden sein, zog Sandra ihre Schlüsse.

»Muss ich erraten, warum, oder sagen Sie es mir freiwillig?« Bergmann gab sich betont lässig, was Siebenbrunner verunsicherte.

»Vinzenz Veith wurde im Jahr 2004 beschuldigt, eine 17-jährige Schutzbefohlene sexuell missbraucht zu haben. Er war damals in einem niederösterreichischen Stift als Erzieher und Seelsorger tätig.«

Also doch, war Sandras spontaner Gedanke, für den sie sich insgeheim umgehend rügte. Nur weil sie Vorurteile hatte, musste Pater Vinzenz noch lange kein Gesetz gebrochen haben.

»Das Verfahren gegen ihn wurde mangels hinreichenden Tatverdachts eingestellt«, fuhr Siebenbrunner fort, »die Löschung seiner Daten ist jedoch niemals erfolgt. Sie wurde auch nicht beantragt.«

»Was ist mit dem Motorrad von Simon Pierer?«, erkundigte sich Bergmann, ohne weiter auf Vinzenz Veiths Vergangenheit einzugehen.

»Das Unfallfahrzeug wird heute noch untersucht. Die

Spuren vor Ort haben wir bereits gestern Nacht begutachtet. Simon Pierer ist zweifelsfrei bergab in Richtung Ainberg unterwegs gewesen. Ansonsten konnten wir an der Unfallstelle nichts Auffälliges feststellen. Weder verdächtige Reifenspuren eines weiteren Fahrzeuges noch Teile oder etwas anderes, das auf eine Kollision hindeutet.«

War Simon vor seinem Unfall tatsächlich bei Magdalena gewesen?, fragte sich Sandra erneut. Bergmann hatte die junge Frau am Abend zuvor nicht erreichen können. Ihr Handy war abgeschaltet gewesen. Magdalena hatte auch nicht zurückgerufen, worum der Chefinspektor sie via Mobilbox gebeten hatte. Jedenfalls nicht, solange Sandra und er gemeinsam unterwegs gewesen waren.

Wusste die junge Frau am Ende, dass ihre Mutter die Vergewaltigung nur vorgetäuscht und ihren leiblichen Vater damit unschuldig hinter Gitter gebracht hatte?, überlegte Sandra weiter. War Magdalena deshalb so kurz nach dem Tod ihrer Mutter zu Peter Schindlecker gezogen? Hatte sie demnach auch gewusst, dass sie nichts von ihm zu befürchten hatte?

Aber wenn dem so war, warum verheimlichte sie die Wahrheit noch immer? Wäre diese rechtzeitig ans Licht gekommen, hätte Peter Schindlecker womöglich noch leben können.

3.

Während Miriam Seifert und Stefan Baumgartner nach Mürzsteg aufbrachen, um in den nächsten Tagen mit Unterstützung der örtlichen Polizei über 150 Asylwerber sowie die Personen in deren Umfeld einzuvernehmen, fuhren Sandra und Bergmann zu allererst nach Mariazell, um Othmar Jelineks Alibi zu überprüfen. Die Ordensschwestern der Pension Marienhaus bestätigten seinen Aufenthalt. Ebenso, dass die Fotos auf Sandras Handy zweifelsfrei den Mann zeigten, nach dem sich die LKA-Ermittler erkundigten. Herr Jelinek sei schon zum zweiten Mal, nach seinem ersten Besuch im vergangenen Herbst, bei ihnen gewesen. Ein netter und gescheiter junger Mann, lobten ihn die Schwestern einhellig. Zudem sei er jemand, der den christlichen Glauben im Herzen trage und nach den Gesetzen Gottes lebe. Jelineks kriminelle Vergangenheit erwähnten sie mit keinem Sterbenswörtchen. Entweder sie wussten nichts davon, oder sie war für die Ordensfrauen bedeutungslos. Voller Freude zeigte ihnen die Schwester Oberin eine Kohlezeichnung der Muttergottes, die ihnen Jelinek zum Abschied geschenkt hatte. Am Morgen nach seiner Übernachtung sei er nach dem Frühstück wieder aufgebrochen, bestätigte sie auch diese seiner Aussagen.

Abschließend verglich Sandra die Handschrift auf dem Meldezettel mit jener auf der Kopie, die sie vom Dorfwirt in Ainberg bekommen hatten. Soweit sie das beurteilen konnte, stimmten sowohl die beiden Schriftbilder als auch die Unterschriften überein. Wieder ließ sie sich eine Kopie des Meldezettels aushändigen, um einen Schriftenvergleich von den Experten des LKA durchführen zu lassen. Sicher war sicher.

Jelineks Alibi war dennoch nicht wasserdicht, waren sich Sandra und Bergmann einig. Genauso gut konnte er den fraglichen Tag in der Nähe von Ainberg verbracht und Schindlecker und den Hund ermordet haben. Anschließend hätte er nach Mariazell fahren können, etwa per Anhalter oder mit einem Komplizen. Das Zeitfenster zwischen dem frühestmöglichen Tatzeitpunkt um 17 Uhr und Jelineks Ankunft im Marienhaus war mit einer halben Stunde zwar äußerst knapp bemessen, es hätte aber gerade noch ausgereicht, um die Strecke vom Tatort nach Mariazell mit einem Auto oder Motorrad bewältigen zu können. Das mussten sie ihm aber erst einmal beweisen. Genauso wie das Tatmotiv.

»Jelinek wollte seinen alten Freund auf den richtigen Weg bringen«, griff Sandra seine Aussage auf, während sie und Bergmann wieder im Dienstwagen unterwegs waren. »Das wollte Schindlecker aber wahrscheinlich nicht. Es könnte deshalb zum Streit gekommen sein, der mit Schindleckers Ermordung geendet hat«, spekulierte sie.

»Kann sein. Aber wenn du mich fragst, hat Jelinek noch nicht einmal ein Tatmotiv oder einen Streit gebraucht. Der Kerl folgt einfach nur dieser ominösen Stimme in seinem Kopf. Und aus die Maus. Dasselbe könnte übrigens für den Modus Operandi gelten. Oder gibt es etwas Neues von deinem Experten?«

Wieso war Paul Stadler plötzlich *ihr* Experte? Sandra überging die Bemerkung. »Nein, leider. Ich konnte Stadler vor unserer Abfahrt nicht erreichen.«

»Macht nichts. Diese Hinrichtungsmethode ist Jelinek vermutlich ebenfalls von oberster Stelle eingeflüstert worden«, spekulierte Bergmann weiter. Um zu verdeutlichen, dass er den Verdächtigen für verrückt hielt, wachelte er mit der Hand vor seinem Gesicht herum.

Normal, im Sinn von durchschnittlich, war der Mann ganz bestimmt nicht, gab Sandra dem Chefinspektor wenigstens teilweise recht. Ob dessen Zustand allerdings pathologisch war, sollten Experten wie Christiane beurteilen. »Wie sagtest du so treffend? Beweise, Leute, Beweise«, erinnerte Sandra den Chefinspektor an die eigenen Worte.

»Wir arbeiten doch daran«, erwiderte Bergmann.

Genervt blies Sandra Luft aus. Seit einigen Minuten schlich sie nun hinter einem LKW her, der Baumstämme geladen hatte. Wieder raste ihr eine Gruppe Motoradfahrer entgegen, die ihr Leben offenbar unbedingt an einem strahlend schönen Sommertag auf einer Landstraße beenden wollten. Auch hinter ihrem Dienstwagen hatte sich inzwischen eine Schlange von Motorrädern gebildet, die sie und den Lastwagen nach der zweiten Haarnadelkurve am Niederalpl im Konvoi überholte. Erst danach setzte Sandra zum gefahrlosen Überholmanöver an. »Vielleicht ist Jelinek wirklich einer inneren Stimme gefolgt«, griff sie kurz vor der Passhöhe Bergmanns Theorie wieder auf. »Der Mann passt jedenfalls perfekt in das Bild eines religiös motivierten Täters. Christiane ist bei ihm voll in ihrem Element.«

»Schön für sie. Uns hilft das vorerst aber nicht weiter.«

»Aber etwas anderes vielleicht.«

»Was denn?«

»Der Bauernmarkt. Jelinek muss doch zumindest daran vorbeigegangen sein. Der Markt war direkt gegenüber vom Dorfwirt aufgebaut. Vielleicht ist er Schindlecker dort begegnet.«

»Gar nicht deppert, dein Ansatz.«

»Danke.«

»Jelinek ist bestimmt kein Typ, den man so leicht übersieht. Wenn du recht hast, müsste sich jemand an ihn erinnern können«, sinnierte Bergmann.

»Es sei denn, das schlechte Wetter am Tag des Mordes macht uns einen Strich durch die Rechnung. Die meisten seiner Tattoos werden vermutlich unter der Kleidung verborgen gewesen sein. Aber vielleicht sind jemandem seine tätowierten Hände aufgefallen. Oder wenigstens die Ähnlichkeit mit Jesus Christus.«

»Jesus Christus in der gelben Regenpelerine. Wir werden ja sehen …« Bergmann wandte seinen Kopf den zwei Fliegenfischern zu, die abseits der Straße in der Mürz standen. Erstaunlich, wie schnell der Wasserpegel zurückgegangen war. Er griff zu seinem Handy, wählte eine Nummer und legte gleich wieder auf.

»Was machen wir mit Pater Vinzenz?«, fragte Sandra.

»Der kann warten. Selbst, wenn an dieser Beschuldigung des sexuellen Missbrauchs doch etwas dran sein sollte, macht ihn das noch lange nicht zu Schindleckers Mörder. Was sollte er denn für ein Tatmotiv gehabt haben?«

»Vielleicht hat er Magdalena ja doch missbraucht. Schindlecker könnte davon gewusst und ihn erpresst haben.«

»Traust du Vinzenz Veith wirklich so viel kriminelle Energie zu?«

»Nein. Du hast recht. Heben wir uns den Pater für später auf«, stimmte Sandra dem Chefinspektor zu.

»Zuerst sehen wir nach Magdalena. Sie hat mich noch immer nicht zurückgerufen. Und ihr Handy ist nach wie vor ausgeschaltet«, sagte Bergmann.

Sandra sah auf die Uhr am Armaturenbrett, die 12.43 Uhr zeigte. »Machst du dir Sorgen um sie?«

»Aber geh. Sie hat doch Pater Vinzenz, der auf sie aufpasst.« Bergmanns Sarkasmus war nicht zu überhören. Dennoch schien er beunruhigt zu sein.

KAPITEL 16

1.

»Aus, Luna! Still!« Magdalena verharrte mitten auf dem Forstweg, bemüht, die Schäferhündin zu beruhigen. Was hatte Luna bloß? Witterte sie einen Fremden? Noch einmal befahl sie ihr, das Bellen einzustellen.

Luna gehorchte, nervös auf der Stelle tretend.

»Hallo? Ist da jemand?«, rief Magdalena.

Da war der Bach, der am Wegesrand vorbeirauschte, die zwitschernden Vögel, die zirpenden Grillen und Luna, die hechelte. Ansonsten konnte die Blinde nichts hören. Umso stärker fühlte sie, wie sich die Unruhe der Hündin auf sie übertrug und zur Angst anschwoll. Sie musste sich zusammenreißen, weiterzugehen. Mit der linken Hand umklammerte sie das Führgeschirr. In der rechten trug sie den prall gefüllten Leinensack. Der Duft der frischen Eierschwammerl hatte sich in ihrer Nase festgesetzt. Bestimmt waren es an die zwei Kilogramm, die sie an diesem Morgen gebrockt hatte. Die hohe Feuchtigkeit und die warmen Temperaturen der vergangenen Tage hatten die Pilze aus dem Waldboden schießen lassen. Die üblichen Stellen waren längst abgeerntet. Ihr geheimer Platz war jedoch noch dicht bewachsen gewesen. Den hatte ihr Peter gezeigt. Auch, wie man die Schwammerl behutsam aus dem Boden herausdrehte, um das Pilzgeflecht unter der Erde möglichst wenig zu beschädigen. Keinesfalls durfte man sie ausreißen. Das wusste jedes Kind. Sie an den Stilen abzuschneiden war auch nicht optimal, hatte ihr Peter erklärt. Die Schimmelbakterien konnten sich über die relativ großen Schnittflächen leichter ausbreiten.

Einen Teil der Eierschwammerl hatte Magdalena der Lugerbäuerin versprochen. Die wollte die Ernte für sie kontrollieren, aussortieren und putzen. Dafür durfte die Landwirtin die Hälfte für sich und ihre Familie behalten. Aus dem eigenen Anteil wollte Magdalena ein Eierschwammerlgulasch kochen. Den Rest einlegen und später, wenn die Schwammerlsaison vorbei war, auf dem Bauernmarkt verkaufen.

Luna hechelte heftig. Bestimmt nur, weil ihr warm war, redete sich Magdalena ein, während sie so zügig wie möglich weitermarschierte. Was war das? Hinter ihrem Rücken hatte sie ein Knacken wahrgenommen. Als hätte jemand einen Zweig zertreten.

Warum hatte sie ihr Handy nicht mitgenommen? Am liebsten hätte sie die Lugerbäuerin gleich angerufen, ihr von der Ausbeute erzählt, sie zum Schwammerlputzen zu sich gebeten, wie sie es gestern vereinbart hatten.

Luna bellte. Unvermittelt zog die Hündin am Führgeschirr. Magdalena konnte es gerade noch rechtzeitig auslassen. Sonst wäre sie hingefallen. Wieder hörte sie ein Knacken, diesmal noch näher. Dann schnelle Schritte. Magdalena schrie vor Schreck auf. Jemand packte sie von hinten, schlang seinen Arm um ihren Hals. Sie spürte eine Hand auf ihrem Mund, die den Schrei erstickte. Der Boden unter ihren Füßen wankte, der Stoffsack fiel ihr aus der Hand. Magdalena ruderte mit den Armen, bekam keine Luft mehr.

»Sei ruhig! Ich hab ein Messer«, zischte er ihr ins Ohr. Ihre verzweifelten Laute verstummten unter seiner Hand.

Luna bellte aufgeregt, tat aber nichts weiter. Sancho hätte den Angreifer längst attackiert.

»Der Köter soll ruhig sein. Sonst stech ich ihn ab.« Die Hand, die ihr fast die Schneidezähne eindrückte, gab ihren Mund frei. Der Arm hatte sie noch immer fest im Würgegriff.

Magdalena hustete, schnappte nach Luft.

»Mach, dass der Hund still ist. Oder er ist tot«, wiederholte der Mann.

»Aus, Luna«, krächzte sie. »Aus, bitte hör auf«, flehte sie gleichzeitig die Hündin und den Mann an.

Luna gehorchte.

Der Mann drückte ihr das Führgeschirr in die Hand. »Nimm den Hund! Und sei still!« Ihren anderen Arm packte er und zog sie mit sich.

Das Rauschen des Baches wurde immer lauter. »Bitte lass uns gehen«, wimmerte Magdalena.

»Still«, sagte er noch einmal und zerrte sie weiter, eine kleine Böschung hinunter.

Was war das? Magdalena kreischte auf. Eiskaltes Wasser sickerte in ihre Schuhe.

»Halt deine Goschn!« Er schlug sie auf die Wange. Einige Sekunden lang brannte die Haut wie Feuer. »Los, komm schon!«

Sie wateten durch den Bach. Magdalena konnte ihre Tränen nicht zurückhalten. Immer wieder stolperte sie über Steine, knickte um, fiel aber nicht hin. Er hatte sie fest im Griff, fing sie auf, zerrte sie weiter durchs eiskalte Wasser, das ihr bis zu den Knien reichte. Sie musste sich den Weg merken, nahm sie sich vor. Auch wenn es ihr gar nichts nützen würde, zu wissen, wo er sie hinbrachte. Sie vergewaltigte. Sie tötete. Warum konnte er sie nicht gleich umbringen? Ihr wenigstens diesmal die Schande ersparen. Sie wagte es nicht, ihn darum zu bitten. Er hatte ihr befohlen, zu schweigen. Später. Wie spät war es? Unmöglich, den Knopf an der Blindenuhr zu drücken. Oder doch nicht? Magdalena ließ das Führgeschirr los. Luna würde ihr auch so durchs Bachbett folgen. Der Mann war vor ihr, hatte ihr den Rücken zugewandt. Magdalena hob die freie Hand, drückte den Knopf an der Uhr gegen ihre Nasenspitze. Nichts. Es musste reichlich Spritzwasser in das Uhrgehäuse eingedrungen sein. Wie sie es befürchtet hatte.

»Was ist? Komm schon!« Er zog sie weiter durchs Bachbett.

Dann trat er hinter sie, schob sie vor sich her durchs Wasser, damit sie den schmalen Weg zwischen den steil aufragenden Felswänden schneller bezwingen konnten. Dennoch schlug sie sich zweimal den Kopf an. Das Rauschen des Baches entfernte sich. Der Boden unter ihren Füßen war weiterhin steinig, aber trocken.

Magdalena hatte keine Ahnung, wie lange sie schon gingen. Sie hatte jedes Zeitgefühl, längst auch die Orientierung verloren. Hier war sie noch nie gewesen, glaubte sie zu wissen. Die Roßlochklamm musste viel weiter weg sein.

Er befahl ihr, sich zu ducken, kroch voraus, zog sie auf allen Vieren in eine Felsspalte hinein. Luna war noch immer hinter ihr. Drinnen war es finster, kühl, feucht und still. Da! Da war ein Licht, das vor ihnen auf und ab tanzte. Nach einer Weile konnten sie sich wieder aufrecht weiterbewegen. Der Mann sprach nicht mehr mit ihr. Außer an jenen Stellen, an denen sie sich bücken sollte, damit sie sich den Kopf nicht am Felsen stieß. Mal zog er sie, mal schob er sie vor sich her. Einmal musste er sie und Luna hochheben, damit sie weiterkamen. Schweigend drangen sie immer tiefer in die Höhle ein. Auch Luna hatte eine ganze Weile keinen Laut mehr gegeben. Immer wieder waren Tropfgeräusche, in einiger Entfernung Wasserrauschen zu hören. Waren sie zehn Minuten vom Eingang entfernt? 20? Oder gar eine halbe Stunde?

Abrupt blieb der Mann stehen, packte Magdalena an den Oberarmen, drückte sie unsanft zu Boden. Wieder entkam ihr ein Schreckenslaut. Unzählige Schreie wurden von den Höhlenwänden zurückgeworfen. Wie damals auf dieser CD, die sie gemeinsam mit Simon gehört hatte. Ihr Stiefbruder liebte Thriller. Je grausiger, desto besser.

»Schrei nur! Hier kann dich sowieso niemand hören.«

Das Echo verhallte. Magdalena war unerwartet weich gelandet. Luna winselte ihr ins Ohr. Die Blinde roch den Atem der Hündin, fühlte ihren warmen Hauch auf der Wange. Mit der flachen Hand strich sie über die Unterlage, auf der sie mit angezogenen Beinen saß. Ihre Hosenbeine waren noch immer feucht. Neben ihr musste eine Wolldecke sein, darunter eine Matratze.

Lunas Winseln entfernte sich, ebenso die Schritte des Mannes. »Nein, lass mich nicht allein hier! Lass mir wenigstens meinen Hund! Luna!«, rief sie ihnen hinterher.

»Um dich kümmer ich mich gleich, Hexe!«, hörte sie ihn antworten. »Hexe, Hexe, Hexe ...«, hallte es aus allen Richtungen wider. Danach herrschte gespenstische Stille, bis auf das stetige Wasserrauschen und die nahen Tropfgeräusche. Der eigene Atem klang umso lauter in ihren Ohren. Noch lauter klopfte nur ihr Herz. Erneut drückte Magdalena den Knopf an ihrer Uhr. Nichts. Keine vertraute Stimme, die ihr verriet, wie spät es war. Was spielte die Uhrzeit schon für eine Rolle? Ihre Zeit war wohl ohnehin bald abgelaufen.

Magdalena fröstelte. Sie hatte Angst. Um sich selbst. Und um Luna. Immer wieder kreisten dieselben Fragen in ihrem Kopf. Wer war dieser Mann? Warum tat er ihr das an? Wie konnte sie ihm entkommen? Ihr fiel nichts ein, außer zu beten. »Gegrüßet seist du, Maria …« Magdalena erschrak vor der eigenen Stimme, die sich in dieser Totenstille vervielfachte. Stumm betete sie weiter.

2.

Er kehrte ohne den Hund wieder.

»Was hast du mit Luna gemacht? Hast du sie getötet? Warum bringst du mich nicht auch gleich um?« Magdalena war außer sich.

»Sie hat mich geschickt, um deine Seele zu retten.«

»Wer hat dich geschickt? Wer ist *sie?*«, schrie Magdalena ihn an.

Er wartete mit seiner Antwort, bis ihr Echo verklungen war. »Maria«, meinte er ruhig.

»Maria? Meine Mutter? Aber die ist tot …«

Sein Lachen hallte mehrfach nach. Doch glaubte Magdalena, noch ein anderes Geräusch zu hören. War das ein fernes Bellen? Ja, Luna war noch hier. Irgendwo in der Höhle. Weiter weg zwar, aber sie war da.

»Unsere Mutter. Maria, die Heilige Muttergottes. Leg dich hin.« Er fasste ihre Arme, kreuzte sie bei den Handgelenken und fixierte sie über ihrem Kopf. Die Seile schnürten sich immer enger um ihr Fleisch. Magdalena erwartete, dass ihre Angst in Panik umschlug. Doch auf einmal war sie ganz ruhig.

Er legte sich neben sie, rieb seinen Körper an ihrem Schenkel. Sie konnte seinen harten Penis durch den Stoff ihrer Hosen spüren. »Ich hab ihr versprochen, das Böse zu bekämpfen. Und die Dämonen zu vertreiben. Ich werde dir die Augen öffnen. Du wirst sehen. Alles wird gut«, hauchte er ihr ins Ohr und hielt sie dabei an den Haaren fest.

»Bitte nicht«, flehte Magdalena. »Ich glaub doch auch an die Heilige Mutter.« Meinte er das wörtlich? Er wollte ihr die Augen öffnen? Das Böse bekämpfen? Er war es doch, der sich versündigte. Im Auftrag der Muttergottes? Der Mann war verrückt.

Er kniete sich über sie.

»Gegrüßet seist du Maria …«, betete Magdalena laut. Vielleicht würde er dann von ihr ablassen.

Seine Hand glitt unter ihr T-Shirt, fand ihre Brust, knetete sie viel zu fest. Mit der anderen öffnete er den Reißverschluss ihrer Hose, zwängte seine Finger unter ihren Slip, zwischen ihre Beine.

»Ja, bete weiter.« Ansatzlos bohrte er seine Finger in ihre Scham.

»… du bist gebeneidet unter den Frauen …«, folgte ihm Magdalena. Wozu sollte sie schreien, sich wehren? Sie hatte ohnehin keine Chance. Wenn sie es geschehen ließ, würde es nicht so wehtun. So war es früher auch gewesen. Und wenn er sie töten wollte, würde er es sowieso tun. Sie hatte keine Angst vor dem Sterben. »... jetzt und in der Stunde unseres Todes. Amen.«

Er zog ihr die Schuhe, die Hose, den Slip aus.

»Hast du Peter umgebracht? Und Sancho?« Wenigstens das wollte sie noch wissen.

»Das war erst der Anfang«, keuchte er.

Die Wände reflektieren ein metallisches Geräusch. Seine Gürtelschnalle musste zu Boden gefallen sein, vermutete Magdalena.

Hastig bestieg er sie, drängte sich zwischen ihre Beine. »Du sollst weiterbeten«, forderte er sie erneut auf. »Und ich fick dir den Teufel aus dem Leib.«

»Gegrüßet seist du, Maria ...«

Er seufzte auf, als er in sie eindrang. Stieß zu, keuchte und stöhnte. Bis das Echo seine Laute zigfach überlagerte.

Magdalena versuchte, sich auf das Gebet zu konzentrieren. Ihren Körper hatte sie ausgeblendet. Den spürte sie nicht mehr. Das Orchester seiner Gier tobte umso wilder in ihren Ohren. Sie erhob die Stimme, betete weiter, so laut sie konnte. Endlich schrie er seinen Höhepunkt hinaus.

Erst als das widerliche Echo der Schande verstummt war, hörte Magdalena zu beten auf. Sie zitterte vor Kälte, während ihr letztes Amen im Höhlenraum verhallte.

KAPITEL 17

1.

»Ich geh dann joggen. Kommst du mit, Sascha?« Sandra stellte den Motor ab und löste ihren Sicherheitsgurt. Zeugenbefragungen durchzuführen, zählte zwar zu jenen Aufgaben, die sie gern mochte, aber leider waren die Erkenntnisse dieses Nachmittags äußerst dürftig.

Weder hatten sie Magdalena zu Hause angetroffen noch sie telefonisch erreichen können. Auf ihren Rückruf wartete Bergmann noch immer vergeblich.

Eine der Bäuerinnen hatte Jelinek auf den Fotos wiedererkannt und ausgesagt, ihn am Morgen des Mordes an ihrem Marktstand vorbeigehen gesehen zu haben. Eine andere war sich beinahe sicher. Die Uhrzeit, die die Zeuginnen angaben, war mit halb neun identisch. Zudem stimmten die beiden unabhängig voneinander überein, dass der Mann eine gelbe Pelerine getragen hatte. Niemandem war jedoch aufgefallen, ob der Fremde mit Schindlecker gesprochen hatte. Einzig die Tatsache, dass der Waldmensch und nicht, wie sonst üblich, Magdalena den Marktstand betreut hatte, war keinem entgangen. Der Hund war offenbar die ganze Zeit im Wagen geblieben. Niemand hatte Sancho gesehen. Worüber alle heilfroh waren, hatten sie doch einen Heidenrespekt vor dem Wolfshund, den die meisten nur vom Hörensagen kannten. Gegen 16 Uhr hatte Schindlecker seinen Stand wieder abgebaut und war wie alle Verkäufer, die an jenem regnerischen Tag bis zum Nachmittag ausgeharrt hatten, um 16.30 Uhr aufgebrochen, war man sich einig. Die weniger Hartnäckigen hatten ihren Geschäftstag wegen des geringen Besucherandrangs schon mittags beendet.

Die Jäger hatten bei den Vernehmungen in der Polizeiinspektion überhaupt nichts preisgegeben, was die LKA-Ermittler nicht schon wussten. Allen war der Waldmensch ein Dorn im Auge gewesen. Jeder war froh, dass es endlich mal den Richtigen erwischt hatte. Niemand wollte den Fremden auf den Fotos zuvor gesehen oder sonst etwas Auffälliges bemerkt, geschweige denn mit dem Mord zu tun haben. Die Alibis der Befragten waren mehr oder weniger wasserdicht.

Von Reinhold Fladenhofer hatten sie sich eine Liste zusammenstellen lassen, wer alles mit ihm in den letzten Jahren geklettert war. Ohne Anspruch auf Vollständigkeit, hatte er gemeint. Er könne sich an die wenigsten Touristen konkret erinnern. Aber auf die kam es den Ermittlern nicht so sehr an wie auf die Einheimischen, unter denen sich Simon Pierer, zwei der Jäger und drei Bauernsöhne aus Ainberg fanden. Falls ihm noch jemand einfiel, wolle er sich melden, hatte ihnen Fladenhofer versprochen. Jelinek hatte er noch nie in seinem Leben gesehen, war er sich sicher.

Wenn Othmar Jelinek der gesuchte Täter war, waren die Kriminalisten wohl oder übel auf einen Zufall angewiesen, um ihn zu überführen. Bisher sprach jedenfalls kein einziges Indiz dafür, dass er Schindlecker ermordet hatte. Selbst wenn der streng religiöse vorbestrafte Mann noch so gut ins Täterprofil passte.

Morgen war auch noch ein Tag, tröstete sich Sandra. Einer, an dem sie auch Pater Vinzenz noch einmal einvernehmen wollten.

Bergmann sah auf seine Uhr und lehnte Sandras Angebot, mit ihr joggen zu gehen, ab. »Ich muss noch einen Anruf erledigen und E-Mails beantworten. 19.30 Uhr beim Abendessen?«

Sandra stieg aus dem Dienstwagen. Sie hatte Bergmann ohnehin nur der guten Ordnung halber gefragt, damit er sich nachher nicht beschwerte, dass sie ihn übergangen hätte. In Wahrheit war sie froh, wenigstens eine knappe Stunde an diesem langen Arbeitstag ohne ihn zu verbringen. Außerdem wollte sie Julius anrufen. »Halb acht geht sich aus. Miriam und Stefan sollten das auch locker schaffen«, antwortete Sandra, während sie nacheinander ihre Reisetaschen aus dem Kofferraum hievten.

Die beiden jungen Kollegen wollten um 19 Uhr in Mürzsteg aufbrechen und nach Ainberg kommen, hatte Miriam sie zwischendurch wissen lassen. Sie würden ebenfalls beim Dorfwirt übernachten und am nächsten Tag die Befragungen der Asylwerber fortführen.

Sandra schnappte sich noch ihre Laufschuhe, die lose im Kofferraum lagen, und warf den Deckel zu. Ein neues Paar war längst fällig, fiel ihr auf, als sie die Profilsohlen ihrer an den Schuhbändern zusammengeknoteten Schuhe sah. Mit diesen hier hatte sie bestimmt schon weit über 1.000 Laufkilometer absolviert, rechnete sie im Kopf hoch.

»Ich hoffe, Miriam und Stefan waren erfolgreicher als wir«, sagte sie auf dem kurzen Weg vom Parkplatz zum Gasthaus.

Bergmann gähnte, ehe er antwortete. »Als ich vorhin

mit Miriam telefoniert habe, gab es noch keine Erfolgs-
meldung.«

»Ich glaube ohnehin nicht, dass die Asylwerber in diesem Mordfall eine Rolle spielen. Du etwa?«

Bergmann betrat als Erster den Dorfwirt. »Nein. Aber
glauben heißt bekanntlich nicht wissen.«

»Aber hier wird der Glaube doch noch großgeschrie-
ben.«

Die Wirtin an der Rezeption kam Bergmanns Antwort
zuvor. »Ach, Sie sind's … Griaß Gott.«

Die Ermittler grüßten zurück und wollten weitergehen.

»Was ist mit dem Meldezettel?«, rief ihnen die Dorfwirtin hinterher.

Bergmann setzte seinen Weg zur Treppe unbeirrt fort.

Sandra hielt hingegen inne und drehte sich um. »Morgen. Beim Frühstück«, antwortete sie und wandte sich
wieder ab.

»Das haben S' gestern auch schon g'sagt! Oder schlafen S' heut Nacht auch wieder auswärts?«, beschwerte
sich die Wirtin.

Sandra war kurz versucht, sich erneut umzudrehen und
zu rechtfertigen. Im Gasthof war niemand mehr ans Telefon gegangen, als sie nach Jelineks Einvernahme, spät aber
doch noch versucht hatte, Bescheid zu geben, dass sie ihre
Zimmer erst am nächsten Tag beziehen würden.

»Lass es«, zischte ihr Bergmann von der Treppe aus zu.

Wo er recht hat, hat er recht, überlegte Sandra und folgte
dem Chefinspektor in den ersten Stock. Die beiden Näch-
tigungen mussten sie so oder so zahlen.

2.

Sandra stellte die Reisetasche auf dem Bett ab. Viel mehr Möglichkeiten gab es nicht in dem Einzelzimmer, das eher den Namen Besenkammer verdient hätte. Mit dem komfortablen Landhotel in Neuberg konnte der Dorfwirt nicht mithalten. Das war aber auch nicht zu erwarten gewesen – bei den günstigen Zimmerpreisen.

Immerhin hatte Sandra ein eigenes Badezimmer und musste nicht das Gemeinschaftsbad und die Toiletten am Gang benutzen, an denen sie eben vorbeigekommen waren, tröstete sie sich beim Anblick ihrer Nasszelle. Wenngleich die grünen Sanitäreinrichtungen aus den 1970er-Jahren ziemlich abgenutzt waren, so schienen sie, wenigstens oberflächlich betrachtet, doch einigermaßen sauber zu sein. Außerdem war alles besser, als sich zusammen mit Bergmann die Zähne putzen zu müssen. Oder mit fremden Leuten.

Minuten später hatte Sandra ihre schwarzen Joggingshorts und ein neonorangefarbenes Tanktop angezogen und schnürte ihre Laufschuhe zu. Julius konnte sie auch später noch anrufen. Vermutlich war er ohnehin gerade beim Essen. Sie füllte ihre Wasserflasche an und löste den Zimmerschlüssel von dem schweren, unhandlichen Holzanhänger, der in ihrer Oberarmtasche keinen Platz gefunden hätte. Dann steckte sie den Kopfhörer ins Handy, die Stöpsel in ihre Ohren und verließ das Zimmer.

Auf dem ersten Kilometer, der sie von der Hauptstraße zur Forststraße und in den Wald hineinführte, wurde sie trotz der Musik von Überlegungen zum Mordfall begleitet. Kurz zog Sandra sogar in Erwägung, zu Schindleckers

Jagdhütte zu laufen, um dort noch einmal nach Magdalena zu sehen. Doch erstickte sie diesen Impuls im Keim und drehte die Musik lauter. Die nächste halbe Stunde gehörte ausschließlich ihr, schwor sie sich. Und Lenny Kravitz, der sie in die andere Richtung weiter durch den Wald trieb. ›Where Are We Runnin'?‹, fragte der Rockstar wiederholt. Wer weiß das schon so genau?, fragte Sandra zurück und gab sich dem Rhythmus der Musik hin.

Als sie nach der Halbzeit umkehren wollte, fiel ihr ein Gegenstand auf, der in einiger Entfernung direkt auf dem Forstweg lag. Während sie sich diesem im Laufschritt näherte, erkannte sie ihn als Leinensackerl, aus dem einige Eierschwammerl herausgepurzelt waren. Schade drum, fand Sandra und hob die Stofftasche auf. Sie wunderte sich, wie man eine solche Menge prächtiger Eierschwammerl unbemerkt verlieren oder gar wegschmeißen konnte. Sollte sie sie liegenlassen oder entsorgen? Sie entschied sich, das Sackerl rechterhand auf dem nächsten Ast in Augenhöhe aufzuhängen. Wenn jemand danach suchte, würde es ihm vermutlich dort auffallen. Schließlich machte sie kehrt, um zum Dorfwirt zurückzulaufen.

3.

Obwohl sich Sandra in der engen Duschkabine kaum die Haare shampoonieren konnte, ohne mit den Ellenbogen ständig gegen die Plastikwände zu stoßen, genoss sie die

dringend nötige Erfrischung. Der viel zu geringe Wasser-
druck sorgte dafür, dass sie etwas länger unter dem ver-
kalkten Duschkopf verweilen musste als sonst, damit das
Shampoo rückstandslos aus ihren Haaren gespült wurde.
Auf den Conditioner verzichtete sie diesmal lieber. Mit
dem Haare Föhnen und Anziehen musste sie sich ohnehin schon beeilen, um Bergmann nicht allzu lange warten
zu lassen. Hungrig war er nämlich noch weniger genieß-
bar als sonst, wusste sie aus leidvoller Erfahrung.

Miriam und Stefan saßen bereits mit dem Chefinspektor
am Tisch, als Sandra die Gaststube betrat. »Hast du dich
verlaufen?«, erkundigte sich Bergmann, ehe sich Sandra
für ihre Verspätung entschuldigen konnte.

»Nicht einmal eine Viertelstunde, Sascha«, rechtfertigte
sie sich, den Blick auf ihre Armbanduhr gerichtet. »Ich
hoffe, du hast die Fahndung nach mir noch nicht einge-
leitet.«

Miriam und Stefan lachten ihr entgegen. »Griaß di, Sandra. Wir sind auch erst vor fünf Minuten angekommen«,
sagte die Kollegin.

Sandra grüßte zurück. »Und? Wie war's bei euch?«,
erkundigte sie sich.

Stefan blies Luft aus, während er sein Bierglas zwischen
den Händen drehte. »Mir schwirrt jetzt noch der Schädel.«

Miriam lächelte ihn an und blickte dann wieder zu Sandra. »In der Polizeiinspektion in Mürzsteg ist es wie in
einem Taubenschlag zugegangen. Über 156 Asylwerber
plus Betreuer. Das reinste Chaos, sag ich dir …« In ihrem
bunt gemusterten Sommerkleid und mit der Sonnenbrille,
die ihr momentan als Haarreifen diente, sah Miriam wie
eine gut erholte Urlauberin aus. Wohl kaum jemand wäre

auf die Idee gekommen, in der bildhübschen Blondine eine Polizistin zu vermuten. Viel eher ein Model. Dass sich Miriam gegen eine Karriere im Scheinwerferlicht entschieden hatte, freute nicht nur ihre männlichen Kollegen im Landeskriminalamt. Auch Sandra war dankbar, dass sie von der zumeist fröhlichen Miriam unterstützt wurden. Inzwischen war aus ihr eine routinierte Kollegin geworden, die zudem über einen guten kriminalistischen Instinkt verfügte.

»Miriam hat die Situation super in den Griff bekommen«, berichtete Stefan. »Sie hat nach unserer Ankunft als Erstes dafür gesorgt, dass die Dolmetscher die Asylwerber nach der Herkunft in Gruppen einteilen. Wir haben in der Zwischenzeit die beiden Kollegen aus der Inspektion gebrieft und anschließend mit der Einvernahme der Betreuer und der ersten vier Gruppen begonnen …«

»Sehr interessant«, unterbrach Bergmann den jungen Ermittler, der erst vor drei Monaten zur Abteilung Leib und Leben hinzugestoßen war, und meinte genau das Gegenteil. »Und was ist am Ende des Tages dabei herausgekommen?«

»Leider nix«, antwortete Miriam, die längst wusste, dass der Chefinspektor nicht mit unwesentlichen Details gelangweilt werden wollte. »Wir haben heute fast 60 Männer befragt. Keiner von denen kannte Schindlecker. Diesen Jelinek will auch niemand zuvor zu Gesicht bekommen haben. Na ja, ihre Alibis geben die sich gegenseitig. Zur Tatzeit will keiner den Ort verlassen haben. Dabei haben die tagaus, tagein nichts anderes zu tun, als die Zeit totzuschlagen.«

»Immerhin besser als Mensch und Tier«, sagte Bergmann und griff nach seinem Bierglas.

Stefan, der bisher an Miriams Lippen gehangen war, grinste den Chefinspektor an.

»Vielleicht habt ihr morgen ja mehr Glück«, meinte Sandra. Bei der Kellnerin, die sich nach ihrem Getränkewunsch erkundigte, bestellte sie einen gespritzten Apfelsaft.

Bergmann setzte sein leeres Bierglas ab und wischte sich mit zwei Fingern den Schaum von den Lippen. »Mir bringen Sie dann ein Achtel Sauvignon.«

»Und für mich noch einen Radler«, sagte Stefan.

»Und Sie?«, wandte sich die Kellnerin an Miriam.

Die winkte ab. Ihr Weinglas war noch zur Hälfte mit Schilcherol gefüllt, einem erfrischenden Mischgetränk auf Schilcherbasis.

»Was darf's zum Essen sein?«, fragte die Kellnerin.

Sandra griff zur Speisekarte. »Ich hab noch gar nicht in die Karte geschaut.«

»Frische Eierschwammerl hätten wir heut' da. Entweder als Gulasch mit Serviettenknödel oder geröstet mit Ei und grünem Salat«, empfahl die Kellnerin.

»Perfekt«, sagte Sandra und ließ von der Speisekarte ab. »Einmal geröstet bitte, mit Ei, extra viel Petersilie und Salat.«

Auch die anderen bestellten ihr Abendessen. »Es gibt Neuigkeiten aus der Kriminaltechnik«, verkündete Bergmann, nachdem sich die Kellnerin wieder entfernt hatte.

Sechs Augen sahen ihn erwartungsvoll an.

»Siebenbrunner hat die Spurenauswertung vom Motorradunfall gemailt. An Simon Pierers Motorrad wurde definitiv nichts manipuliert. Das Fahrzeug hat sich zum Zeitpunkt des Unfalls in einem tadellosen technischen Zustand befunden.«

»Am Unfallort wurden ebenfalls keine Hinweise auf Fremdverschulden gefunden«, warf Sandra ein.

»Eben. Simon Pierer ist mit überhöhter Geschwindigkeit unterwegs gewesen und hat deshalb die Kurve nicht mehr erwischt. Wenn die Obduktion nichts anderes ergibt, war es ein Unfall. Die Leichenöffnung ist für morgen angesetzt.«

»Wirst du dabei sein?«, fragte Sandra.

»Nein. Nach dem KT-Bericht halte ich das für überflüssig.«

»Wisst ihr denn schon, ob der Simon vor seinem Unfall die Magdalena besucht hat?«, erkundigte sich Miriam.

Sandra verneinte und brachte die jungen Kollegen auf den neuesten Ermittlungsstand.

Nach dem Abendessen verabschiedete sie sich als Erste und ließ die anderen in der Gaststube zurück. Sie war hundemüde. Außerdem musste sie endlich Julius anrufen. Seit ihrem letzten Besuch in der Reha-Klinik hatten sie nicht mehr miteinander gesprochen. Der Ärger, dass er sich, ohne vorher mit ihr darüber zu reden, für eine Wohnung entschieden hatte, war so gut wie verflogen. Schließlich musste er sich darin wohlfühlen und auch ohne fremde Hilfe zurechtkommen. Dennoch hatte sie schon wieder dieses flaue Gefühl im Magen, als sie seine Nummer wählte.

»Hallo«, begrüßte er sie wenig euphorisch.

»Hallo, Julius. Na, wie geht's dir?«

»JC«, korrigierte er sie, ehe er antwortete. »Ganz gut soweit. Ich hab heute meine neuen Beinschienen bekommen und konnte damit einige Schritte am Barren gehen. Voll mühsam, aber besser als bisher.«

»Das ist ja wunderbar«, freute sich Sandra.

»Ja, das ist es.«

»Warum hast du mich nicht gleich angerufen oder mir ein SMS mit dieser großartigen Nachricht geschickt?«

»Sandra, bitte. Du hättest doch eh wieder keine Zeit für mich gehabt.«

»Na ja, vielleicht nicht sofort«, musste sie zugeben. »Aber ich hätte mich total gefreut und dich bei nächster Gelegenheit zurückgerufen.«

»Bei nächster Gelegenheit …«, wiederholte er. »Wann immer das gewesen wäre.«

Dass sie zu wenig Zeit für ihn hatte, war schon vor dem Unfall immer wieder ein Thema zwischen ihnen gewesen. Eines, auf das Sandra entsprechend empfindlich reagierte. »Ich bin hier nicht auf Urlaub, Julius. Ich ermittle in einem Mordfall«, sagte sie forscher, als sie es beabsichtigt hatte.

»Ich bin hier auch nicht auf Urlaub. Auch wenn ich nicht so wichtig bin wie du«, konterte Julius.

Wie bitte? Das war der Gipfel. Um wen drehte sich denn alles seit diesem scheiß Unfall? Sandra konnte sich nicht länger beherrschen. »Ich soll wichtig sein? Du bist es doch, der ständig im Mittelpunkt steht!«, platzte es aus ihr heraus.

»Ach so ist das«, erwiderte Julius, während Sandra tief durchatmete.

Sich gegenseitig Vorwürfe zu machen, brachte überhaupt nichts. »Bitte versteh mich nicht falsch, Julius«, lenkte sie ein. »Es ist voll okay, dass sich alles um dich dreht. Deine Gesundheit ist selbstverständlich viel, viel wichtiger als mein Beruf. Ich würde mir nur wünschen, dass du dich auch wieder mal für mich interessierst. Als Mensch, meine ich. Und als deine Freundin.«

»Entschuldige bitte, dass ich querschnittgelähmt bin und deine Wünsche nicht mehr so erfüllen kann, wie du es von mir erwartest.«

»Moment mal, Julius. Ich werfe dir doch nicht die Lähmung vor. Ich wollte lediglich feststellen, dass es mich auch noch gibt. Und dass diese Situation auch für mich nicht ganz einfach ist. Glaubst du, es ist lustig, sich ständig Vorwürfe und Sorgen zu machen?«

»Das brauchst du mir nicht zu erzählen«, wurde Julius unerwartet laut. »Auch nicht, dass ich noch gesund wäre, hätte ich in der Skihütte auf dich gehört.«

Daher wehte also der Wind, traf Sandra die Erkenntnis wie ein Blitzschlag. Er projizierte seine Selbstvorwürfe auf sie. Das hatte eben geklungen, als würde er sie regelrecht dafür hassen, dass er ihre Warnung vor den betrunkenen Snowboardern nicht ernst genommen hatte. »Aber, ich habe doch niemals …«

»Das hast du niemals ausgesprochen, nein«, unterbrach er sie. »Trotzdem steht dieser Gedanke zwischen uns. Hätte ich doch bloß auf dich gehört …« Julius hatte zu seiner normalen Lautstärke zurückgefunden.

Wie sehr sie seine samtige Stimme damals gefesselt hatte, fiel ihr ein. »Und was machen wir jetzt?«

Sein Schweigen sprach Bände. »Am besten machen wir Schluss«, antwortete er nach einer Weile, die Sandra wie eine Ewigkeit vorkam. Sie befürchtete, dass er nicht nur das Telefongespräch beenden wollte. »Was willst du damit sagen?« Ihr wurde noch heißer, als ihr ohnehin schon gewesen war.

»Dass unsere Beziehung zu Ende ist.«

Sandra schluckte den Kloß in ihrem Hals hinunter. Damit hatte sie vor diesem Gespräch am allerwenigsten gerechnet. »Aber warum? Warum so plötzlich und am Telefon?« Seine Antwort auf ihre Fragen würde schmerzhaft ausfallen. Das war ihr schon bewusst, als sie diese aussprach.

»Worauf soll ich denn warten?«, antwortete Julius. »Dass du mich gnädigerweise besuchen kommst? Ich spüre doch schon länger, dass du nur noch aus Pflichtgefühl bei mir vorbeischaust.«

»Aber das stimmt doch gar nicht«, protestierte Sandra und fühlte sich gleichzeitig ertappt. Ihre letzten Begegnungen hatten nicht gerade dazu beigetragen, dass sie sich auf das jeweils nächste Wiedersehen mit ihrem Freund vorbehaltlos gefreut hätte. »Hör zu, Julius: Wir stecken in einer extrem schwierigen Phase. Aber deshalb müssen wir unsere Beziehung doch nicht gleich aufgeben.«

»Du hast sie schon einmal wegen weitaus weniger aufgegeben«, spielte er auf einen früheren Vorfall an, bei dem Sandra ihn wegen seiner Indiskretion verlassen hatte. Damals hatte sie ein Disziplinarverfahren befürchten müssen, weil Julius als Radioreporter voreilig eine polizeiinterne Information veröffentlicht hatte. Dass die Folgen seines Unfalls weitaus dramatischer waren als jedwede berufliche Konsequenz, bestritt sie gar nicht. Aber vor dem Unfall waren ihrer beider Perspektiven eben völlig andere gewesen.

»Was hältst du davon, wenn wir eine Paartherapie machen?«, schlug sie ihm vor. »Wir schaffen das, wenn wir es wollen.«

Julius seufzte. »Ich will aber nicht, Sandra. Ich liebe dich nicht mehr. Es ist aus.«

Dem war wohl nichts hinzuzufügen. »Okay«, presste sie hervor. »Wenn das so ist ...« Der brennende Kloß in ihrem Hals schwoll wieder an, schnürte ihr schmerzhaft die Luft ab. Diesmal ließ er sich nicht so einfach hinunterschlucken.

»Pfiat di, Sandra«, verabschiedete sich Julius. Einfach

so. Als wäre nichts gewesen. Als würden sie sich demnächst wiedersehen.

»Mach's gut«, krächzte Sandra, ehe sie das Gespräch beendete und sich aufs Bett warf, um hemmungslos in ihren Polster zu schluchzen.

4.

Das Sirenengeheul ließ Sandra hochschrecken. Es dauerte einige Sekunden, bis sie sich orientiert hatte. Als Erstes fiel ihr ein, dass Julius sich von ihr getrennt hatte. Danach, an welchem Ort sie soeben aufgewacht war.

Das waren keine Polizeisirenen da draußen. Die langsamere Tonfolge der Martinshörner gehörte eindeutig zur Feuerwehr. Kaum hatten sich die Einsatzfahrzeuge ein Stück weit vom Dorfwirt entfernt, vernahm sie in der Ferne eine Explosion. Und dann noch eine. Oder waren es mehrere unmittelbar hintereinander gewesen?

Sandra zog die Vorhänge beiseite. Blitzartig fanden ihre Augen die grellen Flammen, die zum Nachthimmel loderten. Es brannte in einiger Entfernung, weiter oben im Wald. Genau dort, wo sich Schindleckers Jagdhütte befinden musste. Spontan kam ihr die blinde Frau in den Sinn. Und die Tiere, mit denen gemeinsam sie womöglich von den Flammen eingeschlossen war.

Sandra fand den Lichtschalter. Ihre Kleidung hatte sie gar nicht erst ausgezogen, als sie vorhin, erschöpft von ihren Weinkrämpfen, eingeschlafen war. Ein Blick auf das Handy verriet ihr, dass es wenige Minuten vor Mitternacht war. Eilig schlüpfte sie in ihre Schuhe und lief aus dem Zimmer. Dass sie ziemlich verheult aussah, durfte momentan keine Rolle spielen. Kurz überlegte sie, ob sie Bergmann gleich aus seinem Zimmer klopfen sollte, entschied sich jedoch dagegen. Zuerst wollte sie wissen, was los war und ob sie gebraucht wurde. Sie rannte weiter zum Parkplatz, um sich im Dienstwagen in den digitalen Blaulichtfunk einzuloggen. Das war die schnellste Methode, um herauszufinden, was passiert war und in der Folge auf dem Laufenden zu bleiben.

Bergmann pochte ans Fenster. »Wo brennt's denn?«, hörte sie ihn durch die geschlossene Scheibe fragen.

Sandra winkte ihn zu sich ins Auto.

»Ich hab dich von meinem Fenster aus über die Straße rennen sehen.« Der Chefinspektor hatte auf dem Beifahrersitz Platz genommen. Seiner Frisur war nicht anzusehen, ob er schon im Bett gelegen war. Wie meistens war sie zerzaust.

»Der Schuppen vom Schindlecker brennt lichterloh. Das Feuer hat schon auf die Jagdhütte übergegriffen«, berichtete Sandra. »Sie wissen noch nicht, ob jemand drinnen ist.«

»Worauf wartest du? Fahren wir.«

»In den brennenden Wald?«

»Wenigstens bis zur Absperrung. Alles okay mit dir?« Bergmann musterte Sandra von der Seite, während sie losfuhr.

»Ja, ja. Ich bin nur hundemüde.«

»Du schaust ein bissl verreat aus.« Bergmann ließ nicht locker.

Sandra schluckte. Am liebsten hätte sie auf der Stelle wieder losgeheult. »Bitte Sascha, nicht«, rang sie sich eine Antwort ab und starrte auf die Straße, während sie versuchte, sich auf die Stimmen im Funkgerät zu konzentrieren. Sie spürte, dass Bergmann sie noch immer fixierte.

»Ist was mit Julius?«, bohrte er nach.

Sandra biss sich auf die Oberlippe, unfähig, etwas zu sagen, ohne sofort wieder weinen zu müssen. Die vergangenen Monate hatten sie enorme Kraft gekostet. Offenbar zu viel. Der unerwartete Schlussstrich verlangte ihr mehr Beherrschung ab, als sie noch aufbringen konnte. Die Tränen sammelten sich unwillkürlich in ihren Augen und bildeten einen Schleier, der ihre Sicht trübte. Bergmann reichte ihr ein Taschentuch. »Wir haben wohl beide kein besonders gutes Händchen für Liebesbeziehungen.«

Damit hatte er, wenigstens was sie betraf, zweifellos recht. Sandra trocknete ihre Tränen. »Danke, Sascha. Aber ich kann jetzt nicht darüber reden«, sagte sie. Schon gar nicht mit dir, setzte sie gedanklich hinzu.

5.

Es dauerte gut anderthalb Stunden, bis 40 Männer der Freiwilligen Feuerwehr von Ainberg und aus den Nachbarorten den Brand gelöscht hatten. Eine Brandwache würde in den nächsten Stunden vor Ort bleiben, um sicherzugehen, dass sich die Glut nicht neuerlich entzündete. Beide

Schuppen waren komplett niedergebrannt. Ebenso der angrenzende Hühnerstall. Die Jagdhütte war in einem etwas besseren Zustand, dennoch stark beschädigt und vermutlich abbruchreif. Ein paar Hühner waren verbrannt. Die anderen Tiere mussten vor dem Feuer geflohen sein. Von ihnen fehlte jede Spur. Genauso wie von der Bewohnerin der Hütte.

»Es war ein Riesenglück, dass der Nachbar den Brand gerochen und gleich die Feuerwehr verständigt hat«, meinte der Feuerwehrkommandant, der den Einsatz leitete. »Auch, dass es heute windstill ist. Als wir hier eingetroffen sind, haben die Flammen gerade auf die ersten Baumwipfel übergegriffen. Wenn erst einmal ein Wipfelbrand entstanden wäre, müssten wir jetzt wohl die ganze Nacht lang einen Flächenwaldbrand bekämpfen.«

»Der Nachbar hat das Feuer gemeldet?«, fragte Sandra nach. Bergmann und sie hatten die Absperrung auf der Forststraße passieren dürfen und den Feuerwehreinsatz aus sicherem Abstand beobachtet. Mit dem Löschwasser aus dem nahen Bach hatten die Männer die Flammen niedergerungen. Nun waberten im Scheinwerferlicht der Feuerwehrautos die Nebelschwaden über die schwarz gefärbte Waldlichtung. Die warme, feuchte Luft roch verbrannt und reizte immer wieder zum Husten. Der beißende Gestank hatte sich in Kleidung, Haaren und auf der Haut festgesetzt.

Der Kommandant bestätigte Sandra, dass Clemens Rohringer die Feuerwehr angerufen hatte. »Um 23.41 Uhr ist der Alarm eingegangen. Zwölf Minuten später waren wir vor Ort.«

»Ich hab kurz vor Mitternacht einige Explosionen gehört«, sagte Sandra.

»Das waren Flaschen mit hochprozentigem Alkohol, die in den beiden Schuppen explodiert sind. Der Schindlecker hat dort Schnaps gebrannt und gelagert«, bestätigte der Feuerwehrmann, was Sandra schon vermutet hatte.

»Hat es in der letzten Zeit andere Brände in der Region gegeben?«

»Im Mai ist ein Bauernhof abgebrannt. Oder besser g'sagt, warm abgetragen worden.«

»Brandstiftung?«

Der Kommandant nickte. »Ein ziemlich plumper Versuch des Huberbauern, die Versicherung zu betrügen. Er wird bald 70 und hat niemanden, der den maroden Hof übernehmen will. Von dem her war das ein schierer Akt der Verzweiflung.«

Den Gedanken, dass Magdalena ihr Haus selbst abgefackelt hatte, verwarf Sandra gleich wieder. Höchst unwahrscheinlich, dass sich die Blinde in eine solche Gefahr begeben und darüber hinaus das Leben ihrer Tiere riskiert hätte. Außerdem würde sie die Produkte, die sie mit großem Aufwand und noch größerer Leidenschaft herstellte, bestimmt nicht freiwillig den Flammen überlassen, vermutete Sandra. »Hat es sonst noch Fälle von Brandstiftung in der Gegend gegeben?«

»Zuletzt in einem der Asylantenheime in Mürzsteg.« Der Feuerwehrkommandant überlegte, ehe er fortfuhr. »Ja, das muss ziemlich genau vor drei Jahren g'wesen sein. Wer den Brand gelegt hat, ist aber nie herausgefunden worden.«

Um abzuklären, ob es sich beim aktuellen Vorfall ebenfalls um Brandstiftung handelte, würden am folgenden Tag die polizeilichen Ermittlungen durch Brandexperten des LKA beginnen. Am allerdringendsten erschien es Sandra,

Magdalena ausfindig zu machen. »Haben Sie die Bewohnerin der Jagdhütte oder ihren Hund hier gesehen?«, erkundigte sie sich.

»Sie meinen, nachdem der Brand aus'brochen ist? Nein, Gott sei Dank nicht … Sie wissen ja, dass die Magdalena blind ist. Nicht auszudenken, was passiert wär, wenn sie zu Haus g'wesen wär.«

Sandra nickte. »Wir werden versuchen, sie telefonisch zu erreichen.«

»Das können Sie sich sparen.«

»Wie bitte?«

»Ihr Handy liegt verschmort da drinnen.« Der Feuerwehrkommandant deutete auf die teilweise verkohlte Jagdhütte. »Es hätt hier übrigens schon früher beinah einmal gebrannt«, fuhr er leiser fort, als dürften es die Männer, die ringsherum damit beschäftigt waren, die Ausrüstung in den Löschwägen zu verstauen, nicht hören.

»Was heißt beinahe?«, hakte Sandra nach.

»Das war vor 20 Jahren. In der Nacht, bevor der Schindlecker festgenommen worden ist. Er hat damals nicht schlafen können und ist noch einmal an die frische Luft 'gangen. Sonst hätt er bestimmt nicht bemerkt, dass jemand die Hütte anzünden wollt.«

»Jemand?«

»Er hat die Roswitha, die Frau vom Rohringer Alois, erwischt, wie sie draußen am Zündeln war.«

»Die Frau vom Förster?«

»Ja, schon ihre Eltern ham die Schindlecker Theresia zeitlebens für eine Hex g'halten. Einmal haben s' ihr sogar einen Exorzisten auf den Hals hetzen wollen. Da war die Rosi noch klein. Sie war'n sich sicher, dass die ledige Theresia es mit dem Teufel treibt. Na ja, und dass der Peter der Sohn vom Leibhaftigen ist. Nachdem er die Maria vergewaltigt hat, wollt die Rosi dann die Schindleckers samt ihrer Hütte verbrennen. Sie war schon immer ein bissl spinnert, die Rosi.«

»Roswitha Rohringer, sagen Sie? Die Mutter von Antonia und Clemens?«, vergewisserte sich Sandra, dass sie von ein und derselben Person sprachen.

»Ja. Dass die Rosi irgendwann im Gugelhupf landet, war absehbar. Dabei hat der Alois für sie getan, was er konnte. Zwischendurch hat sie sich ja auch immer wieder erfangen. Aber nach dem Tod von der Maria ist sie endgültig überg'schnappt.«

»Und seither ist Roswitha Rohringer in einer psychiatrischen Anstalt?«

»Ja, in der Landesnervenklinik in Graz.«

Sandra schluckte. Diese Institution war ihr bestens bekannt. Auch ihre Mutter war nach der Verhaftung ihres Halbruders Mike und einem anschließenden Selbstmordversuch dort stationär aufgenommen worden. Nach der Entlassung waren einige weitere Aufenthalte gefolgt, wusste sie von ihrem Exfreund Max, der noch immer in St. Raphael lebte. Auch, dass Mike inzwischen das Haus der Mutter verkauft und sich mit dem Erlös nach Thailand abgesetzt hatte.

Sandra bedankte sich für den neuen Hinweis des Kommandanten. Als sie dem Einsatzort den Rücken kehrten, fiel ihr Pater Vinzenz ein. Vermutlich hatte er noch am ehesten eine Idee, wo sich Magdalena aufhalten konnte. »Vielleicht hat sich Magdalena ja beim Pfarrer gemeldet«, teilte sie ihren Gedanken Bergmann mit.

»Willst du ihn jetzt noch aus dem Bett holen? Es ist zwei Uhr morgens.« Dass der Chefinspektor von ihrem

Vorschlag nicht gerade begeistert war, unterstrich sein ausgiebiges Gähnen.

»Ich bin mir ziemlich sicher, dass er noch wach ist. Der ganze Ort hat doch mitbekommen, dass es brennt.« Sandra deutete zum Funkstreifenwagen, der die Forststraße weiter unten blockierte. Während sie sich näherten, erkannte sie als Erstes die unverwechselbaren Silhouetten des langen Trummer und der kleinen, pummeligen Stix im Licht der Autoscheinwerfer. In der Zwischenzeit hatten sich die Dorfbewohner fast vollzählig hier versammelt, um auf Neuigkeiten zu warten. Auch zwei Lokalreporter und ein Kamerateam des ORF Steiermark waren vor Ort, um von dem nächtlichen Feuer zu berichten. Ein Journalist fotografierte gerade die Zaungäste, die zumeist mit Taschenlampen ausgerüstet waren. Dem anderen gab der Förster ein Interview. Sohn Clemens stand einige Schritte abseits, direkt neben seiner Schwester Antonia und Pater Vinzenz. Magdalena war nirgendwo zu entdecken. Dafür das Wirtspaar, die Jäger, außer Prattes, Fladenhofer und weitere Anwohner aus der nächsten Umgebung, die die LKA-Ermittler teilweise schon persönlich kannten.

Der Reporter, der eben noch fotografiert hatte, kam zielstrebig auf die Kriminalisten zu. Sandra wunderte sich, wie er sie, aus der Dunkelheit kommend, überhaupt hatte sehen können. »Gibt es etwas Neues? Ist der Brand gelöscht? Ist jemand verletzt oder ums Leben gekommen?«, sprach er sie an.

»Der Brand ist gelöscht. Die Feuerwehr hat alles unter Kontrolle. Keine Verletzten oder Toten, außer ein paar Grillhendln. Alles Weitere erfahren Sie dann in der offiziellen Pressemeldung«, meinte Bergmann müde und ging weiter.

»Schau doch mal«, flüsterte Sandra ihm zu. »Dort vorne ist die Familie Rohringer. Und daneben Pater Vinzenz.«

Bergmann kniff die Augen zusammen und seufzte. »Okay. Wir fragen den Pfarrer nach Magdalena und machen einen Termin für morgen früh aus. Dann lassen wir es für heute aber gut sein.«

»Was ist mit dem Förster? Ich würde gern noch mehr über seine Frau erfahren.«

»Nicht heute, Sandra. Du brauchst jetzt erst mal deinen Schönheitsschlaf.«

KAPITEL 18

1.

Mittwoch, 31. Juli

Bergmann gesellte sich als Letzter zu seinen Kollegen an den Frühstückstisch. »Guten Morgen allerseits«, verkündete er auffällig gut gelaunt.

»Fit wie ein Bergschuh«, bemerkte Miriam, die wie Stefan ausgeschlafen war. Von dem nächtlichen Brand hatten die beiden nichts mitbekommen, wusste Sandra inzwischen. Ihre Zimmer gingen nach hinten hinaus. Dennoch mussten sie beneidenswert tief geschlafen haben, um sogar die Folgetonhörner der Feuerwehr zu überhören.

»Stimmt. Ich war schon joggen«, erklärte Bergmann seinen positiven Gemütszustand.

Sandra hatte sich noch immer nicht daran gewöhnt, dass der Chefinspektor so früh aktiv war. Nach fünf Stunden unruhigem Schlaf war sie noch immer müde und dementsprechend apathisch. Selbst das Ende ihrer Beziehung konnte sie momentan nicht richtig realisieren. Das letzte Telefongespräch mit Julius hatte sich in ihrer Erinnerung wie ein Albtraum manifestiert. Momentan fühlte sich die Trennung an, als hätte sie gar nicht stattgefunden. Ihr nächtlicher Einsatz beim Brand kam ihr hingegen real vor.

»Du könntest dir ein Beispiel an Sascha nehmen«, hörte sie Miriam zu Stefan sagen, der nach einer großen Portion Kernöleierspeise soeben seine zweite Schinkensemmel verdrückt hatte.

»Wolltest du dir nicht noch die Zähne putzen, bevor wir nach Mürzsteg aufbrechen?«, überging Stefan ihren Vorschlag und erhob sich. Unter seinem T-Shirt zeichnete sich eine kleine Wölbung ab. So genau hatte sich Sandra den Neuzugang noch nie angesehen. Miriam folgte Stefan aus der Gaststube, während Bergmann den beiden grinsend hinterher sah.

»Meinst du, die haben was miteinander?«, fragte er unverblümt.

»Was? Wie kommst du denn darauf?«

»Na, so wie der Miriam ansieht …«

»Das tun doch viele … Außerdem gehören immer noch zwei dazu.«

»Schön, wenn's nur zwei sind.« Bergmanns Grinsen war aus seinem Gesicht verschwunden. Stattdessen sah er Sandra in die Augen. »Apropos …«

»Was dagegen, wenn ich schon mal vorausgehe?«, unterbrach sie ihn, bevor er sie um diese Uhrzeit womöglich auf ihr Privatleben ansprach. »Die Kirche und das Pfarrhaus sind ja nicht weit weg von hier. Ich brauche dringend ein bisschen frische Luft.« Sandra wischte sich den Mund mit der Serviette ab und warf sie auf die leere Müslischüssel.

»Geh nur. Ich komme nach. Mit der Fahndung warten wir noch bis nach dem Termin. Falls Magdalena dann noch immer nicht aufgetaucht ist.«

2.

Vom Brandgeruch der vergangenen Nacht konnte Sandra draußen nichts mehr wahrnehmen. Im Gegenteil: Die Morgenluft, mit der sie ihre Lungen füllte, roch wie immer frisch und würzig. Ein Blick zum azurblauen Himmel verriet ihr, dass es mit der Frische bald vorbei sein würde. Lange konnte es nicht mehr dauern, bis die Sonne die Luft wieder aufheizte. Ihre Augen schweiften weiter zur Kirchturmuhr. Noch 20 Minuten bis zu ihrem Termin mit dem Pfarrer. Kurz überlegte Sandra, ob sie den Ortskern verlassen und am Mürzufer entlang weiterspazieren sollte. Doch dann entschied sie sich spontan für einen Kirchenbesuch.

Im Gegensatz zu vielen anderen katholischen Gotteshäusern in der Steiermark präsentierte sich die kleine Provinzkirche eher bescheiden. Ausnahmsweise fühlte sich Sandra nicht erschlagen von sakralem Prunk. Zudem zog die einzige Person, die sich außer ihr in der Kirche aufhielt, ihre Aufmerksamkeit auf sich. Von hinten konnte sie die Frau in Schwarz, die auf einer der vordersten Bänke saß, nicht erkennen. Bemüht, möglichst geräuschlos über den roten Teppichläufer bis zur Stufe des Hauptaltars zu gelangen, erreichte Sandra die erste Reihe. Dort warf sie einen flüchtigen Blick auf die Frau zu ihrer Linken.

Antonia erkannte sie sofort und erwiderte ihr Nicken. Sandra hielt vor der einzigen Stufe inne, um den schwarzen, mit Gold verzierten Hochaltar und die beiden ähnlich gestalteten Seitenaltäre zu betrachten, die sich wie alles hier in tadellosem Zustand befanden. Vermutlich trug Antonias wohltätiger Ehemann sein Scherflein zur Erhaltung der Dorfkirche bei, überlegte sie, während sie sich langsam wieder umwandte.

Antonia bekreuzigte sich gerade und stand auf, um die Kirche zu verlassen.

Sandra gab dem Impuls nach und folgte ihr nach draußen. Dort sprach sie die junge Frau von hinten an. »Frau Pierer?«

Antonia drehte sich abrupt um, als hätte sie gar nicht bemerkt, dass ihr Sandra gefolgt war.

»Hätten Sie kurz Zeit für mich? Nur ein paar Minuten …«

»Ich? Worum geht's denn?«, stammelte Antonia überrascht.

Im grellen Sonnenlicht fielen Sandra die dunklen Ringe unter ihren Augen auf. »Erst einmal mein herzliches Beileid«, bezog sie sich auf den Unfalltod ihres Jugendfreundes und späteren Stiefsohnes Simon.

»Danke. Es ist schrecklich … So ein sinnloser Unfall. Mein Mann ist völlig am Ende. Und ich auch … Wieso muss Simons Leiche überhaupt obduziert werden? Wir verstehen das nicht.«

Sandra war sich sicher, dass Gustav Pierer offiziell informiert worden war, dass und warum eine Autopsie an seinem toten Sohn durchgeführt wurde. Dennoch erklärte sie der jungen Frau die besonderen Umstände noch einmal. Ebenso, dass sie inzwischen davon ausgingen, dass Simon an den Folgen eines Verkehrsunfalls ohne Fremdbeteiligung gestorben war, wenngleich die Gerichtsmedizin dies erst bestätigen musste. »Haben Sie eine Ahnung, ob er an diesem Abend Magdalena besuchen wollte?«

»Was? Nein. Das weiß ich nicht. Es würde mich aber

sehr wundern. Die beiden hatten bestimmt über ein Jahr lang keinen Kontakt mehr miteinander.«

Sandra sah die Tränen in Antonias Augen. Bevor diese endgültig die Beherrschung verlor, wechselte sie das Thema. »Eigentlich wollte ich mich mit Ihnen über Ihre Mutter unterhalten.«

Damit hatte Antonia offensichtlich nicht gerechnet. »Über meine Mutter? Zu der hab ich keinen Kontakt mehr.«

»Seit sie in der Landesnervenklinik ist? Oder schon vorher nicht?«

»Schon vorher nimmer. Wenn Sie was über sie wissen möchten, fragen Sie besser meinen Vater. Oder meinen Bruder. Der Clemens besucht sie noch immer regelmäßig in der Anstalt. Weiß Gott, warum. Aber er spricht nicht gerne über sie.«

»Sie anscheinend auch nicht.«

Antonia zuckte mit den Schultern. »Ehrlich gesagt will ich mit ihr nichts mehr zu tun haben.«

»Es ist sicher nicht einfach, mit einer Mutter aufzuwachsen, die psychisch instabil ist.« Antonia hatte keinen blassen Schimmer, wie gut Sandra sie wirklich verstand. Schließlich hatte sie unter der eigenen persönlichkeitsgestörten Mutter genug gelitten. Jedes Mal, wenn sie der kleinen Sandra die langen Haare gewaschen und diese geweint hatte, weil das Shampoo in ihren Augen brannte, hatte sie das Mädchen in der Badewanne untergetaucht und erst nach einigen Sekunden wieder an den Haaren aus dem Wasser gezogen. Hatte sich Sandra weiterhin beschwert, war die Prozedur wiederholt worden. Solange, bis sie nur noch husten und nach Luft ringen, aber nicht mehr protestieren konnte. Einmal hatte die Mutter sie sogar wiederbeleben müssen. Dennoch hatte sie an dieser und anderen grausamen Erziehungsmethoden festgehalten, die ihr völlig normal erschienen. Heute vermied Sandra nicht nur den Kontakt mit ihr, sondern auch möglichst jedes Gespräch über sie.

Antonia lachte hell auf. »Psychisch instabil? Das ist die Untertreibung des Jahrhunderts. Ich hoff, dass ich meine Mutter nie wieder seh. Die braucht keinen Psychiater, sondern einen Exorzisten.«

»Einen Exorzisten?«

»Ja. Sie ist von Dämonen besessen.«

Während Sandra noch überlegte, ob die junge Frau ihre Behauptung ernst meinte, setzte diese nach. »Es sind besonders gefährliche Dämonen, die sich hinter ihrer frommen Maske verbergen. Das habe ich Pater Vinzenz schon vor Jahren gesagt. Wie kann eine Frau, die nie Latein gelernt hat, die Sprache plötzlich fließend sprechen? Noch dazu mit einer Stimme, die gar nicht ihre ist. Dafür hat selbst mein Vater keine Erklärung. Aber einen Exorzisten wollt er für die Mama trotzdem nicht. Kann ich jetzt gehen? Ich muss für meinen Mann was besorgen.«

Antonia blickte an Sandra vorbei. Die nahm Schritte hinter ihrem Rücken wahr. »Ja freilich. Auf Wiedersehen«, verabschiedete sie sich, immer noch perplex, dass ein junger Mensch derart veralteten katholischen Ritualen mehr zu vertrauen schien als psychiatrischen Behandlungen.

»Was ist? Hast du ein Gespenst gesehen?«, sprach Bergmann sie an.

»So was Ähnliches: Dämonen …«

»Wie bitte?«

»Antonia Pierer glaubt, dass ihre Mutter von Dämonen besessen ist und einen Exorzisten braucht.«

Bergmann wandte sich um und sah der jungen Frau durch seine dunkle Sonnenbrille hinterher. »Ach so. Na ja, wenn die Krankenkasse dafür aufkommt«, meinte er, ohne eine Miene zu verziehen.

Bei der Vorstellung, eine Teufelsaustreibung bei der Krankenkassa zu beantragen, lachte Sandra lauthals los.

»Trummer ist mir gerade über den Weg gelaufen«, berichtete Bergmann, weiterhin ernst.

Sandras Lachen verebbte. »Und?«

»Magdalenas Ziegen konnten auf einer Wiese eingesammelt werden. Und zwei Waldarbeiter haben ein paar Hühner eingefangen. Aber von dem Mädchen und seinem Hund fehlt nach wie vor jede Spur.«

Sandra fragte sich insgeheim, ob Bergmann die ebenfalls verschwundene Katze absichtlich nicht erwähnt hatte, beließ es jedoch dabei. Die Befürchtung, die sie plagte, wog wesentlich schwerer. »Hoffentlich hat man die beiden nicht auch auf einen Baum aufgeknüpft«, sprach sie diese aus.

»Mal den Teufel nicht an die Wand. Komm, nehmen wir uns den Pfarrer vor«, sagte Bergmann und setzte sich in Trab, um wenig später an der Klingel des Pfarrhauses zu läuten.

Pater Vinzenz bat die Ermittler höchstpersönlich herein. Seine Haushälterin habe heute frei, erklärte er und bot ihnen an, mit ihm Kaffee zu trinken. Bergmann akzeptierte gerne. Sandra bevorzugte ein Glas Wasser.

»Folgen Sie mir doch am besten in die Küche«, schlug Pater Vinzenz vor. »Dort ist es am gemütlichsten.«

»Wir sind aber nicht zum Kaffeekränzchen hergekommen, Herr Veith«, stellte Bergmann klar.

»Warum nennen Sie mich nicht wie alle Pater Vinzenz, Herr Chefinspektor?«

»Weil ich Atheist bin und mich lieber an Ihren bürgerlichen Namen halte.«

Unbeeindruckt schenkte der Pfarrer zwei Tassen Kaffee aus der Thermoskanne ein. »Setzen Sie sich doch bitte. Zucker und Milch stehen schon auf dem Tisch«, meinte er freundlich lächelnd. »Kuchen kann ich Ihnen heute leider keinen anbieten.«

»Das macht nichts. Wir haben eh gerade erst gefrühstückt, Pater«, erwiderte Sandra.

Bergmann warf ihr einen kritischen Blick zu, den sie ignorierte.

»Magdalena hat sich also gestern in der Früh das letzte Mal bei Ihnen gemeldet. Wegen Schindleckers Beisetzung«, wiederholte sie die Aussage, die der Pfarrer vergangene Nacht gemacht hatte.

Pater Vinzenz stellte die zwei Kaffeetassen auf den Tisch.

»Richtig. Wir wollten uns heute Nachmittag mit dem Bestatter treffen. Und ich hätte ihr bei dieser Gelegenheit auch gleich schonend beigebracht, dass ihr Stiefbruder verstorben ist. Das wollte ich gestern in der Nacht vor der Antonia nicht mehr erwähnen. Sie leidet sehr unter dem Verlust. Und der Gustl erst … Wissen Sie schon, wann wir den Simon beisetzen können?« Pater Vinzenz stützte sich auf einer freien Sessellehne ab, während er zu den Ermittlern sprach.

Sandra erklärte auch ihm die aktuelle Lage. »Ich rechne damit, dass seine Leiche noch vor dem Wochenende vom Staatsanwalt zur Beisetzung freigegeben wird. Dann können Sie und die Familie den Termin fix planen.«

Pater Vinzenz nickte und wandte sich wieder ab, um das Glas für Sandra zu holen, das er mit Leitungswasser gefüllt hatte.

»Und Sie haben noch immer keine Ahnung, wo sich Magdalena aufhalten könnte?«, fragte Sandra weiter.

Der Pfarrer schüttelte den Kopf und setzte sich zu ihnen. »Ich habe bereits den Fürsten angerufen. Bei ihm hat sie sich auch nicht gemeldet.«

»Dann werden wir also die Fahndung nach ihr einleiten. Aber zuvor haben wir noch ein paar Fragen an Sie, Pater Vinzenz.«

»Nur zu. Fragen Sie.« Beide Männer nippten an ihren Kaffees.

»Wir haben Fingerabdrücke von Ihnen in und an Peter Schindleckers Auto gefunden«, verkündete Sandra.

»Das wundert mich nicht. Er hat mich einmal mitgenommen, als mein Wagen kaputt war. Das war in diesem Frühjahr. Nachdem er Magdalena auf dem Marktplatz abgesetzt hatte.«

»Das hätten Sie uns aber auch gleich erzählen können«, meinte Bergmann scharf.

»Ich wusste nicht, dass es von Bedeutung ist. Auch nicht, dass Sie mich verdächtigen.«

»Das wäre ja nicht das erste Mal, dass Sie einer Straftat verdächtigt würden.« Bergmann fixierte den Pfarrer durch schmale Augen.

»Nein. Das wäre es nicht.«

Der Mann war offenbar durch nichts aus der Ruhe zu bringen, stellte Sandra fest.

»Sie wissen also, worauf ich anspiele«, sagte Bergmann.

»Selbstverständlich. Und ich schwöre Ihnen bei Gott, dass ich mich niemals an einem Mädchen vergriffen habe. Auch nicht an einem Buben. Überhaupt an keiner Menschenseele.«

»Dann hat Sie das Mädchen zu Unrecht beschuldigt, ihr sexuelle Handlungen abverlangt zu haben?«

»So ist es. Sie hatte es zu Hause sehr schwer. Ihre arbeitslose alkoholkranke Mutter hat sie allein großgezogen. Das Mädchen ist mit deren häufig wechselnden Männerbekanntschaften aufgewachsen, die von Sucht und Gewalt geprägt waren. Deshalb wurde sie auf Antrag des Jugendamtes mit 13 Jahren bei uns im Kloster untergebracht. Ich habe mich damals viel mit ihr beschäftigt und sie hat das wohl falsch interpretiert. Sie hat sexuelle Fantasien entwickelt. Mit deren angeblicher Realisierung hat sie dann vor den anderen Zöglingen geprahlt, bis sie entweder selbst daran geglaubt hat, oder dabei bleiben hat müssen, um nicht als Lügnerin dazustehen. Schlussendlich wurde die Anklage gegen mich mangels Beweisen fallengelassen, was Ihnen bestimmt auch bekannt ist.«

Bergmann nickte, den Blick noch immer auf die Augen des Pfarrers gerichtet. »Wir wissen inzwischen auch, dass Schindlecker angeblich ebenfalls zu Unrecht beschuldigt wurde, Maria Pierer vergewaltigt zu haben. Der Geschlechtsakt, bei dem Magdalena gezeugt wurde, soll in beiderseitigem Einverständnis vollzogen worden sein. Wussten Sie davon? Oder Magdalena?«

Der Pfarrer rieb seine Hände, ehe er weitersprach. »Bedauerlicherweise kann ich Ihnen darauf keine Antwort geben. Sie verstehen …«

»Ja, ja, Ihr antiquiertes Beichtgeheimnis …«

»Wollen Sie mit mir über die Sinnhaftigkeit der Heiligen Sakramente diskutieren?«, fragte Pater Vinzenz gut gelaunt.

»Nein danke. Daran glaube ich genauso wenig wie an Ihren Gott und Ihr völlig veraltetes Kirchenrecht.«

Sandra warf Bergmann einen Blick zu, der Sachlichkeit einmahnte. »Ob sinnvoll oder nicht, wir haben uns an das Strafrecht zu halten und akzeptieren selbstverständlich, dass Sie dem Beichtgeheimnis verpflichtet sind«, versicherte sie.

»Wenn ich Ihnen sonst irgendwie weiterhelfen kann, sehr gerne«, zeigte sich Pater Vinzenz versöhnlich.

»Das können Sie vielleicht, indem Sie uns etwas über Roswitha Rohringer erzählen. War sie oft in der Kirche?«

»Wenn sie in Ainberg und nicht in der Nervenklinik war, täglich.«

»Könnte sie dennoch von Dämonen besessen sein?« Sandra bekam Bergmanns skeptischen Blick aus dem Augenwinkel mit.

»Theoretisch wäre das schon möglich. Praktisch kann ich Ihnen wiederum nur sehr allgemein antworten. Dass die arme Frau geisteskrank ist, ist unbestritten. Ob sie von Dämonen besessen ist, müsste erst geprüft werden.«

»Wie prüft man das?«, fragte Sandra, die sich nicht erinnern konnte, jemals selbst oder vom Hörensagen mit einem Exorzismusfall in Berührung gekommen zu sein. Weder während ihrer Ausbildung noch später als Polizistin.

»Erst einmal müsste ich unseren Diözesanbischof bemühen und ihm den Fall ausführlich darlegen. Dem folgt die reifliche Prüfung durch unabhängige medizinische Gutachter. Erst danach wird im Bedarfsfall ein Exorzist geschickt, der sich nach eingehenden Beratungen mit den Ärzten entscheidet, ob die Frau besessen ist und behandelt werden sollte.«

»Hokuspokus fidibus«, warf Bergmann ein.

»In aller Kürze: Katholische Exorzisten beten, rezitieren, lesen, besprengen mit Weihwasser und zeigen dem Besessenen wiederholt das Kreuz«, erläuterte der Pfarrer.

»Da würde ich auch durchdrehen oder schreiend davonrennen«, ätzte Bergmann.

Pater Vinzenz überging seine letzte Bemerkung. »Das hat weder mit Hokuspokus noch mit der Darstellung in Hollywoodfilmen zu tun«, fuhr er seelenruhig fort.

»Wieso sind Sie diesen Weg in Frau Rohringers Fall nicht gegangen?«, fragte Sandra.

»Am besten reden Sie mit Alois Rohringer über seine Frau«, riet der Pfarrer.

»Ist es denn ein Zeichen für Besessenheit, wenn jemand plötzlich eine fremde Sprache spricht, die er nie gelernt hat?«, stellte Sandra eine allgemeine Frage.

»Ja, das gilt als ein Zeichen.«

»Wie praktisch«, meinte Bergmann. »Kann man sich die Fremdsprache auch aussuchen?«

Sandra unterdrückte ihr Grinsen.

»Wünschen Sie sich lieber nicht, besessen zu sein«, blieb der Pfarrer todernst. »Abgesehen davon, dass der Betroffene selbst darunter leidet, ist es auch für seine Angehörigen sehr belastend und hinterlässt gravierende Spuren in deren Seelen.«

»Was wären noch Anzeichen für Besessenheit?«, fragte Sandra weiter.

»Eine heftige Abneigung gegen Gott, die Heiligen Sakramente und christliche Symbole.«

Sandra trat den Kollegen unterm Tisch gegen den Fuß, um jedweden weiteren sarkastischen Kommentar im Keim zu ersticken.

Bergmann verzog den Mund, schwieg aber.

»Auch Kräfte, die über das Alter und die Verfassung des Kranken hinausgehen, und das Offenbaren von fernen und geheimen Dingen können Anzeichen für Besessenheit sein.«

»Meine letzte Frage dürfen Sie mir hoffentlich auch noch beantworten: Wann haben Sie Roswitha Rohringer zuletzt in Ainberg gesehen?«

»Kurz vor ihrer Einlieferung vor zwei Jahren war sie bei mir zur Beichte. Aber wie gesagt: Am besten reden Sie mit dem Alois über sie.«

Vor dem Pfarrhaus blies Bergmann die Luft aus und wischte sich mit der Hand über die Stirn. »In diesem Fall scheint es vor Irren nur so zu wimmeln«, sagte er und setzte die Sonnenbrille wieder auf.

»Und das behauptet ausgerechnet ein Besessener wie du. Wie war das noch mal? Heftige Ablehnung gegen Gott, die Kirche, ihre Symbole und Sakramente?«, zog Sandra den Chefinspektor auf.

»Das könnte dir so passen. Mir einen Exorzisten an den Hals zu hetzen …«

»Ich wette, deine Dämonen kann dir nicht einmal der austreiben.«

Bergmann grinste in sich hinein. »Die Pfaffen im Internat haben es jedenfalls nicht geschafft. Und wenn sie mich noch so oft gedemütigt, in den Kasten gesperrt und hungrig ins Bett geschickt haben.«

»Das haben sie mit dir gemacht?« Sandra war das Grinsen vergangen.

Bergmann hingegen nicht. Er zuckte nur mit den Schultern. »Wie du siehst, habe ich es überlebt. Wenigstens ist mir keiner von denen an die Wäsche gegangen. Dein Tritt auf meine Zehen vorhin hat übrigens wehgetan«, beschwerte er sich.

»Du wirst auch diesen Schmerz überleben«, erwiderte Sandra. Dass Bergmann nicht auf dem Ponyhof aufgewachsen war, bereitete ihr nicht weiter Kopfzerbrechen. Immerhin war er inzwischen ein großer Junge. »Kannst du zu Fuß zur Polizeistation gehen, oder soll ich den Wagen holen?«

»Danke. Sehr lieb von dir. Aber die 300 Meter schaffe ich auch zu Fuß. Irgendwie …« Bergmann zog demonstrativ sein Bein nach, als wäre er schwer verletzt.

»Spaß beiseite: Roswitha Rohringer scheidet als Täterin wohl aus. Es sei denn, sie hätte die Anstalt zwischendurch verlassen«, kam Sandra auf den Fall zu sprechen.

Bergmann kehrte zu seinem normalen Gang zurück und überquerte neben Sandra zügig die Straße. »Was zu überprüfen wäre«, meinte er. »Alois Rohringer werden wir uns nochmal vornehmen. Aber zuerst müssen wir Magdalena finden. Trummer soll gleich einen Suchtrupp zusammenstellen.«

»Hoffentlich ist es noch nicht zu spät für sie«, sprach Sandra ihre größte Sorge aus.

3.

»Die Lugerbäuerin hat uns angerufen und erzählt, dass die Magdalena gestern Eierschwammerl für sie brocken hätt soll'n. Das ham die beiden nach der letzten Sonntagsmesse ausg'macht«, berichtete Stix, während sich Trummer im Büro nebenan bereits um die Organisation des Suchtrupps kümmerte. Auch die Feuerwehrleute würden zur

Verstärkung der Polizei wieder antreten müssen. Zwei Leichensuchhunde waren angefordert. Und ein Hubschrauber sollte die Gegend aus der Luft nach der vermissten Frau absuchen.

»Eierschwammerl?«, fragte Sandra nach.

Stix nickte. »Ja, die haben jetzt Saison.«

»Vielleicht ist es ja nur ein Zufall. Aber ich habe gestern Abend beim Joggen ein Leinensackerl mit Eierschwammerl gefunden, das jemand auf einem Forstweg verloren oder weggeworfen hat. Das habe ich zu diesem Zeitpunkt zumindest angenommen.«

»Wo war das genau?« Bergmann war hellhörig geworden.

Sandra zückte ihr Handy und ließ sich die aktuelle Umgebungskarte anzeigen, um die gesuchte Stelle im Wald zu finden. »Hier. Da muss es gewesen sein«, sagte sie schließlich und streckte dem Chefinspektor das Handy entgegen. Stix trat näher an Bergmann heran, um ebenfalls einen Blick auf das relativ kleine Display zu erhaschen.

»Wenn das Sackerl noch dort ist«, fuhr Sandra fort, »hätten wir vielleicht doch einen Geruchsträger für die Fährtenhunde. Wenn es tatsächlich Magdalena gehört hat, müssten sich brauchbare Spuren von ihr vor allem auf den Stoffhenkeln befinden.« Da die Hütte mit Magdalenas persönlichen Gegenständen abgebrannt war, hatten sie eine Personensuche mit Flächenfährten- oder Mantrailer-Hunden bis eben noch ausschließen müssen, für alle Fälle aber die Leichensuchhunde angefordert.

»Gut«, meinte Bergmann. »Dann schaut ihr beiden gleich mal nach, ob das Ding noch dort ist, und bringt es mir her. Ich werde dem Kollegen Trummer ein wenig unter die Arme greifen. Wir haben keine Zeit zu verlieren.«

»Was ist mit Rohringer?«, fragte Sandra.

»Ruf ihn an und bestell ihn her.«

»Aber wenn wir nachher im Wald unterwegs sind, um nach Magdalena zu suchen?«, fragte Sandra.

»Mein Gott, mach es nicht komplizierter, als es ist. Ruf ihn an und gib mir dann Bescheid«, ordnete Bergmann an.

Sandra nahm im Einsatzwagen neben Stix Platz, die den Wagen lenkte, und wählte die Nummer des Försters. Schneller als erwartet hob dieser sein Festnetztelefon ab.

»Wenn Sie mit mir sprechen wollen, kommen Sie lieber gleich vorbei. Ich möchte mich an der Suche nach Magdalena beteiligen. Schließlich kenn ich den Wald wie meine Westentasche.«

Sandra willigte ein. Falls die Stofftasche noch dort war, wo sie sie hingehängt hatte, sollte Stix die LKA-Ermittlerin zum Förster fahren, danach den potenziellen Spurenträger in die Polizeiinspektion bringen. Sandra würde Rohringer allein vernehmen und anschließend mit ihm zum Einsatzort kommen.

Bergmann war damit einverstanden. Er habe ohnehin genug von dem mittelalterlichen Geschwafel, meinte er und wünschte Sandra viel Spaß. Die fand weder Geisteskrankheiten noch Teufelsaustreibungen besonders komisch, aber allemal hochinteressant.

Eine Viertelstunde später hatten sie das Sackerl samt den vergammelten Eierschwammerl sichergestellt, mit der Stix sich bereits auf dem Weg zurück in die Polizeiinspektion befand. Sandra stand indessen neuerlich vor dem Jagdschlösschen, in dem der Förster und sein Sohn logierten, und läutete an der Tür.

»Also, was kann ich für Sie tun?«, fragte Alois Rohringer nach der Begrüßung, die sich auch sein Jagdhund nicht hatte entgehen lassen. »Kommen Sie erst einmal mit in den Salon«, fügte er an und schickte Oskar voraus.

Sandra folgte dem Hund, hinter ihr schritt der Hausherr, und nahm schließlich auf demselben unbequemen Sofa Platz, auf dem sie zuletzt neben Bergmann gesessen war.

»Was zum Trinken?«, bot Rohringer ihr an.

Sandra winkte ab, um möglichst rasch zur Sache zu kommen. »Ich wollte mich mit Ihnen über Ihre Frau unterhalten«, eröffnete sie ihm.

Dem Förster war anzusehen, dass er darüber wenig erfreut war. Er schaute zur Decke und seufzte. Dann senkte er seinen Blick wieder. »Muss das denn unbedingt sein?«

»Wenn es nicht wichtig wäre, würde ich Sie nicht darum bitten. Ich kann mir vorstellen, dass Sie nicht gerne über sie reden.«

»Inwiefern ist meine Frau überhaupt von Bedeutung für Sie? Sie war seit fast zwei Jahren nicht mehr zu Hause.«

»Sie ist in Graz in der Nervenheilanstalt, richtig?«

»Das wissen Sie also schon. Na ja, vermutlich zerreißen sich eh alle das Maul über uns.« Wieder seufzte Rohringer. Sandra kam der Mann auf einmal zehn Jahre älter vor als noch vor wenigen Minuten.

»Nein, Herr Rohringer. So ist das nicht«, widersprach sie ihm. »Niemand hat sich das Maul über Sie zerrissen. Ich habe mich lediglich mit Ihrer Tochter unterhalten.«

»Mit der Toni? Über ihre Mutter? Das wundert mich aber.«

Dass der Hinweis auf Roswitha Rohringers Geisteskrankheit in Wahrheit vom Feuerwehrkommandanten stammte, musste sie dem Förster ja nicht unbedingt auf die Nase binden.

»Ihre Tochter redet auch nur ungern über sie. Das ist schon wahr. Offenbar haben Sie alle Einiges durchgemacht.«

Wieder folgte ein tiefer Seufzer, der das Leid, das die Familie hatte ertragen müssen, nur vage andeutete.

»Die Rosi ist eine kranke Seele, die wenig Aussicht auf Heilung hat. Aber sie ist bestimmt kein böser Mensch«, nahm Rohringer seine Frau in Schutz. »Sie ist sogar sehr fromm. Leider hatte sie schon immer diese unerklärliche Angst vor einem nahen Weltuntergang. Die hat sich nach Antonias Geburt zu einer Psychose ausgewachsen. Ich hatte die Hoffnung, dass sich ihr Zustand wieder bessern würde, nachdem auch unser Sohn auf der Welt war. Aber das war ein Irrglaube. Ich hab viel zu lange den Kopf in den Sand gesteckt, war wenig zu Hause und hab nicht bemerkt, wie sehr die Kinder unter der Krankheit ihrer Mutter zu leiden hatten. Sie haben sich ja nie bei mir beschwert, und wahrscheinlich wollte ich es auch gar nicht wahrhaben.« Rohringer schluckte, ehe er weiter erzählte. »Ich hatte wirklich lange Zeit keine Ahnung, dass die Stimmen, die meine Frau hört, ihr befehlen, nicht nur sich selbst, sondern auch die Kinder immer wieder zu prüfen und hart zu bestrafen, wenn sie versagt haben.«

Der Hund stand auf und lief aus dem Zimmer, als würde auch er einer unhörbaren Stimme folgen.

»Was hat er?«, fragte Sandra.

»Ich nehme an, dass mein Sohn jeden Augenblick nach Hause kommt. Der Oskar hört ihn schon eine ganze Weile, bevor er hier eintrifft.«

»Wie geht es Ihrem Sohn denn? Schon besser?«

»Das war ja nichts. Höchstens eine kleine Erkältung.«

»Dann kann ich mit ihm nachher auch noch über seine Mutter reden?«

»Wenn er das möchte. Ich fürchte aber, dass es ihm unangenehm ist. Er liebt seine Mutter. Trotz allem …«

»Besucht er sie regelmäßig?« Sandra vernahm ein Motorengeräusch vor dem Haus. Oskar hatte demnach richtig gehört.

»Ich weiß nur, dass der Clemens sie manchmal besucht. Wann und wie oft erzählt er mir nicht«, fuhr Rohringer fort.

»Sie sagten vorhin, Ihre Frau habe die Kinder hart bestraft.«

»Die Kinder mussten fromm sein, stundenlang beten und bedingungslos gehorchen. Für mich war es ehrlich gesagt nicht unangenehm, dass sie sich immer so leise verhalten haben. Damals haben wir nämlich noch in einem kleineren Haus in Dobrein gewohnt. Meine Frau hat die Kinder nur anschau'n müssen, und schon war Ruhe. Wie sie das zuwege gebracht hat, hab ich nicht hinterfragt. Ich hab auch nicht gewusst, dass sich die Toni und der Clemens von anderen Kindern fernhalten mussten, die in Rosis Augen ein schlechter Umgang für sie waren. Aber das soll keine Entschuldigung für mich sein. Verzeihen Sie bitte, ich brauch jetzt einen Schnaps«, sagte er und ging zum Schrank, um sich dort einen Hochprozentigen einzuschenken. Das erste Stamperl kippte er an Ort und Stelle hinunter. Ein zweites nahm er mit zum Fauteuil.

»Ich nehme an, dass auch Magdalena ein schlechter Umgang für Ihre Kinder war.«

Der Förster nickte. »Die ganz besonders. Für die Rosi war die Theresia eine alte Hexe, die es mit dem Teufel treibt. Den Waldmenschen hat sie für dessen leiblichen Sohn gehalten, der seinen dämonischen Samen mit Gewalt in die Maria eingepflanzt hat. Dass die Magdalena dann blind zur Welt gekommen ist, war für meine Frau nur eine Bestätigung ihres Glaubens, dem sie sich im Laufe der Jahre immer stärker hingegeben hat. Obwohl der Pfarrer immer wieder versucht hat, sie mit Gesprächen zur Vernunft zu bringen. Leider hat das nichts genutzt. Einige Male konnte ich sie dazu überreden, sich in psychiatrische Behandlung zu begeben. Aber das hat immer nur für kurze Zeit geholfen. Spätestens, wenn sie ihre Medikamente wieder verweigert hat, war alles beim Alten. Und meistens war es noch viel schlimmer als zuvor. Als die Magdalena dann zum Waldmenschen gezogen ist, war sich die Rosi sicher, dass der Teufel endgültig siegen und die Welt untergehen würde, wenn sie es nicht um jeden Preis und mit aller Macht verhindert. Ihre Krankheit war zu diesem Zeitpunkt so weit fortgeschritten, dass ich sie nur mit großer Mühe und schließlich mit einer amtsärztlichen Einweisung davon abhalten konnte, den Waldmenschen und seine Tochter zu vernichten. Sie hat in ihrem Wahn unfassbare körperliche Kräfte entwickelt, die sie auch gegen mich gerichtet hat, weil ich sie an ihrer göttlichen Bestimmung hindern wollte …« Rohringer kippte das zweite Stamperl Schnaps in einem Zug hinunter.

Sandra erinnerte sich daran, dass laut Pater Vinzenz ungewöhnliche körperliche Stärke ebenfalls als Hinweis auf Besessenheit gedeutet werden konnte. »Ich nehme an, dass Sie uns von dem Mordmotiv Ihrer Frau bisher nichts erzählt haben, weil sie zum Tatzeitpunkt in der Anstalt war.«

Rohringer nickte. »Sie kann es nicht gewesen sein. Ich

hab mich dort sofort telefonisch erkundigt, ob die Rosi die Möglichkeit zum Freigang hatte. Völlig ausgeschlossen.«

»Haben Sie eigentlich jemals daran gedacht, einen Exorzisten um Hilfe zu bitten?«

Rohringer sah Sandra erstaunt an. »Glauben Sie etwa an diesen Humbug?«

»Nein. Ich dachte nur …«

»Ein Exorzist war für mich niemals eine Option. Was mir meine Tochter heute noch übel nimmt.«

Sandra ließ sich nicht anmerken, dass sie auch das bereits wusste. Noch bevor sie etwas erwidern konnte, erregte ein bekanntes Geräusch ihre Aufmerksamkeit, das sie umgehend zur Tür blicken und aufspringen ließ. Im Türrahmen stand Clemens Rohringer, das Jagdgewehr im Anschlag. Sandra hatte das Geräusch, das die Waffe beim Entsichern machte, demnach richtig interpretiert. Auch der Förster war aufgestanden und starrte seinen Sohn an.

»Niemand bewegt sich«, kommandierte Clemens, ohne dabei die Stimme zu erheben. »Haben Sie eine Waffe dabei?«, wandte er sich an die Polizistin.

Sandra schüttelte den Kopf. »Bitte, Clemens. Seien Sie doch vernünftig. Legen Sie die Waffe weg und lassen Sie uns reden«, sprach Sandra auf ihn ein.

»Ruhe, sag ich. Ihr habt's schon genug geredet.« Der Gewehrlauf wanderte von ihr zum Förster. »Wie kannst du Mutter das nur antun? Wieso erzählst du dieser Schlampe solche Lügen über sie? Aber du warst es ja auch, der sie einsperr'n hat lassen.«

Rohringer ging auf seinen Sohn zu. »Clemens, bitte …«, meinte er, mehr überrascht als ängstlich.

Clemens drückte ab. Der Knall des Gewehrschusses

war im wahrsten Sinn des Wortes ohrenbetäubend. Ohne einen Gehörschutz, wie ihn Sandra normalerweise beim Schießtraining in geschlossenen Räumen trug, befürchtete sie im ersten Moment, ein Explosionstrauma erlitten zu haben. Die Geräusche, die Rohringers Mund verließen, während er getroffen zu Boden sank, klangen dumpf in ihren Ohren. Die ersten Worte, die von seinem Sohn folgten, waren mit einem leisen, hohen Pfeifton unterlegt. »Vater unser im Himmel«, betete Clemens, während Sandra sich zu sammeln versuchte.

»… und vergib uns unsere Schuld …«, sprach der junge Mann, der nun neben seinem Vater kniete, weiter. Der lag auf dem Rücken, die Brust voller Blut, und starrte den Sohn noch immer fassungslos an.

Clemens beim Gebet zu unterbrechen, war vermutlich nicht die beste Idee, überlegte Sandra. Auch nicht, sich ihm zu nähern. Sobald sie sich bewegte, würde er das aus dem Augenwinkel mitbekommen und bestimmt nicht zögern, auch auf sie zu schießen. Scheiße, Scheiße und nochmals Scheiße!, fluchte sie innerlich. Was sollte sie bloß tun, um ihr Leben und das des Schwerverletzten zu retten? Wenn Bergmann bei ihr gewesen wäre, hätten sie ein Ablenkungsmanöver wagen können. Aber so?

»… in Ewigkeit. Amen«, schloss Clemens sein Gebet. Dann nahm er das Gewehr, das neben ihm gelegen hatte, und stützte sich darauf, um sich zu erheben.

»Rufen Sie den Pfarrer an«, sagte er zu Sandra. »Ich will beichten.«

»Pater Vinzenz?«, fragte Sandra.

»Ja, klar. Jetzt machen Sie schon.«

Wenn sie vorgab, die Nummer des Pfarrers, die in ihrer Anrufliste gespeichert war, nicht zu kennen, war das vielleicht eine Chance, ihn wenigstens kurzfristig abzulenken und ihm die Waffe abzunehmen.

»Haben Sie seine Nummer?«, gab sie sich unwissend, bereit, sich in einem unachtsamen Moment auf ihn zu stürzen.

Clemens sagte ihr die Nummer aus dem Gedächtnis an. So viel zu ihrem Plan, der damit vorerst gescheitert war.

»Was ist mit einem Krankenwagen? Ihr Vater lebt doch noch. Er wird Ihnen verzeihen, und alles wird wieder gut«, sagte Sandra.

»Tun Sie lieber, was ich sag. Rufen Sie jetzt den Pfarrer an. Ja keinen anderen. Ich warne Sie …«

Wieder blickte Sandra in den Gewehrlauf, diesmal direkt vor ihrer Nase. Der Tinnitus pfiff noch immer leise in ihrem Ohr. Zum Telefonieren benutzte sie deshalb das andere.

Pater Vinzenz versprach ihr, umgehend loszufahren, nachdem sie ihm vage erklärt hatte, dass Clemens sofort beichten wolle. Es gehe um Leben und Tod. Seine Frage, ob er einen Krankenwagen verständigen solle, verneinte sie. Es erschien ihr viel zu gefährlich, ein unbewaffnetes Rettungsteam ahnungslos hier herein zu schicken. Ob Polizeiverstärkung nötig war, fragte Pater Vinzenz leider nicht. Von einem Pfarrer konnte man das auch nicht erwarten.

»Setzen Sie sich. Wir warten hier«, befahl Clemens.

»Lassen Sie mich Ihren Vater versorgen, bitte. Und einen Krankenwagen rufen.«

»Hinsetzen, hab ich gesagt.« Clemens lud die Waffe erneut durch.

Sandra ließ sich aufs Sofa fallen. Sie war sich sicher, dass er Magdalena entführt hatte. Um ihr vielleicht noch das

Leben retten zu können, galt es als Erstes, ihm ihren Aufenthaltsort zu entlocken. Danach musste sie diese Information irgendwie an Bergmann weiterleiten.

Ebenso wenig zweifelte Sandra daran, dass sie Schindleckers Mörder gegenübersaß. Nur, wenn es ihr gelang, ihm jetzt gleich ein Geständnis zu entlocken, würde sie dieses gegen ihn verwenden können. Sobald der Pfarrer anwesend war und Clemens sich an ihn wandte, fielen seine Aussagen unter das Beichtgeheimnis und wären damit wiederum rechtlich unbrauchbar. »Was ist mit Magdalena?«, fasste sie sich ein Herz.

»Wir haben gemeinsam gebetet.«

Clemens' Gesicht entspannte sich merklich. Also sprach Sandra weiter. »Und wo ist sie jetzt?«

»In den Händen unserer Mutter.«

»In den Händen Ihrer Mutter?«, fragte Sandra nach.

Er schüttelte den Kopf, als wäre sie schwer von Begriff, blieb ihr jedoch eine Antwort schuldig.

»Wo ist Magdalena? Lebt sie?« So schnell gab Sandra nicht auf.

Clemens zuckte mit den Schultern und befahl ihr, zu schweigen. Er habe keine Lust mehr, sich mit ihr zu unterhalten, er müsse jetzt beten. Das tat er dann auch still. Zwischen seinen Beinen stand das Jagdgewehr, das er mit seinen betenden Händen umfasste.

Sandra sah keine Chance, ihm die Waffe abzunehmen, ohne ihr Leben zu riskieren. Nach einer gefühlten Ewigkeit, in der sie draußen Vögel zwitschern und irgendwo im Haus den Hund bellen hörte, ertönte die Türglocke. Ihr Puls beschleunigte sich. Vielleicht würde sich jetzt eine Möglichkeit finden, Clemens zu überwältigen.

Mit der Waffe trieb er sie zur Tür, um diese zu öffnen.

Pater Vinzenz sah zuerst nur Sandra. »Was ist denn passiert? Wo ...« Er hielt inne, als Clemens aus ihrem Schatten trat.

»Kommen Sie herein, Pater«, forderte er den Pfarrer auf und trat zur Seite.

»Clemens, was soll denn die Waffe?«, fragte Pater Vinzenz noch im Flur.

»Ich muss doch verhindern, dass sie unseren göttlichen Plan durchkreuzt.« Er deutete auf Sandra.

Die sah den Pfarrer von hinten nicken, als wüsste er, worum es ging.

Unseren göttlichen Plan?, fragte sie sich. Hatte Pater Vinzenz am Ende doch etwas damit zu tun?

Erschrocken blieb der Pfarrer in der Tür zum Salon stehen. »Alois!« Im nächsten Moment eilte er zum regungslosen Förster und kniete sich neben ihn, um seinen Puls am Hals zu fühlen. Clemens bugsierte Sandra unterdessen mit dem Gewehr zum Sofa hinüber. Von dort aus beobachtete sie, wie Pater Vinzenz dem Toten die Augen schloss. Er sprach ein kurzes stilles Gebet. Dann erhob er sich und ging auf Clemens zu.

»Ich hab meinen Vater getötet«, sagte Clemens, als hätte irgendjemand im Raum daran gezweifelt.

Der Pfarrer setzte sich zu ihnen. »Wenn du beichten möchtest, legst du besser erst einmal die Waffe weg«, sagte er.

»Zuerst muss ich sie aber noch töten«, sagte Clemens und richtete die Waffe erneut gegen Sandra. »Sie zerstört unseren göttlichen Plan.«

KAPITEL 19

Magdalena fröstelte unter der kratzigen Wolldecke. Mehr als feuchte zehn oder elf Grad hatte es in der Höhle bestimmt nicht. Sie schmiegte sich noch enger an Luna an. Dass der Mann ihr den Hund zurückgebracht hatte, war die Belohnung gewesen. Weil sie gebetet hatte. Er musste geisteskrank sein. Wie die Rosi, die sie wegen ihres Wahns immer wieder abgeholt hatten. Jetzt würde sie wohl bis an ihr Lebensende in der Nervenklinik bleiben, hatten sich die Frauen am Markt über die Frau des Försters unterhalten. Magdalena hatte sie früher große Angst eingejagt. Einmal schrie sie ihr vor der Schule nach, dass sie die Ausgeburt des Teufels sei. Dass sie und der Waldmensch die Menschheit ins Verderben stürzen würden. Dass sie ausgelöscht werden mussten, um die Welt zu retten. Den Hass der Frau hatte Magdalena nicht nur hören, sondern auch fühlen können, wenngleich die Rosi sie niemals angefasst hatte.

Damals kam die Zehnjährige völlig verstört nach Hause. Sie wurde oft gehänselt, manchmal auch beschimpft, aber so viel Hass war ihr noch nie entgegengeschlagen. Die Mutter war nicht daheim, um Magdalena zu trösten. Aber der Simon. Er zeigte ihr zum ersten Mal, wie lieb er sie hatte. Es tat weh. Sie schämte sich und schwor, ihr Geheimnis zu bewahren. Eine Zeitlang kam der Stiefbruder beinahe täglich zu ihr ins Bett. Später tröstete er auch Antonia. Wenn sie wieder einmal vor ihrer verrückten Mutter zu ihm flüchtete. Heiraten wollte er die Toni aber nicht. Deshalb, so vermutete Magdalena, wandte sich diese später seinem Vater zu. Sie selbst war zu jenem Zeitpunkt längst beim Peter gewesen, wo sie für den Simon unerreichbar war. Solange Peter gelebt hatte, war ihr Stiefbruder nicht ein einziges Mal bei ihr aufgetaucht. Erst neulich, als er behauptete zu wissen, wer den Peter getötet hatte.

Musste sie den Mörder demnach nicht auch kennen?, fragte sich Magdalena nicht zum ersten Mal. Nichts an diesem Mann kam ihr bekannt vor. Weder seine Stimme, der Klang seiner Schritte noch sein Geruch. Ein weiteres Mal ging sie im Geist alle Männer aus der Umgebung durch, als sich plötzlich ein anderer Gedanke in ihren Kopf drängte. Was, wenn die Polizei ihn schon festgenommen hatte? Und wenn er verschwieg, wo er sie und Luna versteckte? Würden sie nach ihnen suchen? Sie rechtzeitig hier finden? Oder war das wirklich ihr Ende? Magdalena schluckte ihre Tränen hinunter und hob die zusammengebundenen Hände, um Luna zu kraulen. Wenigstens würde sie nicht allein sein, wenn es soweit war. Bestimmt würde sie vor der Hündin sterben. Tiere waren zäh. Wer kümmerte sich jetzt um die Ziegen und um die Hühner? Nur Merlin würde auch ohne sie zurechtkommen, vielleicht auf einem nahen Bauernhof Unterschlupf finden.

Luna schreckte hoch und riss Magdalena aus ihren Überlegungen. Genau wie sie, konnte sich die Hündin nicht sehr weit von der Matratze entfernen. Er hatte sie beide mit Seilen angeleint. Die hatten sich inzwischen ineinander verheddert. Lunas Bellen hallte von den Wänden wider. Kaum war das Echo verebbt, setzte es erneut ein. Doch diesmal hatte Luna keinen Mucks von sich gegeben. Das Bellen klang wie eine Antwort. War ein zweiter Hund in der Höhle? Suchten sie nach ihnen? Magdalena stand auf. Ihr Herz schlug bis zum Hals. »Hallo!«, schrie sie sich die Seele aus dem Leib. »Hier sind wir!« Lunas neuerliches Bellen überlagerte das Echo ihrer Stimme. Hatte sie sich getäuscht? Stammte das Bellen doch nur von Luna? »Aus, Luna!«, zischte sie der Hündin zu.

»Hallo … hallo … hallo …«, drang es an ihre Ohren. Eine Männerstimme.

»Hier! Hier sind wir!«, wiederholte Magdalena so laut sie konnte. Als plötzlich ein neuer Gedanke die anfängliche Euphorie in sich zusammenfallen ließ. Was, wenn er es war?, fiel ihr ein. Wieder kroch die Angst in ihr hoch. Wenn er zurückgekommen war und sie um Hilfe schreien hörte, würde er sie bestimmt bestrafen. Es war besser, zu schweigen.

KAPITEL 20

1.

Mit kerzengeradem Rücken rutschte Pater Vinzenz auf dem Sofa nach vorn. »Hallo? Ist dort Miriam Seifert vom Landeskriminalamt?«, fragte er ins Handy. Die Gelassenheit war ihm inzwischen abhandengekommen. Seine Stimme klang aufgeregt.

Clemens saß auf dem Fauteuil und stierte durch den Pfarrer hindurch. Seine gefalteten Hände und die Lippenbewegungen verrieten, dass er noch immer seine Bußgebete sprach.

»Einen Moment, bitte«, sagte der Geistliche, nachdem die Frau am anderen Ende der Leitung seine Frage beantwortet hatte. »Ich gebe Ihnen Frau Mohr.«

Sandra beendete einen weiteren Versuch, Bergmann zu erreichen, nachdem sie eben mit der Einsatzzentrale telefoniert hatte, und wandte sich vom Fenster ab. Wieso hatte Bergmann sein verdammtes Handy abgeschaltet? Ausgerechnet, wenn sie ihn einmal brauchte? Sie strebte auf den Pfarrer zu.

Pater Vinzenz hatte ihr das Leben gerettet. Mit der Kraft

Gottes. Oder mit Intelligenz und Einfühlungsvermögen. Je nachdem, wie man es sehen wollte. Auf alle Fälle hatte er Clemens überredet, aufzugeben. Ansonsten hätte er ihm die Beichte verweigert. Nur, wenn er seine Taten aufrichtig bereute und kein weiteres Verbrechen beging, wollte er ihn anhören.

Sandra hatte keine Ahnung, ob der Priester damit gegen ein Kirchengesetz verstoßen hatte. So oder so war sie ihm mehr als dankbar, dass sie noch lebte. Dem Gespräch der beiden Männer glaubte sie entnommen zu haben, dass Clemens den Mord an Schindlecker schon zu einem früheren Zeitpunkt gebeichtet hatte. Sicher war sie sich aber nicht. Ihre Sterbensangst hatte sie zu sehr abgelenkt. Merkwürdig, wie das Gehirn aussetzte, wenn man dem Tod ins Auge blickte. Oder dem Mann, der einen töten wollte. Ich darf nicht sterben!, war der einzige Gedanke gewesen, um den sich in ihrem Kopf alles gedreht hatte. Immer wieder: Ich darf nicht sterben!

Clemens hatte schließlich aufgegeben, sich die Waffe abnehmen und die Handschellen anlegen lassen. Danach hatte Sandra den Raum verlassen, damit er mit dem Pfarrer unter vier Augen sprechen konnte. Hätte sie gelauscht, hätte sie ihr Wissen bei Gericht nicht verwenden dürfen. Also hatte sie sich erst gar nicht in Versuchung gebracht und sich zwischenzeitlich in Clemens' Zimmer umgesehen. Selbstverständlich mit dessen Einverständnis, um keinen Formfehler zu riskieren.

Was Sandra dort gefunden hatte, würde dem Staatsanwalt für eine Mordanklage reichen. Unzählige illustrierte Bücherseiten, Ausdrucke und Fotos aus dem Internet, die er fein säuberlich in mehreren Mappen gesammelt hatte, zeigten verschiedene Folter- und Hinrichtungsszenen. Unter anderem auch jene, die frappant an den Leichenfund erinnerte. Ein Mann, der kopfüber an einem Baum hing, flankiert von zwei Hunden. Wieder dieser Holzschnitt von Stumpf, an den sie sich von Anfang an vage hatte erinnern können. Und den Paul Stadler für sie gefunden hatte. Kletterseile waren Sandra keine untergekommen. Zumindest nicht im Zimmer von Clemens. Die weitere Spurensuche überließ sie der Tatortgruppe. In ihrem Ohr surrte es noch immer, und ihr war übel.

Sandra nahm das Mobiltelefon, das ihr der Pfarrer entgegenstreckte. Erst jetzt fiel ihr auf, dass ihre Hand leicht zitterte. »Lasst alles liegen und stehen, Miriam, und kommt hierher. Ich brauche euch, um den mutmaßlichen Täter zu verhören.« Dann gab sie der Kollegin die Adresse durch und erklärte ihr in aller Kürze, was vorgefallen war. »Ich kümmere mich um die Haft- und Durchsuchungsbefehle. Einsatzzentrale, Tatortgruppe und Gerichtsmedizin sind schon verständigt, der Leichenwagen ist auch unterwegs. Du forderst dann bitte noch einen psychiatrischen Gutachter fürs Verhör und ein Polizeiteam an, das Clemens Rohringer anschließend überstellt.«

Miriam bestätigte ihre Anweisung. »Was ist mit Magdalena?«, hörte Sandra die Kollegin fragen.

»Keine Ahnung, ob sie Magdalena inzwischen gefunden haben. Ich kann weder Bergmann noch sonst jemanden erreichen. Ich vermute mal, dass das ganze Dorf mit dem Suchtrupp in Waldgebieten ohne Empfang unterwegs ist. Sie sind alle wie vom Erdboden verschluckt.« Bis auf den toten Förster, seinen Sohn, der den Vater mit dessen Waffe erschossen hatte, und den Pfarrer, dem sie ihr Leben verdankte.

Sandra sah auf die Uhr, nachdem sie das Gespräch beendet hatte. Viel länger als zehn Minuten würden die Kollegen nicht brauchen, um von Mürzsteg hierher zu gelangen. Ihr Mund war staubtrocken, und ihr war schwindlig.
»Könnten Sie uns bitte Wasser holen?«, wandte sich Sandra
an Pater Vinzenz. »Ich sollte besser hier bleiben, bis meine
Kollegen eintreffen.« Clemens murmelte noch immer seine
Gebete vor sich hin.

»Aber sicher.« Der Pfarrer erhob sich, um den Raum
zu verlassen, als Sandras Handy klingelte. »Sascha! Endlich! Wo bist du?«, überfiel sie ihn nach einem kurzen
Blick aufs Display. Sie deutete Pater Vinzenz, hierzublei-
ben. Der setzte sich wieder.

»Melde mich gehorsam vom Einsatzort.« Bergmann
klang fröhlich. »Suche erfolgreich beendet. Wir haben
Magdalena Pierer in einer Höhle gefunden. Es geht ihr
soweit gut«, verkündete er beinahe übermütig.

Sandra war erleichtert, dass Magdalena wohlauf war.
Eine weitere Leiche hätte sie an diesem Tag nur sehr schwer
verkraftet.

»Der mutmaßliche Täter hat sie entführt und in einer
Höhle festgehalten. Es muss jemand sein, der die Gegend
wirklich gut kennt. Von diesem Höhlenzugang haben nicht
einmal die einheimischen Einsatzkräfte etwas gewusst.
Aber sag mal: Wolltest du nicht mit dem Förster zum Einsatzort kommen? Der müsste die Höhle doch kennen«,
meinte Bergmann.

»Er ist tot«, antwortete Sandra möglichst leise. »Ich
hab ihn einvernommen, als sein Sohn plötzlich im Zimmer gestanden ist und ihn vor meinen Augen erschossen
hat. Ich konnte es nicht verhindern.« Sandras schmerzende
Kehle kündigte an, dass sie kurz davor stand, die Beherr-

schung zu verlieren. Das durfte nicht sein. Nicht jetzt und nicht hier, beschwor sie sich selbst.

»Clemens Rohringer hat …? Um Gottes willen, Sandra! Bist du okay? Hast du Verstärkung angefordert? Ich komme sofort zu dir.« Bergmann klang ernsthaft besorgt.

»Nicht nötig. Miriam und Stefan müssten jeden Moment eintreffen. Wir bringen Clemens dann zum Verhör in die Polizeiinspektion.«

»Du hast ihn festgenommen? Bist du wirklich okay?«

»Ja, ich bin okay. Alles Weitere habe ich auch schon veranlasst. Was hältst du davon, wenn ich mit Pater Vinzenz zum Einsatzort komme? Er ist ebenfalls hier im Jagdschlössl. Magdalena kann ihn jetzt bestimmt gut gebrauchen.«

»Gute Idee. Kommt her. Wir müssen ohnehin auf den Krankenwagen warten. Magdalena ist einverstanden, sich im Krankenhaus auf Spuren untersuchen zu lassen.«

»Weiß sie schon, dass ihr Zuhause abgebrannt ist?«

Bergmann räusperte sich. »Na ja, ich wollte es ihr möglichst schonend beibringen. Am besten warten wir mit den schlechten Nachrichten, bis der Pfarrer hier auftaucht. Sie hat übrigens keine Ahnung, wer sie entführt hat. Seltsam …«

»Nicht wirklich. Clemens und sie hatten kaum Kontakt miteinander. Seine Mutter hat es ihm verboten. Aber das erzähle ich dir alles später. Ich höre einen Polizeiwagen kommen.« Sandra ließ sich die Koordinaten des Einsatzortes durchgeben und beendete die Verbindung.

2.

Die hinteren Türen des Krankenwagens standen offen, als Sandra und Pater Vinzenz aus dem schwarzen Kia stiegen. Täuschte sie sich, oder sah Bergmann sie besorgt an, während er sich ihr näherte?

»Alles okay mit dir?«, fragte er zum dritten Mal innerhalb der letzten 18 Minuten.

Wieder gab Sandra vor, in Ordnung zu sein. Etwas anderes kam für sie momentan nicht infrage. Auch wenn ihr Job sie vorhin an ihre Grenzen gebracht hatte, ihr schwindlig und übel war, musste sie weiterfunktionieren. Dennoch nahm sie sich vor, demnächst die psychologische Betreuung in Anspruch zu nehmen, die ihr Dienstgeber für überlastete Polizisten bereitstellte. Die Zeiten, in der Einsatzkräfte immer stark zu sein hatten und jedes noch so schreckliche Erlebnis selbst, oft auch mit der vermeintlichen Hilfe von Alkohol, bewältigen mussten, waren glücklicherweise vorbei. Sogar Bergmann hatte sich damals aus seiner Krise helfen lassen.

Pater Vinzenz kletterte in den Fond des Krankenwagens, der beim Eingang zur Klamm parkte. Sandra und Bergmann blieben dahinter stehen. Die meisten Einsatzkräfte und die freiwilligen Helfer waren bereits abgezogen.

»Dort hinten geht's zu der Höhle, in der wir sie gefunden haben.« Bergmann deutete zur Felsschlucht hinüber. Kein Wunder, dass Sandra niemanden am Handy erreicht hatte. Im Inneren der Höhle funktionierte nicht einmal mehr der digitale Tetra-Funk der Einsatzkräfte. Jede andere Technik stieß dort sowieso an ihre Grenzen.

Magdalena streckte die Hand nach dem Pfarrer aus, als dieser sie im Wageninneren ansprach. Luna saß direkt neben ihr. Sie seien beide unverletzt, bestätigte sie.

»Deine Hand ist eiskalt«, stellte Pater Vinzenz fest.

»Ich hab gefroren in der Höhle. Aber jetzt geht's schon wieder,« erwiderte Magdalena.

Der Pfarrer wandte sich nach Sandra um. Die nickte ihm zu. Dann erzählte er Magdalena, dass ihr Haus abgebrannt sei.

»Was ist mit den Tieren?«, zeigte sie sich besorgt.

»Die sind in Sicherheit. Bis auf ein paar Hendln, die es leider erwischt hat. Die Lugerbäuerin hat die restlichen Hühner und die Ziegen zu sich genommen. Solange, bis du einen anderen Platz für sie hast. Du kannst inzwischen bei mir im Pfarrhaus wohnen, wenn du möchtest.«

»Und Merlin?«

»Der taucht bestimmt noch auf, der kleine Lump der.«

»Ja bestimmt.« Magdalena lächelte zaghaft, um gleich wieder ernst zu werden. »Er hat es wieder getan, Pater«, fuhr sie beschämt fort.

»Wir sind nicht allein, Magdalena«, warnte der Pfarrer sie. »Frau Mohr und Herr Bergmann von der Kriminalpolizei können dich hören.«

Das Mädchen zog Farbe auf. Sandra wollte auf dem Absatz kehrt machen, als Magdalena weitersprach. »Sie können ruhig zuhören. Ich hab Gott geschworen, alles zu sagen, wenn Luna und ich heil da rauskommen. Selbst wenn ich mich dabei zu Tode schäme.«

»Das wirst du bestimmt nicht. Nur zu«, ermunterte sie der Pfarrer.

Sandra holte das Aufnahmegerät aus der Tasche.

Magdalena schilderte, wie der Mann sie vergewaltigt

hatte. Noch immer hatte das Mädchen keine Ahnung, wer er war.

»Wir haben vor wenigen Stunden einen Tatverdächtigen festgenommen«, sagte Sandra.

»Ja? Wer ist es?« Magdalena wischte sich die Tränen aus dem Gesicht. Sandra reichte dem Pfarrer ein Taschentuch in den Wagen, das er an Magdalena weitergab.

»Seinen Namen möchte ich noch nicht preisgeben. Aber wären Sie mit einer Gegenüberstellung einverstanden, solange Ihre Eindrücke noch frisch sind?«

»Hat er auch Peter und Sancho umgebracht? Und mein Haus angezündet?«, fragte Magdalena nach.

»Wir vermuten es. Geständnis hat er aber noch keines abgelegt. Sie würden uns mit einer Gegenüberstellung sehr helfen.«

»Na gut. Ich mach es. Wenn Pater Vinzenz bei mir bleibt.«

»Freilich, mein Kind.«

Magdalena schnäuzte sich.

Bergmann wandte sich ab, um Miriam anzurufen. Sie sollte den Verdächtigen und ein paar freiwillige Polizisten, die Magdalena nicht kannte, herbringen.

»Ist es derselbe Mann, den mein Stiefbruder anzeigen wollte?«

»Wie bitte?«, fragte Sandra überrascht.

»Der Simon wollte am Montag zur Polizei gehen und einen Verdächtigen anzeigen. Vorher war er bei mir und hat behauptet, dass er Peters Mörder kennt. Namen hat er aber keinen genannt.«

»Simon war bei Ihnen?«

»Ja. Ich hab ihn aber nicht ins Haus lassen. Ich hab so getan, als wär ich nicht da.«

»Warum?«

»Ich hatte große Angst. Im ersten Moment hab ich geglaubt, dass dieser Mann wieder vor meiner Tür steht.« Magdalena seufzte.

Sandra nickte dem Pfarrer ein weiteres Mal zu. Bergmann hatte sein Gespräch beendet und stand nun wieder neben ihr.

»Der Simon war nicht bei der Polizei. Er ist unterwegs mit dem Motorrad tödlich verunglückt«, sagte Pater Vinzenz.

»Der Simon ist tot?«

»Ja, mein Kind. Gott hat deinen Bruder zu sich gerufen.« Bergmann verdrehte die Augen.

»Der Simon hat mich früher auch missbraucht«, erzählte Magdalena ansatzlos. Wieder flossen Tränen, doch sie sprach weiterhin relativ ruhig, ohne zu schluchzen.

Bergmann hob die Augenbrauen und verschränkte die Arme vor der Brust. Im Gegensatz zu den Ermittlern schien der Pfarrer über ihre Worte nicht überrascht zu sein.

»Das war mit ein Grund, warum ich nach dem Tod meiner Mutter zum Peter gezogen bin. Ich wollte weg vom Simon«, fuhr Magdalena fort.

»Wann hat Ihr Stiefbruder damit begonnen, Sie zu missbrauchen?«, wollte Sandra wissen.

»Beim ersten Mal war ich zehn, er 15. Das letzte Mal war vor über zwei Jahren, wie die Mutter schon sehr krank war. Der Simon hat immer g'sagt, er liebt mich am allermeisten. Er hat es auch mit anderen getan. Und er war im Laufhaus. Dort hat er den Mädchen die Augen verbunden, bevor … Er hat es mir erzählt.« Magdalena stockte kurz. »Der Simon ist trotzdem immer wieder zu mir gekommen.«

Den jahrelangen Missbrauch durch den Stiefbruder hatte Magdalena also ertragen und für sich behalten. Wenn man davon absah, dass sie dem Pfarrer die Vorfälle vermutlich gebeichtet hatte. Auf alle Fälle hatte sie eine Menge aufzuarbeiten. Ob Pater Vinzenz auch in Sachen Vergewaltigung der beste Therapeut war, bezweifelte Sandra. Sie würde Magdalena bei nächster Gelegenheit eine spezialisierte Psychologin vorschlagen. »Hat Herr Schindlecker jemals mit Ihnen über die angebliche Vergewaltigung Ihrer Mutter gesprochen?«, fragte sie weiter.

»Das hat er nicht müssen. Weil es nämlich gar keine Vergewaltigung gegeben hat. Meine Mutter hat mir einen Brief hinterlassen, den Pater Vinzenz mir nach ihrem Tod vorlesen sollte. Sie hat mir darin ihre Lügengeschichte gestanden. Ich hab's erst gar nicht glauben können. Sie hat Peters Leben zerstört. Nur, damit sie mit mir möglichst sorgenfrei leben konnte. Das wollte ich dann wieder gutmachen und bin zum Peter gezogen.«

»Aber warum haben Sie die Wahrheit nach dem Tod Ihrer Mutter nicht öffentlich gemacht? Vielleicht hätten die Anfeindungen gegen Herrn Schindlecker dann ein Ende gefunden.«

»Sie hat mir diese Entscheidung überlassen. Und ich hab's nicht übers Herz gebracht, das Andenken an meine Mutter zu zerstören. Der Peter hat g'meint, ich soll nichts überstürzen. Es hat ihm schon gereicht, dass wir endlich vereint waren. Das war alles, was er sich immer gewünscht hat.« Magdalena trocknete ihre Tränen und schnäuzte sich ein weiteres Mal, während mehrere Polizeiwagen vorfuhren. Insgesamt waren sechs Männer zur Gegenüberstellung gekommen. Einer nach dem anderen wurde zum Krankenwagen geführt, um Magdalena anzusprechen. Beim Vierten war sich die Blinde sicher, ihren Peiniger vor sich zu haben.

Pater Vinzenz fuhr hinter dem Krankenwagen her, um Magdalena auch im Krankenhaus beizustehen und sie, sofern es ihre Verfassung zuließ, darüber zu informieren, dass sie Clemens Rohringer als mutmaßlichen Täter identifiziert hatte. Ebenso, dass dieser vor wenigen Stunden seinen Vater erschossen hatte.

3.

Clemens wurde in der Polizeiinspektion einvernommen. Bergmann, Sandra und Miriam hörten ungläubig zu, was der junge Mann von sich gab. Nach allem, was er getan hatte, hatte er dennoch ein reines Gewissen. Nur dass er seinen Vater erschossen hatte, war nicht geplant gewesen. Aber diese Tat hatte er, wie alle anderen, gebeichtet. Und der Pfarrer hatte ihm die Absolution erteilt. Ansonsten sei er lediglich dem göttlichen Plan seiner Mutter gefolgt, die eine Auserwählte der Jungfrau Maria sei. Alles, was er getan hatte, war nach ihrem Willen geschehen. Er sei nur ihr Werkzeug, um den nahenden Weltuntergang zu verhindern. Und er sei stolz darauf, ebenfalls ein Auserwählter zu sein. Menschen, die des Teufels waren, mussten von ihren Dämonen befreit oder ausgelöscht werden. Friedlose, wie der Waldmensch, sollten nach christlichem Ritual getötet werden, sodass alle Welt sah, dass sie ihre gerechte Strafe erhielten. Ebenso die Wolfsgeister, die mit den Dämonen verbunden waren. »Magdalena war auch eine Hexe. Ich hab sie geheilt mit der Hilfe der Muttergottes. Mit meiner Manneskraft hab ich ihr den Teufel ausgetrieben.«

»Soso«, ätzte der Chefinspektor.

Miriam schaute zu Boden.

Sandra ermahnte Bergmann mit einem Blick, den offenbar wahnsinnigen Mann nicht weiter zu reizen.

»Und warum haben Sie dann auch noch die Jagdhütte angezündet?«, wandte sie sich an Clemens.

»Das Werk des Teufels und der Hexen musste brennen. Das Feuer vernichtet die Spuren des Bösen. Nur die Flammen zerstören das schädliche Wesen, das überall eindringt und Besitz ergreift.«

»Und die Feuerwehr haben Sie verständigt, damit nicht auch noch Ihr schmuckes Schlössl abbrennt, nehme ich mal an«, sagte Bergmann.

Clemens ignorierte seine Frage, wie er ihn überhaupt ignorierte.

»Sie sind dem Ritual gefolgt, um Peter Schindlecker und seinen Wolfshund zu töten«, sagte Sandra.

Clemens nickte. »Die Stunde des Waldmenschen hat geschlagen, als ich ihn auf dem Markt gesehen hab. Ich war gut vorbereitet, hab meine Chance genutzt, die Seile aus der Höhle geholt, den Holzstoß umgeworfen, damit er stehenbleiben musste. Bei seinem Wagen hab ich ihn später abgepasst und ihn gebeten, mich mitzunehmen. Als Nachbarschaftsdienst und Neuanfang. Ich hab ihm mit einem Holz eins übergezogen.« Den Bewusstlosen hatte er dann den Abhang hinunter zu jener Stelle rollen lassen, wo er ihn und den Hund anschließend aufgehängt hatte.

»Wie haben Sie den Hund überwältigt?«, wollte Sandra wissen.

»Ich hab den Waldmenschen schon beim Einsteigen gebeten, seinem Hund einen Beißkorb anzulegen, weil ich angeblich Angst vor ihm hab. Den Hund hab ich dann auch mit dem Holz auf den Kopf geschlagen. Er ist trotzdem noch hinuntergelaufen zu seinem Verbündeten. Aber die Heilige Mutter war mit mir.«

»Und wo ist dieser Beißkorb jetzt?« Der tote Hund hatte keinen getragen.

»Den Geifer des Teufels musste ich verbrennen.«

»Woher wusste Simon, dass Sie Schindlecker getötet haben?«, fragte Sandra.

Clemens sagte nichts mehr.

Bergmann sah ihm kopfschüttelnd nach, als er von zwei Uniformierten hinausbegleitet wurde, die ihn zuerst einmal in die Grazer Universitätsklinik für Psychiatrie zur weiteren Begutachtung seines Geisteszustandes überstellen sollten.

»Bist du deppert. Der ist ja voll gaga«, war Miriam überzeugt.

»Kann man wohl sagen«, stimmte ihr Bergmann zu.

»Was ist mit dir, Sandra? Geht's dir nicht gut?«

Miriams Frage war das Letzte, was Sandra außer dem Rauschen in ihren Ohren hörte. Dann verlor sie das Bewusstsein.

EPILOG

»Es war nur ein Schwächeanfall. Mir fehlt nichts,« erklärte Sandra. Bergmann stand mit diesem besorgten Blick neben ihrem Krankenbett, der sie irritierte. »Na ja, ich hab einen leichten Tinnitus und bin angeblich Burn-out-gefährdet. Soll heißen, ich muss mich in der nächsten Zeit wohl ein wenig schonen. Aber morgen darf ich schon wieder hier raus.«

»Du hast uns einen gehörigen Schreck eingejagt.« Bergmann wandte sich ab, um die weißen Gladiolen, die er ihr mitgebracht hatte, in eine Vase auf dem Tisch zu stecken. Dass es sich dabei um ihre Lieblingsblumen handelte, hatte er sich also noch von ihrem letzten Krankenhausaufenthalt gemerkt. So viel Aufmerksamkeit hatte Sandra ihm gar nicht zugetraut.

»Als ob ich absichtlich zusammenklappt wäre …«, murmelte sie.

»Es braucht dir doch nicht peinlich zu sein. Von wem sind denn die Sonnenblumen?«

»Nicht von Julius«, erwiderte Sandra. Wie gut, dass sie die Karte mit den Genesungswünschen entfernt hatte, um sie in ihrer Nachttischlade verschwinden zu lassen.

»Von wem dann?«, blieb Bergmann beharrlich.

Sandra zuckte mit den Schultern. Dass die Blumen vom Kollegen aus dem Raubdezernat stammten, würde sie dem Chefinspektor bestimmt nicht verraten. Sie hatte sich selbst darüber gewundert und telefonisch bei Paul

Stadler bedankt. Seine Experten hatten nichts Wesentliches zu dem Fall beitragen können. Aber das spielte ohnehin keine Rolle mehr. Eigentlich wollte er sie lieber privat treffen, sobald es ihr wieder besser ging. Sandra hatte ihn gefragt, was seine Frau davon halten würde. Er hatte gelacht und klargestellt, dass er schon lange geschieden war. Mal sehen ..., hatte sie Stadler in der Luft hängen lassen. Am allerwenigsten war sie momentan an einer neuen Beziehung interessiert. »Habt ihr den Fall restlos aufklären können?«, wechselte sie das Thema.

Bergmann stellte einen der beiden Stühle neben das Bett und setzte sich zu ihr. »Soweit ja. Antonia hat gestanden, ihrem Bruder Clemens auf den Kopf zugesagt zu haben, dass er Schindlecker ermordet hat. Sie kannte die wahnwitzigen Pläne ihrer Mutter noch von früher. Ihren Bruder wollte sie aber nicht verraten. Sie gab an, nicht gewusst zu haben, wie schlecht es um seinen Geisteszustand bestellt war. Simon muss wohl Antonias Gespräch mit Clemens belauscht haben und wollte Magdalena über den Verdacht informieren, bevor er zur Polizei aufbrach und unterwegs verunfallte. Der toxikologische Befund der Gerichtsmedizin ist übrigens negativ. Simon hatte keine Substanzen und kaum Alkohol intus. 0,3 Promille.«

»Wissen wir, wo Clemens die Kletterseile herhatte?«

»Von Fladenhofer. Der hat ihm die alten Seile schon vor längerer Zeit überlassen und gar nicht mehr daran gedacht. Clemens hat sie die ganze Zeit über in der Höhle aufbewahrt. Bis der besagte Tag gekommen ist. Die Seile müssen während der Lagerung mit dem Höhlenwasser in Kontakt gewesen sein. Dadurch konnten sich die gelösten Mineralien im Gewebe festsetzen.«

»Und kannst du mir auch erklären, warum Clemens immer wieder bei der Beichte war, wenn er doch geglaubt hat, das Werkzeug der Muttergottes zu sein und daher keine Sünden zu begehen? Das erscheint mir noch immer völlig unlogisch.«

Bergmann seufzte. »Sandra, der Mann ist ebenso wahnsinnig wie seine Mutter. Du kannst von Geisteskranken nicht 100-prozentig nachvollziehbare Logik erwarten. Überlass die beiden einfach den Psychiatern. Für uns ist der Fall geklärt. Und du nimmst dir jetzt erst einmal ein paar Wochen Urlaub. Wie wär's mit einer Pilgerreise?« Bergmann grinste sie an.

»Gar keine schlechte Idee …«

»Das war ein Scherz.«

Sandra lächelte. Je länger sie darüber nachdachte, desto großartiger fand sie Bergmanns Vorschlag. Diesmal würde sie nicht davonlaufen, sondern sich beim Wandern ihren Gedanken und Gefühlen stellen. Sie würde sich Zeit für sich selbst nehmen und in sich hineinhorchen. Wonach sie suchte, außer nach Ruhe, wusste sie noch nicht. Nach sich selbst? Nach einem neuen Lebensweg? Keine Ahnung. Aber sie wollte es herausfinden.

»Ich bin dann mal weg«, sagte sie zu Bergmann. Er würde wohl eine Weile ohne sie auskommen müssen. Vielleicht sogar für immer.

ENDE

HERZLICHEN DANK
FÜR DIE UNTERSTÜTZUNG
UND/ODER INSPIRATION AN

Carmen Thomas
Claudia Senghaas
Diane Kopp
Univ.-Prof. Dr. Eduard Peter Leinzinger
Mag. Eva Habermann – Naturparkverein und Tourismus-
verband Mürzer Oberland
Hannes Rossbacher
Ilona Mayer-Zach
Johann Reisenberger
Michaela Nemeth – Alles Buch
Oskar Feifar
Querida von der Montforter Ebene †
und die Töchter des Göttlichen Heilandes (Wien, anno
1977)

GLOSSAR DER ÖSTERREICHISCHEN UND STEIRISCHEN AUSDRÜCKE UND ABKÜRZUNGEN

auszucken ausrasten
brocken pflücken
Bua, der Junge
Buam, die Mz. die Jungen
Christophorus Name der österreichischen Rettungshubschrauber
Dirndl, das Mädchen
Dodel, der Trottel
Eierschwammerl, das Pfifferling
Gatsch, der Matsch
Gemma Gehen wir!
Gschisti-Gschasti aufwendiges Getue
Gstettn, die ungepflegtes, verwildertes Grünland
Gugelhupf, der umgangssprachlich: Irrenhaus; eigentlich: Napfkuchen
Häferl, das Tasse
Häfn, der Gefängnis
Häkeldeckerl, das gehäkeltes Tischdeckchen
Jogltisch, der massiver quadratischer Holztisch mit rundherum führender Fußleiste
JVA Justizvollzugsanstalt
Keischn, die Hütte, kleines Bauernhaus; eigentlich: Keusche

Kernöleierspeise, die Rührei mit Kürbiskernöl

kleschn jemandem eine kleschn: eine Ohrfeige verpassen

Klöcher Traminer, der Weißweinsorte mit typischem Edel-rosenbukett aus dem südsteirischen Weinbaugebiet Klöch

Klumpert, das Krempel, unnützes Zeug

Krickerl, das Geweih des Rehbocks

KT Abkürzung für Kriminaltechnik(abteilung)

liegen gehen schlafen gehen

Marktstandler, der Marktverkäufer

mordsdrum Viech, das riesengroßes Vieh

No na ned sarkastischer Kommentar für na klar

ÖAMTC, der Österreichischer Automobil-, Motorrad- und Touring Club; Pendant zum ADAC

patschert ungeschickt

Peckerl, das Tätowierung

Pfiat di! Verabschiedung

Pickerl, das Aufkleber; in diesem Fall: KFZ-Prüfplakette

Plutzer, der Kopf, Kürbis, enghalsiges rundes Tongefäß

pumpern klopfen

Quetschn, die Ziehharmonika, Akkordeon

schiach hässlich

Schilcher, der weststeirische Weinsorte aus Blauen Wildba-cher-Trauben, der Wein »schillert« in Rosé- bis Rottönen

Schilcherol, der alkoholisches Erfrischungsgetränk auf Schilcher-Basis (siehe Schilcher)

Schwammerl, das Pilz; auch: Dummkopf

Tatortgruppe Spurensicherung

Trutschn, die dumme Frau

umanander herum

verreat verheult; von: rean = weinen

wacheln wedeln, winken

Wickel, der Streit

Wiener, das Bestellt man im Gasthaus ein Wiener, erhält man meist ein Schnitzel vom Schwein nach Wiener Art; das Original Wiener Schnitzel wird dagegen immer aus Kalbfleisch zubereitet.

Zwidawurzn, die mürrischer, schlecht gelaunter Mensch